夜の声を聴く

宇佐美まこと

朝日文庫

本書は書き下ろしです。

夜の声を聴く

1

銀色の細い糸のような雨が降っている。

コンビニで買ったビニール傘の上を、無数の滴が滑り落ちていく。角を曲がると、神社の鳥居が見えてきた。

僕は立ち止まって、その鳥居を眺めた。

高座《たかくら》神社は、十六年前とちっとも変わっていない。鳥居の奥の社殿は、鬱蒼《うっそう》と繁《しげ》った木々に囲まれていてよく見えない。雨降りの今日は、いっそう薄暗い。

鳥居の向こうは、ごちゃごちゃと家が建ち並んでいる。道路が緩《ゆる》くカーブしているせいで、住宅街の先までは見通せない。神社の前で立ちすくむ僕を、下校する小学生が追い抜いていった。五つ並んだ黄色い傘を見送ってから、僕はまた歩きだした。

道なりに行くと、やがて三叉路《さんさろ》が現れるのだ。この先の道路が二つに分かれていると言った方がいいか。分かれ目には、石の常夜灯《じょうやとう》が建っているはずだ。てっぺんに置かれた石が大き過ぎる、アンバランスな常夜灯だ。

その光景は、目を閉じていても浮かんでくる。右に入る道は、少しだけ傾斜している。そこまで来れば見えるはずだ。かつて僕が入り浸っていた建物が。いや、もう取り壊されているだろう。あの当時でも相当に古い物件だったから。更地にされて駐車場にでもなっているか。それとも新しい家が建っているか。

僕は取り壊されている方に一票を入れた。

常夜灯が見えた。やっぱり頭でっかちで、でも絶妙なバランスを保っている。そのそばを足早に通り過ぎる。これがいつ倒壊するか、びくついていた時の習性を体が思い出したのか。右の道に足を踏み入れ、緩い傾斜の先を見上げた。

あった。

僕はゆっくりとその建物に近づいていった。坂道の突き当たり。灰色の倉庫だ。鉄の扉はぴっちりと閉ざされている。誰かが使っている気配はない。昔も荒《すさ》んだ雰囲気だったが、今はもう立派な廃屋だ。モルタルの壁は汚れ、一部が剝《は》がれ落ちていた。スレート屋根は軒《のき》の部分が割れてギザギザになっている。軒下に並んだ小さな窓は、黒くくすんでしまっている。

あの高窓から、かつては陽《ひ》を取り入れていたのだが。

僕は軒下に入り、傘を畳んだ。入り口の扉を引いてみた。当然だが、鍵がかかっていてびくともしない。扉の上は、寒々とした空間になっている。あそこに掲げられていた看板は、下ろされて久しいのだ。

『月世界《げっせかい》』

白地にオレンジ色の文字で書かれたしゃれた看板だった。電飾まで付いていた。リサイクルショップには似つかわしくない看板だった。看板どころかネーミングからしておかしい。この倉庫然とした建物は、以前はダンスホールだったのだ。昭和の時代には、かなりはやっていたらしい。ダンスホールが廃業してからは、園芸業者が倉庫として使っていたという。その後しばらく空き家になっていたのを借りて、リサイクルショップが営業を始めた。

ダンスホールの看板は下ろすのが面倒だったのか、園芸業者がそのままにしていた。リサイクルショップを始める時に、名前をそのまま拝借して「月世界」にしたと聞いた。リサイクルショップが「月世界」だなんて、大雑把《おおざっぱ》というか、投げやりというか、商売下手というか——。

まあ、あの店には合っていたかもな。僕は心の中で独りごちた。

重い扉の横の柱に近づいてみた。長年風雨にさらされて、痩《や》せてしまっている。その木肌を撫《な》でた。小さな穴を指が見つけた。五寸釘《ごすんくぎ》の痕だ。

ここには板切れが打ちつけられていた。黒い墨で、無骨《ぶこつ》な文字が書かれていたのだ。

『何でも売ります。買います。よろず相談承ります』

店主である偏屈《へんくつ》な老婆が書いた、ぐねぐねとうねった文字は、今でもよく憶えている。そうだ。ここの店は、リサイクルショップだけでなく、便利屋も兼ねていた。持ち込まれる品物を安く買い取り、雑然とした棚に放り込むようにして並べていた。品物を物色する客はたいていがひやかしで、買っていく人はまれだった。無理難題としか思えない相談事にも応じるが、受け取る報酬は知れていた。あれでよく商売が成り立っていたものだと思う。

東京のベッドタウンになり損ねた、交通の便の悪い埼玉《さいたま》県南西部、奥武蔵《おくむさし》と呼ばれる山裾《やますそ》の町、春延《はるのぶ》市だから、細々とやっていけたのかもしれない。だからこそ、奇跡のようにこの建物が今も残っているのだ。

軒下を回って、倉庫の横を覗《のぞ》いてみた。そこは以前は駐車場だった。今は僕の背より高い雑草が生えていた。ここには、しょっちゅうエンストを起こす古いミニバンが停《と》めてあった。エンストを起こすたび、老婆は癇癪《かんしゃく》を起こしたものだ。車を相手に口汚く罵《ののし》った。修理を頼んだ自動車修理工場の親父《おやじ》にまで嚙《か》みついた。

それから、この空き地には、ヨサクの小屋もあった。だが、ヨサクは与えられた犬小屋では寝ずに、いつも倉庫の中で眠っていた。ゴールデンレトリバーの血が混ざった雑種犬だったから、結構場所を取った。老婆はよくヨサクにつまずいて、毒づいていた。

僕はビニール傘をさして、倉庫を後にした。

取り壊されていてくれたらよかった。そうしたらいっそせいせいしただろう。十代最後のわずかな時間を過ごしたこの場所を訪れるなどという酔狂な思いに囚《とら》われた自分を笑ってやれたはずだ。僕の甘い感傷を笑い話にできた。

僕がここで過ごした時間は、ほんの一年ほどだったのだから。

細い雨は降りやまない。雨は傘を叩《たた》き、背中を丸めて歩く僕のスニーカーを濡《ぬ》らす。僕は坂を下った。常夜灯が雨に煙っている。

「隆太《りゅうた》！」

誰かが僕を呼んだ気がした。いや、誰の声かはわかっている。僕はゆっくりと振り返った。坂の上の倉庫の扉が開いていた。重い扉に寄りかかって、大吾《だいご》が片手を挙げた。その足下にヨサクが寝そべっている。

しゃくりあげるようなミニバンのエンジン音もした。視線を隣の空き地に移すが、やはり雑草が茂っているだけだ。そのままもう一度倉庫を見た。扉は閉じられている。冷たい雨が降り注いでいる。

「月世界」が束《つか》の間《ま》見せた幻に、それでも僕は微笑《ほほえ》んだ。

その女はいきなり手首を切った。

生成りのワンピースに、噴き出した血が大輪の花を咲かせた。

公園の向かいのベンチに座っていた彼女は立ち上がるなり、カッターで自分の左手首を切り裂いた。あまりにさりげなく、躊躇《ちゅうちょ》なく行われた動作だったので、僕はあっけにとられた。膝に置いた文庫本が足下に滑り落ちた。

彼女はすっと顔を上げて僕を見た。若い美しい女性だった。どくどくと血が流れ出る左手首を持ち上げて見せた。赤い筋が細い腕を伝っていき、肘から地面に垂れていた。彼女はその姿勢のまま、僕の方に歩み寄って来た。僕は思わずベンチから立ち上がった。地面に落ちた文庫本にも血の滴がボタボタと落ちてきた。

僕の視線は、彼女の顔に釘付けになった。彼女は微笑んでいた。多幸感に溢《あふ》れた微笑みだった。魅入《みい》られたみたいに、僕はその場で立ちすくんでいた。

彼女は右手を伸ばして、血濡れたカッターを僕に差し出してきた。よく考えることなく、僕はそれを受け取った。

僕ら二人を見た子連れの母親が、鋭い叫び声を上げた。抱き上げられた幼児が、火がついたように泣いた。それでも僕は女の顔から目を逸《そ》らすことができなかった。血の気の失《う》せた彼女は、うっとりするほど美しかった。死の世界に一歩踏み込もうとする女は。

カンカンカンカン――。

　僕の頭の中で踏切の警報音が鳴っていた。僕を死に誘い込む幻の音だ。

　僕も彼女に微笑みかけた。誰かが寄って来て、僕の手から乱暴にカッターをもぎ取った。それでも視線は女性から離れなかった。

　あれは僕が十八歳の時のことだ。今から十七年前になる。

　あの出来事が、僕の人生を大きく変えることになるのだった。

　目撃者の通報で、救急車とパトカーが駆けつけてきた。女性は救急車に収容されて行ってしまった。僕は警察官によってパトカーに乗せられた。警察署に着いても、僕は目撃者として事情を聴かれるだけだろうと思っていた。それが大きな間違いだと気づくのは、取調室に連れていかれて、いかつい刑事と相対した時だった。

「あの人と面識は？」

「ありません」

「じゃあ、なぜあの人を狙った？」

　意味がよくわからなかった。

「カッターはどこで手に入れたんだ？」

　そう問われて初めて、僕があの女性を傷つけたと誤解されているのだとわかった。

「あの人は自分で自分の手首を切ったんです」

弁解しながら、僕は自分の右の手のひらを見下ろした。手のひらは乾いた血液で汚れていた。冷静に考えれば腑《ふ》に落ちる。通りかかった子連れの母親は、女性と僕が対峙《たいじ》しているところしか見ていないのだ。その時、女性はすでに手首を切っており、僕は凶器を手に突っ立っていたのだ。

事実を女性に確認してくれと訴えた。その人は今、搬送先の病院の救急治療室で治療中なのだと刑事は言った。その時になってようやく相手をじっくりと見た。中矢《なかや》と名乗った刑事は、横柄な態度を崩さなかった。僕の言い分を端《はな》から信じていない様子だった。

これでもし、あの女性が僕に切りつけられたと証言したら、僕は身の潔白を証明することはできないな、と他人事《ひとごと》のように思った。むっつりと黙り込み、この先どうやって調べを進めようかと考えあぐねているような刑事を前に、僕は夢想にふけった。

自分の手首を切るという行為に及んだ彼女は、自殺しようとしたのだ。それは間違いない。なのに、なぜ微笑んだのか。安堵《あんど》とも平安とも取れる表情だった。あんなふうに死に近づいていく人がいるなんて。死を希求していたのか。死はあの人にとって救いなのだろうか。なぜ僕に凶器を渡したのだろう。僕を誘っていたのか？　あの人が行こうとしていた死の世界へ？

殺人未遂の嫌疑をかけられているというのに、たいして動転することもなく、遠い目をして座っている僕を、中矢はじろじろと見ている。背が低くて人相の悪い五十年配の刑事だ。こんな俗っぽい刑事には、わかりようもないだろう。僕がこの世のすべてに絶望し、生きている自分をもてあましていることを。

そう思うとあの人は、僕という人間をわかった上で、あそこで自殺を試みたような気がしてきた。カッターを渡した時、「今度はあなたの番よ」と囁《ささや》きはしなかったか。

「ああ……」

ふと声を漏らした僕を、中矢は薄気味悪そうに眺めた。

その時、中矢の背後のドアが開き、別の刑事が入って来た。かがみ込んで中矢に囁きかける。中矢はいかにも残念そうに息を吐いた。

「治療は一応終わったそうだ」

「傷の具合はどうなんです？」

中矢はすっと目を細めた。まだ僕を疑っているようだ。

「命に別状はないそうだ」

すると、あの人は失敗したわけだ。死にたかったのに死ねなかった――。

「彼女は、自分で手首を切ったと言ったらしい」

「でしょうね。その通りです」

中矢は「ふん」と鼻を鳴らした。押さえつけた獲物を取り逃がした飢えた小動物のような風情だった。

それで解放されるわけではなかった。警察とは、なんでも書面に残しておかねばならない組織のようだ。後から来た若い刑事が部屋の角にある小さなデスクに腰を据《す》え、パソコンを打ち始めた。僕は中矢に名前と住所、年齢を訊《き》かれた。僕の年齢が十八だと知ると、中矢は「学生か？」と問うた。それを否定すると、今度は「じゃあ職業は？」と質問を変えた。

「ええと……」一瞬答えに詰まった。「無職です」

中矢は胡散臭《うさんくさ》そうな顔で僕を見た。

こんな場面に直面するとは思わなかった。警察で身元を問われて、無職だと答えるようなことが。でもその通りなのだった。僕は社会から宙ぶらりんで浮いていた。学校へも行かず、仕事もせずに。

「なんだってあの公園にいたんだ？」

そう問われても「何となく」としか答えられなかった。何となく公園にいた僕の前で、見も知らない女性が自殺を図ったわけだ。そんな偶然が起こり得るのか？　やはりこいつは何か意図を持ってあそこにいたのではないか。刑事の習性で、そんなふうに考えている中矢の頭の中が手に取るようにわかった。

それとはまた別のことを、僕は考えていた。あの女性が、ベンチに座って文庫本を読んでいる僕の前で手首を切るという行為に及んだのは、彼女の心と僕の心が束の間交感したからではないか。

　もう一度、あの人に会いたいと切実に思った。

　たいした事件もなくて暇なのか、中矢の書類作成のための聴取は長い時間がかかった。容疑が晴れたようなので、僕は途中で手を洗いに立った。未成年なので、親の名前まで尋ねられた。それにはあからさまに不快感を示した。こんなことで親まで呼ばれるのは心外だった。

「もういいでしょう。僕はただの通りがかりなんだから」

　そう言って腰を浮かしかけた時、またドアが開いた。制服の警察官の後ろに、中年の男性が立っていた。

「病院に搬送された女性の関係者の方だそうです。そちらの方にお詫《わ》びに——」

　警察官の言葉が終わらないうちに、男性が部屋に入って来た。

「ご迷惑をおかけして、申し訳ありませんでした」

　立ち上がった僕に向かって、深々と頭を下げた。頭の真ん中が少しだけ薄くなっていた。中矢も面食らって黙り込んだ。

「病院に駆けつけたら、警察の方からあなたに傷害の容疑がかかっていて、こちらに連れて来られていると聞いて——」

　彼はまた頭を下げた。てっきりあの女性の父親か何かだと思った。

「いいんです。その疑いは晴れたようなので」中矢への皮肉も込めて、僕は答えた。

「ちょっとびっくりしたけど、僕は平気です」

「そうですか。驚かれたでしょうね。あの生徒は——」

「生徒——？」

そう声に出したのは、中矢だった。中年の男性は、あの女性は自分のクラスの生徒なのだと説明した。とすると、この人は担任の先生か。遠く離れてしまった学校という場所を僕は思い出した。

「どこの学校ですか？」

「県立春延高校の定時制課程です」

「何だってあんなところで手首を切ったりするんだ。人騒がせな」

中矢が不機嫌な声を出し、中年の男性はまた「すみませんでした」と頭を下げた。そしてジャケットの内ポケットから名刺を出して、中矢と僕に差し出した。名刺には、高校名と「浅見《あさみ》修二郎《しゅうじろう》」という名前が印字されていた。彼は定時制二年の学年主任のようだ。僕はその名刺を上着のポケットにしまおうとした。するとポケットにねじ込んでいた文庫本が床に落ちた。開いたページに、大きな血の滴の痕がついていた。あの女性のワンピースに咲いた真っ赤な花のような血の染みと重なり合う。

浅見先生は、それを見て「あ」と声を出した。

「すみません。これ、私が弁償しますから」

また内ポケットに手を入れて財布を取り出そうとする。僕はそれを押しとどめた。

「いえ、結構です。古本ですから。それよりあの人はどうしてます？」

浅見先生はちょっと悲し気な顔をした。

「傷の手当は済みました。静脈を傷つけていて、かなり出血したようですが、容態は安定しています。一週間ほどは入院しないといけないとのことでした」

「そうですか。それならよかった」

黙って僕らのやり取りを聞いていた中矢に断って、僕は浅見先生と一緒に部屋を出た。警察署の玄関ロビーを横切りながら、先生はまだ詫びの言葉を連ねる。果たして学校の担任がここまでするものなのだろうか。僕には判断がつきかねた。

「いいんです。気にしないでください」

何度目かの言葉を僕が口にすると、先生はがっしりした体を縮こまらせた。

「あの子はちょっと不安定な子で……」

ふっとそんなことを口にする。教師としては、それ以上個人的なことを漏らすわけにはいかないのだろう。名前も彼女が抱え込んだ背景も。だから僕も踏み込んだことは尋ねなかった。玄関口で浅見先生はまたぺこりと頭を下げて去っていった。

だけど僕は知っていた。彼女の名前は加島百合子《かしまゆりこ》。さっき立ち上がった時に、若い刑事が打ち込んでいるパソコンの画面を盗み見たのだ。

警察署の玄関前のステップを下りながら、僕は加島百合子の名を心の中で繰り返した。初めて出会った僕の同類の名前を。


僕は中学二年の時に学校に行くのをやめた。高校には進学しなかった。世間でいうところの引きこもりというやつだ。当然のことだが家族は戸惑い、うろたえた。僕の祖父は中学の数学教師だった。退職後は庭に小さなプレハブ家屋を建てて、塾を開いている。父は地元企業に勤める普通のサラリーマンだが、趣味で地域の歴史を調べていて、郷土史家としてまあまあ名の知られる存在だった。要するに知的探求心の強い家系だった。だから、一人息子の僕が学校からドロップアウトしてしまうことは、到底受け入れられなかった。学校に行くことを強《し》いる家族と僕の間には軋轢《あつれき》が生まれ、感情的にもつれた。母は僕が七歳の時に子宮がんで亡くなっていた。

祖父、父ともにすこぶるつきの読書家だったせいで、家には蔵書がどっさりあった。一度、書庫として使っている部屋の床が抜けたくらいだ。書庫に入り込んで日がな一日、読書にふけるのが、僕の引きこもり生活だった。そこから引っ張り出そうとする父と、頑《かたく》なに拒否する僕とは、決定的に断絶した。数年というもの、口をきいたことがなかった。祖父母は諦めたように見えるが、孫である僕に失望しているのは明らかだ。

僕は頭がよかった。IQは百三十八だ。でもそれが邪魔をして、誰ともうまく付き合えなかった。小学生の時から授業では、先生の間違いを指摘することもあった。教科書は一度読んだら頭に入ったし、そもそも僕が知っていることばかりが載っていた。おおむね日本の学校では、生徒には均一であることを強いる。一定の枠から飛び出すことを嫌う。僕はとにかく同年の子よりも速く、深く、広く学びたかった。そういう環境は学校にはなかった。先生に鋭い質問をしたり、奇妙な考えを口にしたりする僕は、クラスメイトからは仲間はずれにされた。

僕の独創性や好奇心、洞察力、優れた記憶力、並外れた集中力を評価してくれる人はいなかった。そういうことを学校でひけらかすのは、よくないことなのだと学習した僕は、自分の能力を隠すことに腐心した。そうすると、当然だが授業には興味が湧かない。授業で強いられる暗唱や丸暗記には、何の意味も見出《みいだ》せなかった。授業に集中できず、気分は落ち込んだ。この環境で飛び抜けて優秀であることは、却《かえ》って奇異に見られるのだとわかってからは、意図的に芳しくない成績を修めた。

そのいっぽうで一風変わった言動は消えなかった。ふらりと教室から出ていったり、たまに出くわした興味のある課題には異様なほどの熱情で取り組んだりした。単元が変わってもこだわり続ける僕に、先生は手を焼いたことだろう。

先生と面談した父は、「自分から周囲に溶け込もうとしない」「次々と興味の対象が変わるかと思うと、一つのことに固執する」「話が飛躍し、自分でも収拾がつかない」「社会性、協調性に乏しい」などと言われたそうだ。そういうことを隠さずに告げる父は、特別に優秀な僕なら、そんなことはどうってことないと暗に告げていたのだろう。だが、まさにそっちの方が的外れだった。僕がそういう自分を持て余し、苦しんでいることには、気づかないでいた。

僕は、学校に上がる前から祖父に数学の手ほどきを受けていた。祖父はいくらでも知識を吸収する僕が誇らしかったようだ。実際僕は理数系が得意だったし、なにより好きだった。明確な答えをもたらしてくれるものに安心感のようなものを覚えていた。僕は曖昧《あいまい》なものは嫌いだったし、苦手だった。愛情とか思いやりとか慈しみとか、そういった感情は信用できなかった。だから極力離れていたかった。そういう僕の心理を祖父もまた理解していなかった。

小学生にして、数学的帰納法《きのうほう》や微分方程式や集合について、僕は理解していた。あの頃、祖父の薦めで読んでいたのは、「ガロアの群論」についての本だった。でもそういう知識を学校でひけらかすことはなかった。

僕は、僕という個人を理解してくれない家族にも学校にも失望していた。

理解してくれないどころか、学校では、僕が多動性障害か自閉症スペクトラムかもしれないから、一度専門医の診察を受けるようにと言ってきた。父はそれをきっぱりと断った。祖母は憤慨したが、心配もした。誰にも心を開かない僕が、本当にそういう精神的問題を抱えているのではないかと思ったようだ。

僕自身もひどく落胆した。この世界には、僕が生きていく隙間はないと思った。随分前からそれはわかっていたことだった。中学に進学しても周囲の環境は変わらなかった。それで僕はどうしたか。三階の教室の窓から飛び下りたのだ。窓枠を思い切り蹴って、外に向かって飛んだ。そのせいで僕は、直下のコンクリートには落ちずに、キャラボクの植え込みの中に落ちた。右の手首と肋骨《ろっこつ》を一本折った。

僕の奇矯な振る舞いも極まったという感じだ。不登校を決め込んだ時、学校側はさぞかしほっとしたことだろう。自室や書庫にこもる僕との攻防に疲れ果てて、父は匙《さじ》を投げた。祖父母は、家にいる僕を腫れ物に触るように扱った。祖母は、あれは事故だったのだと頑として言い張った。父と祖父は、思春期の気の迷いかなんかだと位置づけたのかもしれない。

僕が高校へ行かないと言った時、またひと悶着《もんちゃく》が起きたが、僕は自分の言い分を押し通した。高校を卒業する年齢に近づいた時、祖父と父は、大検を受けて大学へ行くことを強要してきた。あの時の僕なら、大検に合格するなど、容易《たやす》いことだったろう。でもそんな社会のルールに乗ることに僕は意味を見出せなかった。

とにかく、そういういきさつがあって、僕は十八歳になっても無職で孤独だった。

僕は思う存分、大好きな書庫に入り浸った。そこで本を読みふけった。家の書庫は僕にとって楽園だった。川端康成や太宰治といった文豪の小説やアガサ・クリスティやエラリー・クイーンのミステリー、数学や物理学、天文学や考古学の専門書、美術図鑑や生物図鑑も読んだ。祖父が買い集めた世界中の風景写真集を見るのも好きだった。

買い与えられたパソコンは、中学生の時からフルに使いこなした。学校にもパソコンが導入されていた。クラスメイトらが授業でパソコンの基礎を習っている頃、僕はプログラミングの勉強をしていた。欲しい本は、ネットで注文した。

僕の社会との接点は断たれた。かつての同級生は、一人も僕を訪ねてこなかった。世の中のニュースには日々接していた。日本の政治のことも経済の仕組みのことも頭に入っている。国際社会の流れにも敏感だった。時折外に散歩に出た。公園でぼんやりしたり、文庫本を読んだりすることもある。だけどそれだけだ。相変わらず僕の世界は狭小だった。

外には僕を受け入れない生きにくい社会が広がっていた。経済的には恵まれていた。とりあえずこんな僕を受け入れた家族もいる。祖母は黙って僕の世話を焼いてくれている。でも実のところ、「社会性、協調性に乏しい」と判じたかつての担任は正しかった。

2

三日後、僕は入院中の加島百合子を訪ねていった。

あの日の救急病院をネットで調べて見当をつけた。市内では中規模の病院だった。ついでに春延高校定時制課程も調べてみた。僕が住んでいる埼玉県春延市にある県立春延高校は、全日制と夜間定時制との二部構成になっているという。春延高校は通称「ハル高」と呼ばれているらしい。なぜ加島百合子は学校に通っているのだろう。手首を切り裂くという破滅的な行為に及んだ彼女が、規律を重んじる学校へ通っていることが不思議だった。

病院の入院案内で彼女の名前を告げ、見舞いに来たと言った。引きこもりの僕にとってはかなり勇気のいる行動だった。知恵を絞って、見舞客に見えるよう小さな花束を携えていた。受付の女性と相対しているだけで、冷や汗が出た。

自殺を図った女性のところへは面会が制限されているかと思ったが、そんなことはなく、すんなり部屋番号を教えてもらえた。

病院の最上階の特別室に、百合子は入院しているという。エレベーターに乗り、長い廊下を歩いた。消毒薬の匂いや行き交う白衣の人々に、母が子宮がんで入院していた病院のことを思い出した。死に向かいつつある母を見舞うのは苦痛だった。七歳の僕に、詳しい病状を誰も説明しなかった。祖母は最後まで「お母さんはそのうちおうちに帰って来るからね。隆ちゃんのところへね」と言い続けていた。

だけど僕は母が死ぬことをはっきりと知っていた。のみならず、母が死ぬことを喜んで受け入れていることまで。死は、あの時から僕にとって近しいものだった。

ノックに応えて「はい」と返した女性の声は、落ち着いていた。

広い明るい部屋だった。手前に、向かい合ってソファが置いてあった。小さなキッチンまでついていた。ソファの向こうにベッドがあって、そこに加島百合子がいた。電動ベッドはヘッド部分が起こされていて、百合子はそれにもたれて窓の方を見ていた。誰が入って来ようと興味はないというふうだった。

ゆっくりと彼女はこちらを向いた。僕が三日前に会った男だと認識したとは思われなかった。ただ穏やかな表情で、近づいて来る見知らぬ男を眺めていた。

この人には、怖いものなんかないんだな、と思った。儚《はかな》さと強さが同居した奇妙な女性を、僕も真っすぐに見て歩み寄った。ベッドのそばに行っても、何と声をかけたらいいのかわからなかった。黙って小さな花束を差し出す。

「あら」

百合子は嬉《うれ》しそうにそれを受け取った。僕に何の警戒心も抱いていない。スプレーバラとマーガレットに鼻を埋《うず》めて匂いを嗅いだ。彼女の左手首に白い繃帯《ほうたい》が巻かれているのを、僕はじっと見下ろしていた。化粧気のない白い顔の周りで、栗色の巻き毛が揺れていた。

「なんで――」かすれた声を僕は出した。「なんで手首なんか切ったんです？」

百合子はまだ鼻先を花束の中に埋めたままだ。たいして驚いたようには見えない。

「僕の前で」

とうとうその言葉を発した。ようやく百合子は顔を上げた。

「ああ、あの時の――」ゆったりと微笑む。手首を切っても、花束をもらっても同じように微笑むんだな、と思った。

「どうして切った手首を僕に向けたりしたんです？」

「だって――」百合子は小ぶりなブーケをくるくると回した。「だってあなた、とても羨ましそうな顔をしてたもの」

一瞬眩暈《めまい》がした。傾きそうになる体を立て直す。

「どういう意味ですか？」

自分の声が遠かった。

「さあ」急に熱意を失ったみたいに、百合子は投げやりに答えた。

「手首を切ったのは、これが初めてじゃないの。私は筋金入りのリストカッターなのよ」

さもないことのように、百合子は言った。

「切りたいと思ったら、抑えがきかなくなるの。でも初めてだった。あんなに焦がれるみたいに私のすることを見ている人に出会ったのは」

僕はぎゅっと目を閉じた。

カンカンカンカン――。

踏切の警報音が遠ざかるのを待つ。

「座ったら？」窓際のパイプ椅子を指差して百合子が言った。

それからまた、平静な声で続けた。

「あなた、死にたいって思ってる？」

椅子に腰を下ろしていてよかった。でないと本当にふらついて、床にうずくまってしまっていたかもしれない。真っすぐに僕を見つめる彼女の視線が怖かった。しばらく百合子は黙って僕を見ていた。

「でもあなたにはお勧めできないわね。あなたみたいに死を難しく考える人には」

「僕の何がわかるんだ？」

それだけは言い返した。しかし、実際は慄《おのの》いていた。百合子に心の奥底まで見透かされた気がした。

消毒薬の匂いが忌まわしかった。あれは母にまつわる匂いだ。母が僕という重荷から解き放たれた記憶。百合子はふっと表情を緩めた。

「わからないわ。ただ感じるだけ」

僕らは同類だ。生きにくいこの世界で、息をするのも苦しい。救いはどこにあるのか。百合子も答えを探している。それが得られないもどかしさで自傷行為に走るのだ。

「浅見先生があなたに謝りに行ったでしょう？」

百合子は話題を変えた。彼女の救われない魂に目を奪われていた僕は、現実的な話に引き戻される。本当に謝るべきは百合子なのに、まるで他人事だ。今度は軽く笑い声を上げた。

「浅見先生はいつもああなの。学校の中で教えるだけじゃない。いつだって生徒のために駆けずり回ってるの」

いかにも楽しそうにそんなことを言う。僕はくるくる変わる百合子の感情についていけない。

——あの子はちょっと不安定な子で……。

そう言った浅見先生の言葉が蘇《よみがえ》ってきた。果たして学校の担任がここまでするものなのだろうかと疑問を持ったことも。そのことを口にすると、彼女はまた朗らかな笑い声を上げた。

「私だけじゃない。ハル高定時制は問題児ばっかりよ。浅見先生はまず生徒を学校に来させるために心を砕いているの。深夜徘徊《はいかい》する子を捕まえ、犯罪に手を染めた子と鑑別所で面会し、引きこもった子を家に訪ねて行くの。何度も何度もしつこいくらいに」

心がちくりと痛んだ。そんなことをしてくれる教師は、僕が知り得る限りいなかった。

「浅見先生のあだ名は『ブル』っていうの。顔がブルドッグに似ているからじゃないわよ。ブルドーザーみたいに生徒を掻《か》き集めて学校に連れて来るからなの」

浅見先生のことをしゃべる間は、百合子は明るかった。

「何で定時制に通っているの？」

リストカットを繰り返す人が、夜の学校に通うことが不思議だった。

「あそこが私をつなぎ留めてくれる場所だから。唯一定時制だけが」

意味がよくわからなかった。わからないから興味を持った。いきなり僕の人生に飛び込んできた加島百合子と浅見先生。彼らが交わる定時制という場所。

あの出会いがなかったら、僕は「月世界」を知ることもなかったし、その後の僕の人生を変えることになる重松《しげまつ》大吾と会うこともなかった。

加島百合子は二十三歳だった。父親は春延市内で歯科医院を開業していた。裕福な家庭だ。自殺を図って病院の特別室に入って、それでも満たされない何かを抱えた百合子は、また手首を切るのだ。

百合子が退院してからも僕らは会った。

僕は彼女にどうしようもなく惹《ひ》かれた。女性としても魅力的な人だったけど、恋愛感情なんかとは別物だ。僕は人を愛することなんかできない。そんな感情を持つことは、自分を滅ぼすことだ。そういうことを、僕は幼い頃に学習していた。あやふやで信じられないものには近寄らないようにしていた。だから家族が重かった。血がつながっているというだけで、無条件に僕を特別なものとして愛そうとする家族が。何年も口をきかない父親でさえ、僕を心配し、僕のことで苦悩していた。

そのすべてが僕には負担だった。

百合子は、僕に似たものを内包している気がした。誰も踏み入れさせない領域をきっちりと持っている女。冷徹で硬質で頑なで、だけど脆《もろ》い。

会えば会うほど、僕らはそっくりだと思う気持ちが強くなった。百合子が僕のことをどう思っていたかは知らない。僕と同じように、この世で初めて会った同類だと思ったかどうか、そこまで深いことは語らなかった。彼女は決して自分をさらけ出さなかった。ただ会いにいく僕を拒みはしなかった。受け入れられているのかどうかわからないまま、僕は百合子と会い続けた。

春延市内を流れる銅段《どうだん》川の堤防や、郊外のショッピングモールや、市立図書館などで僕らは会った。たいして会話をすることもなく、僕らの仲が深まることもなかった。ただ僕らは双子の捨て猫みたいに寄り添っていた。百合子という年上の女性は、いつまで経《た》ってもとらえどころのない人だった。形をつかもうとすると、アメーバみたいに崩れてするりと逃げ出す生物のようだった。

彼女の手首の繃帯はそのうち取れた。手首には無数の切り傷があった。入院していた百合子が「私は筋金入りのリストカッターなのよ」と言った言葉は本当だった。

以前より足繁く外に出るようになった僕を、家族はどうとらえたらいいのか戸惑いながら見ていた。

百合子は僕の呼び出しに応えて出てきて、しばらく時間を共にした後、日暮れになるとこう言うのだ。

「さあ、ハル高へ行かなくちゃ」

僕が百合子と会う目的の一つがハル高だった。こんなに破滅的な彼女が通う定時制課程とはどんなところだろう。一方では手首を切りながら、通学して机に向かう百合子が想像できなかった。そのことを口にすると、彼女は笑って「行かないと、ブルが連れに来るからね」と言うのだった。いかにも楽しそうに。

本当は百合子には、僕と同じように社会に背を向けていて欲しかった。聞き分けのない弟みたいに甘ったれた僕はそんなふうに思った。その反面、百合子が通う定時制にも興味を持った。

自分のことは語らないのに、ハル高定時制のことは、百合子はよく話題にした。それで行きもしないのに、僕には定時制の現状がわかった。

定時制高校は、昼間働いて夜勉学に励むというかつての勤労学生が行くところではもうなくなっていた。そこは、僕が本やネットからは知ることのできない現代社会の暗部が凝縮《ぎょうしゅく》された社会の底部だった。定時制はヤンキー系、いじめ被害者、被虐待児、リストカッター、日本語を母国語としない外国から来た生徒などアウトサイダーが集う場所だった。

それでも百合子をして「あそこが私をつなぎ留めてくれる場所だから。唯一定時制だけが」と言わしめるところなのだ。

僕がハル高定時制に行こうと決心したのは、百合子のそばにいたかったせいだ。もっと彼女を知りたかった。あの不可解な女性が、突然僕の目の前で自殺を図ったことに運命的なものを感じていた。

僕が定時制に行くと言った時（父とは三年半ぶりにまともに言葉を交わした）、家族は明らかに驚愕《きょうがく》し、反対した。

「定時制？」父は少なからず侮蔑を込めた口調で言った。「そんなところへ行く必要があるとは思えんな」

「あそこは学ぶ場所じゃない。特に隆太のように優秀な子には」

元教師の祖父は、定時制課程の現状を知っているのだろう。頭から否定した。

「勉強がしたいなら、大検を受けて大学へ行きなさい。それが一番お前に合っている。十八にもなって定時制なんて時間の無駄だ」

不快感を隠そうともせずに、父が言った。

「そんなことはわかってる」僕はむっとして言い返した。「別に勉強がしたいわけじゃないよ」

「じゃあなんだ?」

久々に口をきいたと思ったら、とんでもないことを言い出した息子に、父は喧嘩腰《けんかごし》で言った。

「好きな子がそこに通っているんだ」

言った自分が驚いた。父も祖父母も一瞬ぽかんと口を開いた。最初に言葉を発したのは祖母だった。

「好きな子ができたの? 隆ちゃん。それはいいわね。行きなさい。学校へ行って好きな子と付き合って、友だちもいっぱい作りなさい」

たぶん、僕の問題を一番わかっていたのは祖母だった。

高校を卒業する年齢になって初めて、僕は高校受験をすることになった。

ハル高定時制は、二〇一一年三月になくなった。教育行政は、夜間の定時制の統廃合を強引に押し進めたのだ。春延高校はあるが、もう夜、教室に灯《あか》りが点《とも》ることはない。あそこでのことは記憶の底から取り出してみるしかない。

父と祖父に反対されたことへの反発もあって、僕は自分の意志を押し通した。最後まで難色を示していた父とは、一層うまくいかなくなった。結局ハル高へは一年しか通わなかったのだが、あの一年はとても濃密な時間だった。ハル高定時制で僕は、やりたいことを見出し、現在の職業に至っている。

とにかく翌年の春、僕は春延高校定時制の入学試験を受け、入学が許可された。十八歳の新入生が誕生したわけだ。

そのことを百合子に告げた。家族に「好きな子ができたから」と言ったことはもちろん伏せていた。彼女に恋愛感情を持っているわけじゃない。ただやっぱり百合子は大きな存在だった。百合子は僕自身を投影する鏡だった。一瞬のすれ違いで、離れてしまうことはできなかった。

彼女は「そうなんだ」と気のない返事をしたきりだった。

百合子は二十三歳にして、ハル高定時制の三年生だった。僕は一年生。奇《く》しくも担任は浅見先生だった。

ハル高定時制では、クラスの頭に担任の名前を付けて呼ばれる。僕らのクラスは「浅見クラス」だった。浅見先生は、もうハル高に六年もいるベテランらしい。入学試験の時に、僕を見つけて嬉しそうな顔をしていた。

目の前で百合子が自殺を図り、浅見先生とも知り合った。それがなければ僕はハル高定時制には行かなかった。そういうことを口にするのは憚《はばか》られた。先生も「どうしてここへ来ることにしたの？」などとは訊かなかった。そういう質問はナンセンスだった。とにかく生徒はバラエティに富んでいた。制服などというものもない。おおむね若い生徒が多かったが、三十代の主婦もいたし、四十代の自営業の男性もいた。十代の生徒にしたって、ふてくされて頰杖《ほおづえ》をついているとび職姿の男がいたり、派手な化粧を施したキャバクラ嬢まがいの女の子もいた。この吉竹《よしたけ》さんという生徒は、よく浅見先生に歓楽街から連れ戻された。百合子が言ったことは本当だった。浅見先生は、落ちこぼれようとする生徒をブルドーザーみたいに掻き集めて授業に出席させるのだった。

夜間定時制高校は四年制で、二年までの休学が認められている。二年以上休むと、退学ということになる。通い始めてから知ったことはたくさんある。ユニークなのは、給食があることだった。昼間働く生徒のためかと思ったが、そうでもないらしい。定時制に通う生徒には、低所得家庭の子も多い。家庭での食生活は恵まれているとは言い難い。彼らにとって、ここで一食でもバランスのいい食事が摂《と》れることは重要なのだった。そういうことは、家の中にいたのではわからなかった。

ハル高では、一時間目と二時間目の間の二十分間が給食の時間だった。

初めから食堂に来ず、給食時間に校舎の外に出ていく生徒もいた。あれは校舎の陰で煙草《たばこ》を吸っているのだろう。本当は校内での喫煙は禁止されているのだろうが、先生も強くは注意していなかった。中には未成年の奴《やつ》もいたと思う。まだ喫煙に対しての認識が緩い時代だったこともあるが、厳しく取り締まって停学処分などになったことをきっかけに、嫌気がさして学校をやめてしまう者もあるせいだ。

この給食の時間が問題だった。僕は長い間家族とも食事を共にしていなかった。自分のために用意された食事を、自室に運んで食べていた。だから誰かと一緒にものを食べるということが苦痛だった。

浅見クラスの女の子たちは、主婦の檜垣《ひがき》さんを中心にして、同じテーブルを囲んでおしゃべりをしていた。男子生徒は、いくつかのグループに分かれて思い思いに食べていた。僕はどのグループにも入らず、ぽつんと一人で座って黙々と給食を食べた。そんなだから美味しいとも思わなかった。

男子生徒の中に、やたらとハイテンションでしゃべる男がいて閉口した。それが重松大吾だった。十六歳だと言った。

「堤《つつみ》君、そんなとこでぼそぼそ食べないで、こっちに来いよ」

そう話しかけられて生返事をした。本当は、他人とものを食べられないことに気づいて、僕自身がショックを受けていたところだった。そんなことをこんな軽薄な少年に説明する気にはなれなかった。

四月中旬にもならないうちに、僕は安易な気持ちで定時制に来たことを後悔し始めていた。祖母が僕が定時制に行くことに賛成したのは、「社会に出るリハビリ」として、適していると考えたかららしい。そういう意味では失敗だな、と僕は考えた。浅見クラスに、僕は溶け込めなかった。家に閉じこもっているより孤独だった。

大吾があんまりしつこく言うものだから、それを断る術《すべ》も見出せず、彼らと同じテーブルの端っこに座って、やはり黙々と食べた。やかましい大吾の声は、嫌でも耳に入ってくる。隣に座った大槻《おおつき》という男とさかんにしゃべっている。大槻はスキンヘッドで、耳だけではなく鼻にも金属のピアスを付けていた。筋肉質な体の上に顔もいかつく、町中で出くわしたら、間違いなく避けて通りたいタイプの男だった。年齢は二十代半ばくらいに見えた。そんな奴にも臆することなく大吾は話しかけた。

「大槻君はなんで定時制に来たんだ？」

大槻は所属していたグループが解散して、暇になったからと答えた。彼が所属していたグループは、だいたい察しがついた。少なくとも読書や編み物のグループではないだろう。

「重松君は?」驚いたことに大槻の語り口は優しかった。「どうして定時制に来ようと思ったの?」

大吾は嬉しそうに笑った。

「俺? 俺は一年働いて金が貯《た》まったから来たんだ。高校卒業したかったから」

しごくまともなことを答えた。それからも大吾と大槻はしゃべり続けていた。二人の会話から、大槻が所属していたグループというのは、ある地下アイドルをボランティアで護衛する集団だと知れた。ファンクラブから派生した一団らしい。おかしなオタクや素人カメラマン、ストーカーなどから守るのだそうだ。世の中には、思いもよらない任務を帯びた人々がいるものだ。地下アイドルの名前は「ふだらくミカ」というらしい。心当たりはなかった。なにしろ地下なのだ。

「ふだらく」とは補陀落のことだろうか。何か観音信仰と関係があるのだろうかと僕は思ったが、もちろんそんなことは口にしなかった。つまらない知識を披露すると、奇異な目で見られることは身に沁《し》みていた。ここではそんな轍《てつ》は踏みたくなかった。

「ふだらくミカ」が突然引退を宣言して、その地下からも消えてしまった。そこで大槻は一念発起して中退した高校に通うことにしたのだと言った。

「一時は抜け殻みたくなっちゃったよ。もうどうしていいかわからなくてさ。彼女を守るっていう目的がなくなったら。そのためにジムに通って体も鍛えたのに」

大槻はしょんぼりして言った。人は見た目ではわからないものだ。

「いや、でもそんなガタイになれてよかったじゃないか。体鍛えて損はない」

大吾はピントのずれたことを言った。そして早くも大槻のことを「ツキ」というニックネームで呼んだ。大槻は、年下の大吾にそんなふうに気安く呼ばれても嫌な顔はしなかった。

大吾のように薄っぺらで軽くて、おしゃべりな奴に僕は馴染《なじ》めない。何の悩みもなく生きているような大吾とは、到底わかり合えることはないと思った。

大吾自身は、家族がいないので、リサイクルショップに住み込んでアルバイトをしているのだという話を大槻にした。ということは、彼は中学卒業後、一年間働いて高校へ行く金を貯めてハル高へ入学したということか。

「偉いなあ、重松君は」と大槻も感心していた。

家族がいないなんて、どういう事情なのだろう。家族がありながら、つながり方がわからない僕は、彼の身の上に一瞬興味を持った。だが大吾はそれきり自分のことには触れなかった。僕もすぐにそんなことは忘れてしまった。

食堂には百合子もいた。学校では口をきくことはなかった。彼女はいつも一《いち》ノ瀬《せ》という同級生の男と一緒にいた。彼はバスケットボール部のキャプテンだという。百合子は学校へ車で通っていて、帰りはいつも一ノ瀬が助手席に乗っていた。二人の関係を僕は問うことはなかったし、向こうも特に説明はしなかった。

休みの日に僕が誘うと、百合子はそれに応じてくれた。それで充分だった。

四月末、ゴールデンウィークが始まって、僕はいくぶんほっとしていた。日が暮れてから学校に毎日通うという日常にまだ慣れなかった。僕は百合子と並んで歩いていた。汗ばむほどの陽気だったけど、百合子はずっと長袖を着ていた。手首の傷を隠すためだ。何重にも重なり合った古い切り傷。

僕らは線路脇の道を並んで歩いていた。電車が何台も僕らを追い越していった。冷たい線路がすぐそばにあった。電車が近づいて来る音がすると、僕はそこに飛び込むことを想像した。百合子の手を引いて、二人一緒に。重々しい車輪が僕らの肉体を押し潰し、細かく刻み、そこら辺に撒《ま》き散らす様を。僕ら二人は無に返るのだ。望み通り。

その時、百合子が僕の手のひらに自分の手を滑り込ませてきた。そしてぐいっと引きよせた。いつの間にか線路に寄っていっていた僕の体は、道路の方に戻された。僕ははっとして隣を歩く年上の女性の顔を見返した。百合子は知らん顔をして前を向いて歩いていた。だけど手は放さなかった。手首に無数の切り傷がある百合子の左手は、僕の右手をしっかりとつかんでいた。

百合子によって、僕は生の側に引き戻された。何度も死に向かって歩み寄ることをしているくせに。彼女だからこそ、敏感に僕の衝動を読み取ることができたに違いない。

だけどその上で危険な衝動を優しく打ち消した。

一人だけで行くつもりなのか？　僕を置いて。

かつて同じように感じたことがあった。また同じことが繰り返されるのか。それだけはごめんだった。せっかく見つけた僕の同類を失いたくなかった。でも自分の心情を語る気にはなれなかった。黙って歩き続ける百合子の手は温かだった。確かに生きている人間の体温があった。

「おー、堤君」

後ろから声をかけられた。振り返らなくても誰の声かはわかった。

自転車に乗った大吾がやって来て、僕らのそばで止まった。

「何してんの？　こんなとこで」

言いながら、手をつないだ僕らを見た。

「あ、付き合ってんの？　二人。ええと、三年生の加島さんでしょ？　堤君、やるねえ。加島さん、美人で有名だもんね」

僕はそっと百合子の手から自分の手を抜いた。大吾は、百合子に自分のことを僕の同級生で、クラスで親しくしていると紹介した。大吾と親しくした覚えはないが、僕は否定するのも煩わしくて黙っていた。早くどこかに行ってくれないかといらいらした。だけど、誰も拒絶することのない百合子は、大吾と言葉を交わし始めた。

「あなた、何してるの？」

逆にそう尋ね返す。

「あ、俺、バイト中なんだ。今、配達の帰り。ゴールデンウィークだって店が開いてるからなあ。ろくに客も来ないのに」

大吾は自転車から降りて、ゆっくり歩き始めた僕らと歩調を合わせる。

「へえ、どんなお店？」純粋で無垢《むく》な百合子は質問を続けた。

「リサイクルショップ。店名は『月世界』っていうんだ。おかしいだろ？」

べらべらしゃべる大吾が鬱陶《うっとう》しい。百合子はころころと笑い声を上げた。調子に乗った大吾は「月世界」の名前の由来もしゃべった。

「いい加減だろ？　それに経営者の婆《ばあ》さん、相当ヤバイぜ。物の売り買いにかけては鬼だな。買い叩くわ、ふっかけるわ、客を客とも思わないんだ。その上人遣いは荒いし、もういいとこなしだ」

「どうしてそんなところで働いているの？」

「ま、住むとこがタダだからな。見に来る？　すぐそこなんだ」

驚いたことに、百合子は「月世界」に寄って行こうと僕を誘った。

3

僕らは高座神社まで行き、常夜灯のところで曲がって緩い坂を上っていった。

恐る恐る覗いた「月世界」の中は薄暗かった。天井にある蛍光灯は、半分は点灯していなかった。後で大吾が、「社長はどケチだからな。電気代もケチってるんだ」と説明した。

社長である七十代の野口《のぐち》タカエは、コンパネで囲った奥の部屋の中にいた。そこが一応事務所らしかった。事務所に入っていった大吾が、僕と百合子をタカエに紹介した。百合子が「重松君とさっきそこで会って」と説明をしたけれど、タカエは老眼鏡をちょっとずらして、上目遣いにこっちを見たきりだった。

「じゃあ、配達が終わったからちょっと休憩ってことで」

大吾はへらへらと言って、僕らの背中を押した。倉庫の壁に沿って二階に上がる鉄階段があった。そこへ向かう三人の背中に、タカエが「二十分だけだよ！」と怒鳴った。

「な？　ひどい婆さんだろ？　愛想も悪いしな。客にもあんな具合なんだ。気にするな」

大吾に与えられた部屋は、屋根裏部屋とも言えない倉庫の上部に宙づりになった空間だった。

「ダンスホールだった時は、ここからホールを見下ろして照明や音響の調整をやってたんだと」

倉庫を見下ろす覗き窓とは別に、外に向いた細長いガラス窓があった。六畳ほどの殺風景な部屋だった。大吾は床に直《じか》にマットレスを敷いて寝床にしていた。小さな冷蔵庫とラック。ラックの中に乱雑に衣服が突っ込まれていた。部屋の隅に置かれた傷だらけの木製の机と椅子は、年代物だった。机の上に教科書が置いてあった。テレビはなくて、古臭いラジオが一台。それだけだった。

「ここにあるのは、全部この店の売り物だったんだ」

買い取り価格で譲ってもらったんだと大吾は言った。冬は電気ヒーター、夏は扇風機を使う。今は倉庫にしまってあるらしい。

「調整室だったからコンセントがあってよかったよ」

百合子は物珍しそうにあちこちを眺めている。

座ってよ、と大吾が言って一個きりの椅子を百合子に勧めた。

「何か飲む？」

冷蔵庫を開けかけた大吾を僕は止めた。

「いいよ。今は」

「うん」

大吾は素直に頷《うなず》いて、マットレスに座った。僕にも隣に座れと言ったが、僕は突っ立ったままだった。

野口タカエは、蕨《わらび》市で同じような商売をしていたらしい。一応有限会社で、だから社長なんだと大吾は説明した。商売を起こしたのはタカエの夫で、彼が何年か前に死んだので、ここに店を移したらしい。

百合子は、入り口に掲げられた看板の意味を訊いた。「何でも売ります。買いますはわかるけど、「よろず相談承ります」とはどういう意味かと。

「うち、便利屋も兼ねてるんだ」

「便利屋？」

「要するに何でも屋だ。頼まれごとがあれば、何でも引き受けるってことだ」

「たとえば？」

大吾は喉の奥で笑った。

「うちは人手がないから、大規模なことはできないんだ。部屋の片づけとか、庭の草むしりとか、子供の送り迎えとか、楽ちんなのは、年寄りの話し相手とか」

変わったところでは、庭に蛇が出たから退治してくれとか、夜中におかしな物音がするから、お祓《はら》いをしてくれるところを紹介してくれとか、落とし物やいなくなったペットを探してくれとか——と大吾は続けた。

「それ、全部解決するわけ？」興味を引かれたように百合子が尋ねた。

大吾は頭《かぶり》を振った。

「うまくいかないのもあるさ。当然。こっちは素人なんだから」

「そういう時はどうするの？」

「まあ、経費と費やした時間に見合う料金はもらうんじゃねえの？　とにかく社長は断らないんだ。何でも一応引き受けるんだ。参るよ」

社長は受けるだけ受けて、たいてい大吾に丸投げしてくるという。多岐にわたる依頼にいちいち応じられる大吾の柔軟性にだけは、僕は密《ひそ》かに舌を巻いた。百合子がさりげなく、なぜ住み込みで働いているのか尋ねた。大吾は簡単に、親が死んで富山《とやま》の叔母夫婦に引き取られ、義務教育までそこで面倒をみてもらったのだと語った。

見た目はいい加減で浮薄だが、彼は十六歳にして自分の稼ぎと自分の才覚で生きているのだ。うまくいかないとはいえ、親の庇護《ひご》の下で暮らしている僕には、考えも及ばないことだった。少しだけ大吾の見方が変わった。

その後、また階段を下りて、倉庫の中を見て回った。

だだっ広い倉庫の中には、無粋なスチール棚が組まれていて、所せましと、あらゆる品物が詰め込まれていた。絶対誰も買わないだろうと思われる品や、ちょっと欲しいなと思えるような品まで、ありとあらゆる物だ。きれいに陳列された新品の物が並ぶ店しか知らない僕は大いに興味をそそられた。

百合子も面白そうに棚の間を歩いて回った。

使い古した便器や、バスタブや、どう見ても壊れているとしか思えない電化製品。子供の玩具、ベビーカー、農機具、額に入った油絵、英会話教材。古着は皺《しわ》くちゃで、雑誌のバックナンバーはまとめて紐《ひも》かけして転がしてあった。口が欠けた壺《つぼ》とか破れて染みの浮いた掛け軸、触ったら崩れてしまいそうな竹細工のカゴなどは、ガラクタにしか見えなかった。

食器に鍋釜、賞味期限の過ぎた缶詰やパスタまであった。

入り口近くの床に、モップの先っぽのようなものが転がっていると思ったら、むくりと動いたので、あやうく悲鳴を上げるところだった。それは毛足の長い茶色の大型犬だった。ずっと眠っていて、びくとも動かなかったので、生き物だとは気がつかなかった。

棚の向こうで大吾はゲラゲラ笑った。

「そいつ、ヨサクっていうんだ。もう年寄りだから、あんまり動かない」

「まさか、これも売り物？」

そう問うと、大吾はさらに大声で笑い、埃《ほこり》で噎《む》せた。

「違うよ。ヨサクは世話ができなくなった飼い主から頼まれて引き取ったんだ。こいつ

と同じくらい年取った爺《じい》さんから
　それから声を落として、「社長は相手の足下を見て、相当の金をふんだくったんだぜ」

と付け加えた。

「一日中、昼寝してるから番犬にもならねえ」

　百合子はヨサクに寄っていって、顔を覗き込んだ。

「かわいい」

　そのそばに僕も膝をついた。ゴールデンレトリバーの血を引いた雑種だと大吾は噎せながら説明した。愛嬌《あいきょう》のある垂れ目が僕らをじっと見つめた。初対面の人間を警戒する様子もない。手を伸ばして撫でてやっても、おとなしくしている。そのうち、僕の手に冷たい鼻づらを押し付けてきて、「クーン」と鳴いた。

　まだ母が生きていた頃、幼い僕にたくさん絵本を読んでくれていた。あの中に犬の絵本があったのを思い出した。雪原に取り残された子供を、大型犬が自分の体温で温めて助ける話だったと思う。ヨサクはあの挿絵の犬に似ていた。ふいに絵本を読んでくれる母の声が蘇ってきた。不思議だ。もうずっと思い出すこともなかったのに。

　あの時、寄り添っていた母の体温まで思い出した。

「ヨサク」

　百合子の声に、ヨサクは首をもたげてにっと笑った。笑ったように見えた。

僕らがまた倉庫の奥に戻った時、誰かが戸口から入って来た。客が来たのかと思ったが、大吾が一瞥《いちべつ》して顔をしかめるのが見えた。奥から出てきたタカエも露骨に嫌な顔をした。僕のところからは、よく顔が見えなかった。猪首《いくび》で恰幅《かっぷく》のいい男の体形だけはわかった。男は肩をいからせてずかずかと倉庫の中に入ってきた。蛍光灯の下に来て、男の顔がはっきり見えた。眼光が鋭い男の顔には見憶えがあった。こっちも機嫌が悪そうに唇をへの字に曲げている。

「誰？」

古いマトリョーシカ人形を手に取った百合子が、大吾に尋ねた。

「あいつは春延西署の刑事だ」

それは知っていた。百合子が手首を切った時、連れて行かれた警察署で僕を取り調べた刑事だった。中矢という名前も思い出した。思い出したくない顔と名前だった。こんなところで遭遇するとは思ってもみなかった。それも百合子と一緒のところで。

中矢は床に寝転がるヨサクをまたいで、タカエに近寄った。

「何か用かい？」

「随分な口のきき方だな。こっちはパトロールをやってるんだ」

横柄な刑事の目つきにタカエは、臆することなく見返した。

「ふん」タカエは鼻を鳴らした。「こっちは忙しいんだ。あんたの都合で来られたたって

「忙しいだと？」中矢は怯《ひる》まない。「こんな潰れかけの店のどこが忙しいんだ」

迷惑だね」

「大きなお世話だ。とにかくあんたみたいな人相の悪い刑事がちょくちょく来るのは、お断りだ」

「警察の活動に協力するのが、善良な市民てもんだろうが」

「あいにくあたしは善良な市民じゃないんでね」

百合子がクスクス笑い声を上げた。中矢は棚を回って、僕らのところへやって来た。じろりと僕らをねめつける。

「お前――」

僕の顔を見た中矢が目を見張った。半年も前に関わった人物の顔を憶えているとは、意外だった。刑事は侮れない。僕はさりげなく百合子の前に出た。幸いにも中矢は百合子の顔は知らないようだった。あの日、面識がない女性が目の前で自殺を図ったという僕の言い分に、また疑いの目を向けられるのは面倒だ。執念深そうな中矢に、あれからのいきさつを説明するのは、時間がかかりそうだった。

「何をしてるんだ。こんなところで」

僕に向かってそう問いかける。

「あ、こいつは俺の同級生なんだ。ちょっとそこで会ったもんだから連れて来た」

大吾が横から口を挟んだ。

「何だと？　じゃあ、お前も定時制に通ってんのか」

中矢は「月世界」やここで働く大吾の事情にも通じているようだ。パトロールと称してこんな小さなリサイクルショップに刑事が出入りすることに、違和感を覚えた。

「この四月から入ったんだ」

僕もタカエに倣《なら》って、ぶすっと答えた。中矢はぐるっと倉庫の中を回った挙句、「また来る」と出ていった。

「変な人」

中矢を知らない百合子がまたクスリと笑った。それを潮に僕は百合子を連れて「月世界」を出た。

「また来いよ」

大吾が背中に声をかけた。もう二度とここに来ることはないとその時の僕は思った。あそこにあれほど入り浸るようになるとは、思いもしなかった。

その日、家に帰ってから書庫に直行した。

低い本棚には、絵本がぎっしり詰まった一角がある。母は幼い僕にたくさんの絵本を買ってくれて、読み聞かせをしてくれていたのだ。薄暗い書庫の床に座り込んで、僕は死んだ母が残した絵本の背表紙をじっと見ていた。

五月も末になると、定時制高校の授業にも慣れてきた。

僕は自転車に乗って、休まず通い続けた。僕には「外に出る」ということが肝要だった。

覚悟していたことだが、授業内容は僕には易《やさ》し過ぎた。それでも理解できない生徒が多い。彼らがわかるまで丁寧に教えるので、授業は遅々として進まなかった。でも不思議なことに退屈ではなかった。浅見先生はじめ、定時制の先生の授業を見ていると、「教える」とはどういうことなのかよくわかった。

ハル高には、家庭でネグレクトされている子もいるけれど、教育機関からネグレクトされてきた子も多い。もともと軽度の知的障害を持っている子や、不登校になったり、親の離婚や度重なる転校などで学習意欲を失った子がいた。

日本の学校制度では、こういう子らを丁寧にすくい取るということはしない。そんなことをしていたら、他の生徒の学習の邪魔になるからだ。親からもクレームが来るだろう。そういう学校に僕も通っていた。

でもハル高の生徒の中には、九九も満足に憶えていない者や、簡単な漢字も書けない者がザラにいた。もうちょっと経って職員室に遊びに行くようになった時、浅見先生に聞いたのだが、学習指導要領によれば、高校では二次方程式などがある数Ⅱまでを教えることを義務づけている。だが定時制高校でそこまで進むのは至難の業だと先生は言った。

僕がとんでもなく優秀な頭脳の持ち主だということは、もう浅見先生にはわかっていた。祖父に手引きしてもらったり、大学の授業をネットで視聴したりして、「デカルトの符号法則」とか「フェルマーの最終定理」とか「ソモスの数列」なんかを僕は面白く学んでいた。

「彼らは小中学校の時に、学ぶべき勉強をやり損ねたんだ。ほんのちょっとしたことだ。でもそれが今、積み残しになって重くのしかかっている。定時制は、そういう生徒の学習を補ってやるところなんだ」

試験を受けて定時制に入学してきた生徒は、一般的な教育環境からはドロップアウトしたかもしれないが、勉強をやり直そうと決心して来た子なのだ。「教えること」「学ぶこと」の真摯な姿がここにはあった。

「でも本当の目的は勉強ではない」浅見先生は続けた。

「今までわからなかったものがわかってくることは、すごく大きい。自信を取り戻し、人生に向き合う武器を得ることになる」

それから僕を真っすぐに見て言った。「堤君もな」

家にいて、ネットから得る知識で知ったと思っていたことは、まがいものだった。それがよくわかった。その時の僕は、人生のとば口に立った丸腰の歩兵だった。

「計算は電卓がやってくれる」九九をうまく言えない大吾はうそぶいた。「だろ？」

「まあね」

不承不承《ふしょうぶしょう》僕は返事をした。「月世界」を百合子と訪ねてから、彼は同級生の僕を友人だと思っているらしい。こっちにしたら迷惑な話だ。この男のテンションにはついていけない。なるべく離れていたいのに、教室ではしつこく話しかけてくる。

「俺は金勘定は間違わないぜ。釣銭を間違えたりしたら、社長にどやされるからな」

それには答えなかった。僕が暗に彼を拒絶していることが、大吾にはまったく伝わらない。大槻を「ツキ」と呼ぶように、僕のことを「隆太」と気安く呼ぶ。それも気に入らない。

それに僕には気がかりなことがあって、大吾にはかまっていられなかった。

百合子が沈んでいる。携帯で話しても、すぐに切りたがる。誘いにも乗ってこない。学校も休みがちだ。そもそも学校では百合子と話したくなかった。

またリストカットをするんじゃないかと僕は怯《おび》えた。こんどこそ、彼女は成功してしまうかもしれない。百合子が死ぬことそのものよりも、僕はまたこの世界に一人で残されることが怖かった。

僕は十九回目の誕生日を迎えた。僕はまだ生きていて、年を重ねているのだ。

昼間の時間を持て余して、僕はやみくもに自転車を走らせた。

ペダルを漕《こ》ぐ僕の体が風を二つに切り裂いた。そんな単純な感覚を楽しもうとしたが、あまりうまくいかなかった。自転車を乗り回す無邪気な子供時代を、僕は無為《むい》に過ごしてしまった。あちこちで自転車を止めて景色に見入った。市内を縦断する銅段川を流れていく水を飽きもせずに眺めた。鉄橋を渡る電車、煙を吐く工場の煙突、商店街の道のカラー塗装、軒下のツバメの巣――。

風の中にいろんな気配が混じっていた。音や匂い、湿気や煙。春延市は、街と山との距離が近い。小高い山ではあるが、濡れた緑が吐く酸素濃度の高い空気が、街まで届いている気がした。

「隆太、加島さんのこと、知ってる?」

授業が終わって自転車置き場に向かう時、大吾に話しかけられた。

「どういうこと?」

つい話に乗ってしまった。大吾から百合子のことを知らされるとは思っていなかった。

足を止めた僕に、大吾は畳みかけた。

「加島さんの叔父さんが自殺したんだって」

意外な事実だった。思わず「本当に？」と問い返してしまった。

「ほんとだ。一ノ瀬に聞いた」

一ノ瀬は、加島さんのことをよくわかっているんだと大吾は言った。その言い方にもカチンときた。ゴールデンウィーク中に僕と百合子が手をつないで歩いているところを目撃した大吾が、わざと僕の気をざわつかせるために言ったのだと思った。

でもそれ以上に百合子のことが聞きたかった。

それまでに大槻と大吾が話す内容から、運動神経のいい大吾は、三年生の一ノ瀬から、バスケットボール部に勧誘されているんだと知っていた。おしゃべりな大吾は、大槻相手に、一ノ瀬のことをしゃべっていた。彼は二十六歳で、以前、東京の下町にある暴力団事務所で、部屋住みをしていたヤバイ奴だったと、その時初めて知った。組を抜けて地元の春延市に戻ってからはまっとうな職に就《つ》き、一念発起して定時制に通い始めたという変わった経歴の持ち主のようだった。そんな噂《うわさ》を軽々に口にする大吾にも腹が立った。

どうして百合子はそんな奴と親しくしているのだろう。

「だからさ、加島さんは精神的に動揺してるんだ。一ノ瀬はそれを心配してた」

身内の者が、自ら命を絶ってしまうというのは衝撃的なことだろう。とりわけ百合子のような自殺志願者にとっては。その気持ちは僕にはよくわかった。血のつながった人間が死を選んでしまうということに伴う喪失感、虚無感、傷心、自責の念。それから残された自分には何の価値もないと思わされること。でももうどうしようもない。死んでしまった者は安寧《あんねい》の中にいるのに、僕らは苦悩、煩悶《はんもん》するしかない。

自転車置き場の暗闇の中で、百合子に電話をかけた。

「そう。重松君に聞いたの」

たいして感情を込めずに百合子は言った。

「あいつ、ムカつくよな。そんなことを僕の耳に入れて反応を見てるんじゃないかな」

百合子は電話の向こうでクスリと笑った。

「堤君も心配してる？　私がリスカするんじゃないかって」

言葉に詰まった。

「うちの親はびくついてる。叔父の行為に影響されて、私がまたバカなことをするんじゃないかって」

「百合子さん、大丈夫？」

また百合子はかすれた笑い声を上げた。

「私とは関係ない。叔父は叔父の問題を抱えていたんだから」

その問題のことまでは詳しく触れなかったが、ついこの間、三階建ての自宅のベランダから飛び下りてしまったのだと説明した。

「でも、ねえ、堤君」

「え？」

「そういうことって連鎖するのかしらね。つまり自分では関係ないって思っていても、あっちの世界から呼ばれるってことが」

携帯を握った手が汗で濡れて、ぬるりとした不快な感触を覚えた。どうしてそんなことを百合子は言うのだろう。あなたならわかるはず、と耳のそばで囁かれた気がした。

百合子のワンピースに咲いた真っ赤な花。渡された血塗れのカッター。幾筋もの古い切り傷。線路。踏切の警報機の音。僕を誘う数々の死の気配。

一度、目をぎゅっと閉じて、それらの映像が遠ざかるのを待った。

「マトリョーシカ」

「え？」

「マトリョーシカ人形を買って来て。『月世界』へ行って」

それだけ言って、百合子は通話を切った。

4

僕の家から「月世界」まで、自転車で四十分くらいかかった。

「よう、隆太」

大吾は僕の顔を見ると、嬉しそうに笑った。口笛を吹きながら、タカエに命じられたのか、棚の商品の整理に精を出していた。しばらく僕はそんな様子を見ていた。この男も少し変わっている。クラスメイトの一人が、もっと割のいいバイトがあると紹介してくれたのに、それを断った。野口タカエの陰口を言いながら、「月世界」で働き続けていた。住み込みで住居費がいらないことは魅力だろうが、彼のようにサバサバした少年が働くのには似つかわしくない場所だと思う。

この前、百合子が見ていたマトリョーシカ人形を買いたいと言うと、大吾はすぐにそれを見つけてきた。こんなにごちゃごちゃと突っ込んでいるように見えて、彼には商品のことが頭に入っているのか。

大吾に渡されたマトリョーシカは薄汚れていて、値段も安かった。

「ちょっとさあ、好きな人にプレゼントするにはシケてんじゃないの？」

代金を受け取りながら、大吾は言った。

これを買いに来させたのは、百合子の気まぐれだ。それはわかっていた。あの人には、欲しいものなんかないのだ。だけど僕は、彼女の気持ちにとことん付き合ってやりたかった。それが僕という同類にしかできないことだと勝手に思い込んでいた。

しかし、百合子の気まぐれが意外なつながりを生むことになるのだった。

六月初めのあの日、やって来た客は、今まで何度か「月世界」に物を売りにきたことのある人物らしかった。頭を角刈りにした中年男で、作業着には、「竜野《たつの》製材」と縫《ぬ》い取りがしてあった。大吾も彼の顔を見るなり「竜野さん」と呼びかけた。

「今日は何を売りに来たの？」

「家のもんをちょっとな。小遣い稼ぎ」

竜野さんは、弱々しく微笑んだ。大吾が思い出したように僕のことを、高校の同級生だと竜野さんに紹介した。

声を聞いて、奥の事務室からタカエが出てきた。「月世界」の経営者に対して、竜野さんは愛想笑いをした。これではどっちが客かわからない。

僕はその場にとどまって、リサイクルショップで物が売り買いされる様子を見ていた。客が帰った後、少し大吾と話をしたかった。百合子の叔父の自殺の件についてまだ知っていることがあるんじゃないかと思ったのだ。

入り口近くにあるテーブルの上に、竜野さんは持ってきた品を並べた。そのテーブルも一応売り物だ。値札が付いていた。揃《そろ》いの椅子が失われたダイニングテーブルだった。その下で、ヨサクがびちゃびちゃと舌を鳴らして牛乳を飲んでいた。

タカエはにこりともせずに、竜野さんが取り出す物を見詰めていた。水晶の球が載った人工大理石の置物だとか、キツネの毛皮の襟巻《えりまき》、古い腕時計、木箱に入った抹茶茶碗、小さな仏像。一目見て、大吾は首を振った。誰が見てもたいしたものではないと知れる品だった。

それでも一応タカエは一つ一つ検分していった。

「これ、黙って家から持ち出したんじゃないだろうね」

まるで身内に言うようなつっけんどんな口のきき方だ。大吾が僕に囁いた。竜野さんは、以前父親に黙って金目のものを売り払い、大目玉を食らったらしい。未《いま》だに所帯を持たず、親が経営する製材所で働いている竜野さんは可哀《かわい》そうな立場なのだと。よく見ると、両の眉毛が下がった情けない面構えだ。

「そんなことはないよ。これはちゃんと親父には断ってある」

タカエは、返事をせずにまた品定めに戻った。タカエの肘が当たってキツネの襟巻が床に落ちた。ヨサクが珍しく跳び退《の》いた。それから陶器の傘立ての後ろから、キツネの顔に向かって唸《うな》り声を上げた。

タカエが電卓を叩いた。その額を見て、竜野さんはさらに情けない顔になった。

「いや、そんな――。もうちょっとどうにかならないかな。これなんか――」竜野さんは小さな仏像を手に取った。

「これ、金箔《きんぱく》を貼ってあるって聞いたけどな」

「バカ言うんじゃないよ」タカエはにべもなく言い放った。そして先の尖ったドライバーで仏像を突《つ》いた。竜野さんが「うっ」と唸った。

「これは金色のアクリル絵の具で塗ってあるだけだ」

曲がりなりにも仏像の形をしている彫り物を傷つけるという暴挙に出た老婆は、顔色一つ変えない。シビアなリサイクルショップの経営者そのものだ。

「どうせどっかで拾ってきたんだろ？」

「そんなことないよ。これはもらったもので……」

くれた人物が金箔貼りの有難い仏像だと言ったらしい。

「騙《だま》されたんだよ」タカエはまったく容赦がない。

「そこを何とか」竜野さんは食い下がった。「今年はさ、副業が全部だめになって――」

「あんた、いかがわしい小遣い稼ぎでもやってんのかい」

「いや、違うよ」竜野さんは慌てて首を振った。「俺の小遣い稼ぎじゃない。竜野製材のれっきとした副業だ」

竜野さんがくどくどと言い募った。竜野製材の裏は、広い丘陵地になっていて、雑《ぞう》木林《きばやし》が広がっているのだという。そこにはクヌギの木がたくさんあって、カブト虫がいる。カブト虫は、竜野製材の工場の外にあるおが屑《くず》置き場に飛んできて、その中に産卵するのだそうだ。放っておくとその中で孵化《ふか》して、幼虫が育つ。幼虫がある程度の大きさになった時、竜野さんはそれを取り出して飼育ケースに移す。そうすると、そこでサナギになり、脱皮して成虫になるというわけだ。

そうやって手に入れた大量のカブト虫は、いい値で売れる。ほとんど手間がかからないので、割のいい副業なのだと竜野さんは言った。

「カブト虫が勝手に育ってくれるから結構な収入だったんだ。親父もそれを当てにしてた。それなのに、今年は幼虫が全滅してたんだ」

例年通り、幼虫をおが屑の中から取り出そうとしたら、全部死んでしまっていたのだという。いつもなら、ふくふくと肥えて丸まった幼虫が転がり出てくるのに、死んで黒く縮んだ死骸だけがいくつも埋まっていたという。

「へえ。何でだろうな」

大吾が口を挟んだ。タカエはそんな無駄話には耳を貸さない。自分が提示した金額をさっさと売主に握らせると、買い取った品を棚に陳列し始めた。タカエが渡した代金は、本当に気の毒なくらい微々たるものだった。

「毎年育っていたカブト虫の幼虫が大量死するなんておかしいな」

「だろ？」竜野さんは話す相手を大吾に変更したようだ。「来年もこんなふうだったら、うちは大打撃だ」

「副業にそんなに頼るなんて、あんたんとこの製材所はお先真っ暗だね」

タカエが背中で嫌みを言った。

「何か環境が変わったんだな」

「それがわかれば対処のしようもあるんだけど」

「雑木林の方で何かあったんじゃないの？」

そんな様子はないがなあ、と竜野さんは腕組みした。くだらない話に興味を示す大吾に、僕は苛立《いらだ》った。

「お前、カブト虫が好きなのか？」

竜野さんに問われて、大吾はうんうんと首を振った。

「俺、子供の頃は昆虫小僧って呼ばれてて、虫という虫を――」

そこまで言って彼は口をつぐんだ。竜野さんはしばらく待ったが、それっきりだった。

「あ、そんなら重松君、一回うちのおが屑置き場見に来てよ」

竜野さんは気を取り直した。

「いいよ」

「もし、原因を突き止めてくれたら、親父も喜ぶよ。少しならお礼もすると思う」

「それはうちへの仕事の依頼ってことだね」

抜け目なくタカエが振り返って言う。

「まあ、そうだけど」勢いに押されて竜野さんが答えた。「うちの従業員たちが勝手に推理して、おかしな理由をこじつけたりしてるからな。親父は頭にきてんだ」

「おかしな理由って？　カブト虫の幼虫が全滅した理由？」

「うん。先月、うちの従業員の一人が、おが屑を捨てる時によろけて、おが屑の中に手を突っ込んでしまったらしいんだ。そうしたら、中がすごく冷えてたらしい。きっとあれで死んでしまったんだろうって言ってた」

「でも何で温度が下がったんだろう。先月は気温の高い日が続いたじゃないか」

大吾は首をひねった。そもそもおが屑には保温性がある。だからカブト虫もその中でひと冬を越せるのだ。五月になっておが屑の中の温度がそんなに下がるなんておかしいと僕も思った。

「おが屑の中が冷たくなったのは、怨念のせいじゃないかって言うんだ。その従業員」

「は？」

大吾はぽかんと口を開けた。途端に竜野さんは笑いだした。

「そんなわけないよな。そんなことを言った奴は、親父にこっぴどく怒られてたよ。不謹慎なこと言うなって」

「どういうこと？」

「うちの工場の隣の家の三階のベランダから、人が飛び下りて自殺したんだ。加島さんていう五十代の男の人」

大吾は僕の方をちらりと見た。

加島という名字はそんなに多いものではない。自殺したのは、百合子の叔父ではないのか？　僕はごくりと唾《の》を呑み込んだ。

「従業員がおが屑の中に手を突っ込んでみたのは、その人が飛び下り自殺をした翌朝のことなんだ。だから——」

竜野さんは僕らの戸惑いに気がつくことはなかった。

「ばかばかしい」

タカエは竜野さんの話を一蹴した。

「今から見に来る？　車で送るよ」

タカエは行って来いというふうに、顎《あご》をしゃくった。大吾は棚の整理から解放されるとあって、嬉しそうに笑った。

「あ、じゃあ、こいつも連れて行くよ。隆太は頭いいからな」

僕を指差してそんなことを言う。一瞬迷ったが、僕は買ったマトリョーシカ人形を背負って来たリュックサックの中にしまった。

大吾も竜野製材に行くのは初めてらしかった。

竜野さんが説明した通り、製材所の背後はなだらかな丘陵地になっていた。山裾にくっつくようにしておが屑置き場があった。ブロックで囲われた一角で、茶色いおが屑が山のように積まれていた。ブロックの四方から角材が立ち上がり、簡単な屋根がついていた。

「ここだったら、カブト虫がいくらでも飛んでくるだろうな」

大吾が目を輝かせた。

製材所を覗くと、中では五人ほどの作業員が働いていた。顔を上げてこちらを見たのが、竜野さんの父親だろう。顔立ちが似ていた。彼は一瞥しただけですぐに作業に戻った。

「おい、俺が家のもんをお前んとこに売りにいったって、親父には言うなよ」

「わかってるって」

大吾はうず高く積み上がったおが屑の中に手を突っ込んだ。

「別に冷たくはないな」

大吾は両手でおが屑をかき混ぜた。

「何もないよ。幼虫の死骸は全部捨てたし、その時に調べたけど、この中に何かが紛れていたってことはなかった」

「だよね。逆にあったかいよ。この中」

大吾が目で促すので、僕も恐る恐るおが屑の中に手を差し入れた。中はほっこりと温かかった。

「あそこ」竜野さんが隣の敷地を指した。

製材所から少し離れたところに三階建ての家が建っていた。コンクリート打ちっぱなしの素っ気ないもので、住宅なのか、どこかの会社なのか判別できないような建物だ。丘陵地の裾の建物はそれだけだった。住宅街からは外れた場所にあるのだ。竜野さんの自宅も別の場所にあるらしい。木材を裁断する電気ノコギリの甲高い音が響いてくる。この騒音だと、住宅街の中では苦情が出るに違いない。

「あそこが加島さんの家なんだ」

竜野さんの説明によると、あそこも元は一階が工場だったらしい。パートの女性を数人雇って食品加工をやっていたという。上階を経営者の住宅にしていた。だけど、十五年ほど前に潰れてしまった。その後、住居部分だけを貸し出した。部屋数がまあまあったから、どこかの会社の社員寮として使ったりもしたが、そこも出ていった。その後、古くなった建物を丸ごと安く買い取ったのが加島さんだった。

「その人が一人だけで住んでいたんだ。特に僕らとは付き合いはなかったんだけど」

「その人が飛び下り自殺したのか」

「うん。真下のコンクリートに頭からまともに落ちて――」

「うへ」

大吾がそう言って顔をしかめた。

僕は、中学生の時に校舎の三階から飛び下りた時のことを思い出した。あの時、直前に下を見た。校舎の真下もコンクリートだったけど、特に何も感じなかった。死をはっきりと意識していたとも思えない。ただ「無」だった。虚無が僕を支配していた。

「夜遅い時間だったんだ。うちは夜は誰もいないから、翌朝来て知ったんだけどね」竜野さんの話は続いている。「よかったよ。もしあの時、加島さんとこに泊まりに来てた人がいなかったら、出勤してきたうちの従業員が第一発見者になっていたかも」

「泊まりに来てた人がいたわけ？」

「そうなんだ。その人が飛び下りた物音に気がついて、救急車を呼んだって話だ」

「なんだって誰かが泊まりに来た晩に飛び下りたりするんだ？」

「おかしいっちゃあ、おかしいよな。それでうちにも警察が事情を訊きにきたりしたけど、夜中のことなんか知らないって言ったんだ」

簡単な聴き取りの結果、自殺で決着がついたという。

「その朝のことなんだ。従業員がおが屑の中に手を突っ込んじゃったのは。てことは、その朝に幼虫も死んだってことだ。隣で人が自殺したのと同じ日に」

「だから怨念で死んだってわけ？　虫が？　そりゃあ、幼虫に失礼だろ」

昆虫小僧は憤慨した。

この夏に山からカブト虫が産卵しにきてくれたとしても、また同じことが起こったら幼虫は育たない。気温が上昇する五月になって、なぜおが屑の中の温度が下がってしまったのか。それもぬくぬくと育っていた幼虫を全滅させるほどに。

結局何もわからないまま、僕らは竜野製材を後にした。竜野さんがまた送ろうと言ってくれたけど、大吾は丘陵地を抜けて帰ると断った。僕はそれに従うしかない。

マトリョーシカ人形を百合子に渡す時、叔父さんの自殺のことを尋ねてもいいだろうか。それともそっとしておいた方がいいのだろうか。僕は思案しながら丘陵地に足を踏み入れた。

竜野製材に続く丘陵地は、思いのほか広大だ。大吾はよく道を知っている。引きこもっていた僕は、自分が住んでいる土地のことなんか、何も知らないのだ。

「こっち」

大吾は迷うことなく、方向を指し示す。竜野製材から丘陵地に分け入る細い道は、雑草に覆われた踏み分け道だ。頭の上には、木々の梢《こずえ》の連なりがある。丘陵地の上に出て、緑の天蓋《てんがい》の下を僕らは歩いた。前日かなりまとまった雨が降ったから、林の中は湿っていた。風が吹くとザザザザッと枝が揺れて、大粒の滴が落ちてきた。僕は「ひゃっ」と首をすくめた。

こんな感触も新鮮だ。嫌々ながらついて来たのに、いつしか僕は山歩きを楽しんでいた。

「やっぱ、クヌギが多いよな。カブト虫が集まる山だな」ごつごつした肉厚な樹皮を撫でながら、大吾は言う。「こういうとこに樹液がたまってカブト虫やクワガタが来るんだ」

自然にできた洞《うろ》の中を覗き込み、「まだ早いな」と呟《つぶや》く。

「これはハルニレ。こいつにもよくたかってる」

ハルニレの葉っぱは、桜の葉に似ていた。

「あ、これこれ」

大吾が軽くジャンプして細い枝をつかまえた。僕の方に差し出した木の葉の先が円筒形に丸まっていた。

「これはオトシブミっていう虫のゆりかごなんだ」

「ゆりかご?」

オトシブミの母虫が卵を産むために、こうして葉を細工してうまく丸めるのだと大吾は説明した。生まれてきた幼虫は、この葉を食べて育つのだそうだ。

大吾は本当に昆虫小僧だったようだ。その後もオニヤンマやルリタテハを見つけては、はしゃいだ声を上げた。ルリタテハも樹液を吸いに来るのだという。こんなに街に近い山なのに、自然は豊かだった。

僕は書庫で図鑑類にもかなり目を通していたから、植物や動物の名前も憶えているつもりだった。だけど写真や図で見るものと、実際の植物や動物とは違って見えた。図鑑からは手触りや匂い、微妙な色合い、育ち具合などが伝わってこない。それでも一つ一つ、記憶と照らし合わせながら歩いた。

僕の中で萎《しお》れきっていた五感が、めきめきと立ち上がってくるような気がした。梅雨《つゆ》の走りの雨に濡れた森の中で、僕はだんだん子供に返っていくようだ。うるさく話しかけてくる大吾のことも、気にならなくなった。息を切らせて大吾についていきながら、不思議な感覚を味わった。

コナラの下に、人が立っていた。肩に何かの機材を掛けて、上を見上げている。近づくと、右手に集音マイクを持っているのがわかった。耳にはヘッドホンを着けている。鳥の鳴き声を録音しているのだ。雑音を出すことが憚られ、僕らは距離を置いて立っていた。しばらくして、集音マイクを下ろして録音機のスイッチを切った男の人は、振り返って微笑んだ。

「ごめん。待っててくれたんだ」

六十年配の男性は、ヘッドホンを外して首にかけた。

「どんな鳥の声が聞こえるんですか？」

つい問いかけてしまい、自分でも驚いた。ひょろりと痩せたおじさんは気軽に答えてくれた。

「今はヤマガラとかアカゲラ、シジュウカラかな。キビタキやクロツグミも鳴くよ」

「へえ、そんなので鳥のさえずりとか、録《と》れるの？」

大吾が興味を持ったのは、録音機の方だった。

「まあね。このステレオマイクはかなり高感度のものなんだ」

ちょっと自慢気に機材に手をやった。

「おじさん、鳥の鳴き声を聴き分けるわけ？」

大吾は友だちにしゃべるみたいにずけずけと尋ねた。相手は気を悪くしたようには見えない。

「野鳥の鳴き声はだいたいわかるよ。だけど僕がやってるのは、種類別に鳴き声を収集するっていうんじゃないんだ。趣味だからね。まあ言わば、森の気配を録音するっていうか——」

僕らは顔を見合わせた。おじさんは自分の趣味の話を披露したいようで、細い道の真ん中に突っ立ったまま言葉を継いだ。

「多くの野鳥の声を一度に録音するんだよ。選《え》り分けるんじゃなく。うまく録れたら家で聴くんだ。目を閉じているとほんとに森の中にいるみたいに感じる」

「ふうん」

大吾の興味が急速に失われていく。それに反して、おじさんの口調は熱を帯びてくる。

彼はしょっちゅうこの森で録音をしているという。今時分は、日暮れから夜にかけての森の音もいいんだ、と言った。大きな明るい声で歌うクロツグミの声が消えると、静かな抑揚のあるアカハラの声がひとしきりする。それからヤマシギ。これは低く呟くような声。

大吾が軽く咳払《せきばら》いをした。

「でもさ、なんといってもいいのはヨタカの声なんだよな。夜の闇の中、『キョキョキョキョキョ』って果てしなく続く連続音が何とも言えない」

それが録りたくて夜もしょっちゅう来るんだ、と彼は言った。

「よかったら聴かせてあげるよ。膨大なコレクションがあるからさ」

おじさんは、春延市内の小西《こにし》電器という店の名前を言った。家業は息子にまかせて、こんなことばっかりやってるんだと続ける。

「あ、電器屋さんか。だからいい録音機を持ってるんだ」

大吾は納得したように明るい声を上げた。昆虫小僧は、鳥には興味がないようだ。おじさんはようやく道を空けてくれた。

谷筋では地面がぬかるんでいて、僕らのスニーカーは泥で重くなった。どこかでアマガエルが鳴いていた。葉っぱを掻き分けてアマガエルを探していたら、顔のすぐ横をスズメバチが一匹飛んでいった。

「おっと。隆太、危なかったな！」

にわかに大吾という少年にも興味を覚えた。

昆虫小僧と大吾のことを呼んでいたのは、死んでしまった両親なんだろうか。おしゃべりなくせに、なぜそういうことをしゃべらないのだろう。虫にまつわることを大吾は思い出したくないのだろうか。そんなことを初めて思った。


自殺した加島氏は、やはり百合子の叔父だった。

マトリョーシカを渡すために、マクドナルドで百合子と待ち合わせた。

百合子は特に変わった様子はなく、僕はほっと胸を撫で下ろした。マトリョーシカを、白い指で割って、一個ずつテーブルの上に並べていく。まるでまとまりのないいくつもの自分を取り出しているみたいだった。塗料も褪《あ》せた悲し気な顔のマトリョーシカ人形が五つ、テーブルの上に並んだ。百合子は一番小さなマトリョーシカのおでこをつんと指先で突いた。

「叔父は変人だったのよ」だるそうに言う。「うちもあんまり付き合いがなかったの」

それでも独身の叔父さんの遺産は、百合子の父親が相続することになったらしい。

「遺産といってもあの古びた家だけよ。叔父が飛び下りた——」

僕は、なぜ彼女の叔父さんの死のいきさつに興味を持ったのか説明した。けれども隣の製材所のおが屑置き場のカブト虫の幼虫の死との関連性は、うまく説明できなかった。芸術的に美しく引かれた百合子の眉がそっと寄せられた。

「どうして叔父さんは自殺したの？　お客さんが来ている晩に」

僕はおずおずと尋ねた。きっとどうでもいいカブト虫の幼虫の全滅にかこつけて、彼女の個人的なことに踏みこんでいるようにしか見えないだろう。

「あの人が来たから自殺したのよ」

そこだけは、はきはきと答えた。

「あの人？」僕は訊き返した。

「そう。あの晩、泊まりに来ていたのは、叔父の元妻のお兄さんだった」

「元妻のお兄さん？」

百合子はアイスコーヒーのストローをくわえて、上品に吸った。

「その、カブト虫の幼虫がどうのこうのは訳わかんないんだけど、叔父は死ぬべくして死んだの。あれは自殺よ。間違いない」

かなり断定的な見解だ。本当は百合子の叔父の自殺なんかどうでもよかった。こうして百合子と何かを話していたかった。彼女とつながっていたかった。たとえ死を介在させてでも。

「あのね――」

彼女が語ったところによると、加島氏は六年ほど前に離婚したそうだ。原因は加島氏がいろんな商売に手を出した挙句、次々と失敗していったことにある。結婚して二十年、妻は子供を欲しがったのに、夫は親になることには興味を示さなかった。海外へ移住しようだとか、田舎で農業を始めようだとか、古民家を改築して旅館をやりたいだとか、突拍子もないことを次々に思いつく。

百合子の父は、思い付きのような商売を始める加島氏から資金を無心されて何度か提供していたという。しかし、懲りない弟に愛想をつかして次第に疎遠になった。そういう身内の事情を、百合子は隠しもせず淡々と語った。それほど叔父の死に感慨を覚えていないということか。少なくとも、叔父の自殺に感化されて「あっちの世界」に行こうとは思っていないようだ。

僕は安堵した。

妻も困惑していたと思うが、加島氏の得手勝手な行為は治まらなかった。意志薄弱で夫の言いなりになる妻を見かねて、妻の兄が仲に入って別れさせた。しかし、離婚後も妻はどんどん落ち込んだ。計画性のない夫に振り回されながらも、彼に依存していたふしがあると百合子は分析してみせた。しっかりした芯がなかった彼女には、実は加島氏のような男が必要なのだと。百合子の透徹したものの見方に、僕はすっかり圧倒された。わかっていることではあったが、彼女がえらく年上に見えた。

　そういう叔父夫婦のあり様を、百合子の家族は傍観していた。離婚した後も、元夫と連絡を取り合う妹に苛立ち、いちいち介入するのは兄だった。加島氏と兄の間に挟まれて、元妻は疲れ果ててしまった。心療内科に長い間通ったが回復せず、うつ状態に陥った。ある日、病院で処方された睡眠剤を大量に服用して亡くなってしまった。

「その元妻のお兄さんが泊まりに来るなんて変だよな」

「奥さんが亡くなってからは和解してたみたい。叔父もショックを受けて反省したらしいし、向こうも無理やり離婚させたことが妹を死に追いやったと思い込んで。会うたび二人で慰め合っていたんだって。後で聞いたことだけど」

　僕の疑問に百合子は答えた。

「叔父も気弱になってたからね」

　元妻に死なれ、一人で暮らしていた家が火事で全焼したので、すっかり人が変わったみたいになったらしい。

「火事？　だからあのへんてこな建物を買って移ってきたのか」

「うん。前は建て込んだとこにあった家で、隣の失火で焼け出されたからね。今度はぽつんと建った家がよかったんじゃない？」

　寝ている時に火災に遭った加島氏は、煙に巻かれて危うく命を落とすところだったという。それがトラウマになって、極端に火や煙を怖がるようになった。それは度を越していて、以前の剛毅《ごうき》で陽気な気質は影を潜め、びくびく怯えた性情の持ち主になったようだ。そんな加島氏を心配して訪ねるのは、実の兄ではなく、亡くなった元妻の兄だった。

「で、何で百合子さんは、叔父さんが自殺したって思うの？」

ようやくその質問をした。口にした僕のコーラは、気が抜けて水っぽかった。

「元妻のお兄さん、佐久間《さくま》さんていうんだけど、その人が言ったの。あの晩、特に叔父は様子がおかしかったって。一人でいるのが寂しい。なんで妻は死んでしまったんだろうって、飲みながら涙ぐんでいたみたい。そこで佐久間さんも酔ってるもんだから、つい自業自得だ、みたいなことを言ってしまったんだって」

「で、それを苦にして？」

「焼け出された後は、普通の精神状態じゃなかったからね。普段あまり飲まないアルコールも入ったりしてたから、発作的に飛び下りちゃったんじゃないの？」

「ふうん」

「叔父が運び込まれた病院で、佐久間さん、駆け付けたうちの父に泣いて詫びていたって。だから父も責めるようなことは一切口にしなかったんだって言ってた」

「それじゃあ、自殺に間違いないな」

僕も百合子に同調した。

「妻の後追いをしたのかも。なんだかんだ言っても、夫婦ってもんはわかんないもんよ」

百合子は、長い黒髪をさらりと掻き上げた。その仕草がまた大人びて見えた。

「じゃあ、もう行くね」

百合子は、スカーフを巻きなおしてショルダーバッグを取り上げた。僕たちは揃ってマクドナルドの外に出た。

百合子は、ピカピカのホイールを着けた白のカムリに乗って、颯爽《さっそう》と去っていった。

今日もハル高の授業には出る気がないようだ。

僕は自転車を飛ばして学校へ行った。授業が終わると、僕が百合子に会うと知っていた大吾が寄ってきた。僕は百合子から聞いたことを彼にすべて話してやった。

「そうか」

大吾は大仰な仕草で考え込んだ。加島氏の自殺とカブト虫の全滅とを無理に結びつけようとしているのか。しかし、いい案は浮かばなかったようだ。僕らはまた並んで自転車置き場まで行った。

大吾は「じゃあな、隆太」と手を挙げて去っていった。

——じゃあな、隆太。

あの頃、毎日繰り返されていたありきたりな言葉だ。

でもあの言葉によって、僕らは永遠に分かたれることになる。

5

百合子はまた学校へ通い始めた。ハル高定時制は、百合子を生の領域につなぎ留めてくれる場所なのだ。それがなんとなくわかってきた。帰りには、やはり一ノ瀬を助手席に乗せていく。二人が付き合っているというのは本当のようだ。たぶん、僕よりも一ノ瀬の方が百合子には支えになるに違いない。一ノ瀬なら彼女を死の誘惑から遠ざけてくれる気がした。

そんなふうに思えるようになった僕も少し変わった。時折、「月世界」へ顔を出すようになった。

陽気でお調子者で、いつもへらへらしている大吾が苦手だったけど、今はなぜかそれが救いになった。僕にも死から遠ざけてくれる人物が必要だった。「月世界」の経営者野口タカエと大吾はそれに最適だった。タカエは客を客とも思わず、丁々発止《ちょうちょうはっし》のやり取りをして品物を買い叩いた。それを大吾は横目で見ながら、業突《ごうつ》く張《ば》りの社長をこっそりこき下ろした。あの二人は、それまでの僕の人生にはいなかった人物だった。

すべてが目新しい出来事だった。「学校へ行って好きな子と付き合って、友だちもいっぱい作りなさい」と言っていた祖母は、僕の変化を喜んだ。相変わらず父とは、家の中ではすれ違いだったが、あまり苦にならなくなった。僕は僕の世界を外に構築し始めていた。僕の世界はハル高と「月世界」に続いていた。

その両方にいるのが重松大吾だった。いきおい、大吾と一緒にいる時間が多くなる。軽妙な話術で、誰の懐にもするりと入っていく大吾には、見習うべき点がたくさんあった。素直にそんなふうに思えるようになった。浅見先生は、クラス運営において、明るくリーダーシップのある大吾を頼りにしていたし、「月世界」だって彼がいなかったら、タカエ一人ではやっていけないだろう。

彼は、世慣れていて生活能力が高い。親を亡くして苦労してきたのかもしれないが、そういう部分を感じることはなかった。それまでは敬遠していたけれど、大吾のペースに巻き込まれる自分が、しだいに愉快に思えるようになった。

「月世界」には、時折ふらりと中矢が現れた。何の用もないのに店に入って来て、つまらないことを言ってはタカエに憎まれ口を叩かれていた。

例年になく短かった梅雨が明けて、蟬《せみ》がジャンジャンと鳴き始めた。もうそろそろカブト虫が成虫になって林の中で活動を始める頃だ。でも竜野製材のおが屑置き場からは一匹も生まれてこない。カブト虫の幼虫のことなんかどうでもよかったが、どうでもいいことにこだわっている自分に酔っていた。僕は半ズボンを穿《は》いた小学生のように、失われた子供時代を生き直していた。

自然界において毎年繰り返される営みが変わったということは、何か理由があるはずだ。何かが足されたか、引かれたか。数学の定理と同じだ。しかし、大吾はすっかり興味を失ったようだ。便利屋稼業の方で、タカエにこき使われていた。もう一回、竜野製材の裏山に行ってみようという僕の誘いには、乗らなかった。

「そっちは隆太にまかせた。丸投げの丸投げだ」

ただし、どんなに働いてもケチの社長は一円も出さないけどな、と彼は付け加えた。その日は、タカエと一緒にゴミ屋敷になっている家の片づけに行くとかで、げんなりした顔をしていた。

「雑木林には蟬がいっぱいいるぞ」と子供っぽく言ってみたが、「蟬は嫌いなんだ」とぼそりと答えた。

仕方がないので、僕は一人で出かけていった。

まず森の中を調べてみようと思った。もしかしたら、カブト虫そのものの絶対数が減っているのかもしれない。どこか異変がないか目を凝《こ》らして歩いた。大吾が一緒に来てくれなかったのは痛い。引きこもっていた僕には、森の中の異変なんかさっぱりわからない。

深緑の森の中に入ると、汗がすっと引いた。外はカンカン照りなのに、ここでは湿り気さえ感じられる。森には直射日光も荒れ狂う風も豪雨もない。取り囲む木々の幹、はるか上の林冠層が優しく遮ってくれている。緑の天蓋の下は、小動物や小鳥や昆虫や微生物が暮らす穏やかな世界なのだと実感する。

降り注ぐ蟬の声も、心なしか柔らかだ。道を外れてクヌギの下に寄ってみるが、カブト虫やクワガタが、僕なんかの前に安易に姿を現すはずもない。足下は腐葉土が積もってふかふかしている。その感触を僕は楽しんだ。

以前読んだ地球物理学の本を思い出す。地球全体の水の九十七パーセントは海にある。氷の状態になっているのが二パーセント、地下水が〇・七パーセントだ。そして〇・〇〇一パーセントが水蒸気として大気中に含まれている。その水蒸気が雨や雪となって地上に降り注ぐ。雨水は川に流れ込み、やがて海に到達するわけだが、地表を流れて川に流れ込むわけではない。雨は森の中を経て流れる川となる。雨がない時も、森は雨を蓄え続ける。森が自然のダムと言われる所以《ゆえん》である。

そういうことを僕は学習する。僕に欠けていたもの——それは身をもって知る知識、感覚だ。自然の優れた循環機能は、僕に畏怖《いふ》の思いを抱かせる。僕はどんどん謙虚になる。幼い頃、教室で知ったかぶりをしていた自分を恥じる。

森の中に、また小西電器のおじさんが立っていて、熱心に鳥の声を録音していた。

「蟬の声がうるさいから、うまく録れないでしょう」

一段落した時に、声をかけてみた。小西さんは振り返って「やあ、君か」と笑った。この前は名乗らなかったから、今日は自分の名前を告げた。

「蟬の声も大事な夏の森の音だ」

そう小西さんは言った。鳥の声だけにこだわって録音しているわけではないのだ。彼は森の気配を録っているのだと、前も言っていた。

「道楽で編集機材も揃えているからね。いらない音が入ったところは切ってしまうんだ」

「へえ」

小西さんは、サンコウチョウが「月日星《ツキヒホシ》ホイホイ」と鳴く声を録音している時、ガアガアとうるさく鳴くカラスに邪魔されたことなんかを面白そうに語った。

「でもそれも自然の音だと思えば我慢できる。時に人間の声が入っていることがあって、家に帰って聴いてげんなりするよ」

僕は笑った。ようし、いいぞ、と自分に声をかける。知り合って間もない人とこうして会話ができる。大吾抜きで。

小西さんは、先月苦労してヨタカの鳴き声を録音した時のことを話す。

「すごくうまくいってたんだ。闇の中で粘ってさ、あの深遠な鳴き声を録ることに成功した。かなり長い間だった。そしたら、誰かが怒鳴る声がした。もういっぺんに体の力が抜けたよ」

ここは山の奥深くというわけではなく、丘陵地には人家が接しているし、道路も通っているからね、と彼は言った。僕は小西さんに礼を言って、その場を離れようとした。

小西さんも外していたヘッドホンをまた着けた。

新たな鳥の声を探して歩きだしながら、小西さんが言った。

「この辺で火事なんかなかったろう？」

「え？」

「家に帰って、音声を再生してみたら、その声が叫んでたんだ。『火事だ！』って」

火事はなかったと思うと僕は答えた。小西さんは、頷いた。

「だろ？　僕も気になってニュースを見てたんだ。火事なんかなかったよな」

小西さんは「たぶん、たちの悪いいたずらだよ」と笑った。それから「じゃあ」と手に持ったマイクをちょっと挙げた。そのまま森の中の小道を行ってしまった。

僕も背を向けて歩きだした。

火事だ？

心の中でその言葉を反復した。何かがさっと僕の頭の中をよぎった。その何かの正体を考えながら、僕は竜野製材へ向かって歩いた。

斜面の下におが屑置き場が見えた。僕はその向こうの空き家を見た。加島氏が飛び下り自殺をしたという三階建ての家を。それから背後の森を振り返って見渡した。僕はそこにじっと立って考えを巡らせていた。

カブト虫の絶対数が減ったわけではない。カブト虫の幼虫は、例年通りあのおが屑の中で孵化して育っていたんだと竜野さんも言っていた。だが、サナギになる前に取り出そうとしたら、すべて死んでいた。おそらく加島氏が自殺した翌朝に、おが屑の中の温度が下がっていたことと関係がある。

カブト虫の幼虫は、怨念なんかで死んだのではない。幼虫は殺されたんだ。

そしてたぶん、加島氏も。

「火のないところにも煙は立つよ」

「何だって?」大吾は聞き返した。

「いや、何でもない」

「隆太の言うことにいちいち考え込んでいたら、頭の中がショートするな」

道端の背の高い雑草をぼきりと折って、振り回す。葉っぱがちぎれて飛んでいった。

僕らは小西電器に向かって歩いていた。

「月世界」が休みの日曜日。タカエはどこかに出かけていた。大吾に尋ねると「墓参りだろ」と素っ気なく答えた。

「墓参りは、年寄りのお出かけ先ベストテンに入ってるはずだ」

小西電器に電話をして、小西さんと話した。ヨタカの鳴き声を録音していた夜がいつだったか訊いたのだ。予想通り、加島氏が自殺した晩だった。ヨタカの鳴き声に被《かぶ》さっていた人の怒鳴り声を聴かせてもらえないかと言うと、快く応じてくれた。編集で消されてなくてよかった。

小西電器は、春延市の中心部にあった。駅前商店街から道一本奥に入ったところだ。店舗と住居の入り口が一緒になっていた。店には息子さん夫婦がいて、すぐに二階に通してくれた。小西さん夫婦が二階に住んでいて、息子夫婦は近所に家を建てて通って来ているると、小西さんから聞いていた。

細くて急な階段を上がる。住居は案外広々としていた。店の裏は神社になっていて、こんもりとした鎮守《ちんじゅ》の森が窓から見渡せた。高座神社より大きな神社のようだった。

小西さんの趣味の部屋は、その森に面しているので、開放感があった。録音再生の機材や編集機器、スピーカー、パソコンなんかが所せましと並んでいて、床にはコードが縦横に這《は》っていた。僕らはコードを足で引っ掛けないよう、慎重に歩いた。小西さんが出してくれた二つのパイプ椅子に腰を下ろす。

「この家で一番快適な部屋を僕が占領してしまったから、家内は機嫌が悪い」

以前は応接間だった部屋を改造したのだと小西さんは言った。その奥さんは、今日はフラメンコ教室に行っているらしい。息子さんのお嫁さんが、冷えた缶コーヒーを持ってきてくれた。

「何だってあの晩の録音を聴きたいんだ。それも人間の声を」

そう言いながらも小西さんは嬉しそうだった。いそいそとパソコンの前に座る。数日前に電話した後、例の声の部分をパソコンに取り込んで雑音を消し、クリアな音声に加工してくれたらしい。

「よく聴いたらえらく切羽詰まった声だった。『火事だ！　早く逃げて』って何度も繰り返してた」

加工したからよくわかったよ、と小西さんは深刻な声を出した。

「じゃあ、いくよ」

小西さんがパソコンの中に取り込んだ音声を聴かせてくれた。「キョキョキョキョキョ」というヨタカの鳴き声が耳に飛び込んできた。僕は図鑑で調べたヨタカの姿を思い浮かべた。暗褐色の地味な鳥だ。木の上や落ち葉の上にいる時に保護色となって身を守るためだ。初夏に東南アジアから渡ってくる夜行性の鳥。連続する特徴的な鳴き声から、「キュウリキザミ」とか「ナマスタタキ」とも呼ばれる。

「よだかは、実にみにくい鳥です」で始まる宮沢賢治の『よだかの星』を思い出した。朗読する母の声も――。

「ほら、ここ」

小西さんの声に現実に引き戻される。

「火事だー！」男の声がヨタカの鳴き声に被さる。何度か「火事だ」と「逃げて」が繰り返される。

「火事だよ、父さん。早く逃げて！」

「早く！　もう間に合わない」

人の声はそこで終わる。ヨタカの声も消えている。不穏な叫び声に驚いて、口をつぐんでしまったのか。耳を圧するような沈黙が続く。

小西さんは、ボリュームを上げて何度か聴かせてくれた。

「何かこうして聴くと、ぞっとするな」

小西さんも人の声をよく聴いてはいなかったようだ。僕と大吾は顔を見合わせた。

「どういう事情だったのかな。『父さん』て言葉が気になるな」

何か困ったことが起こった親子が近くにいたのかも、と心配そうに考え込んだ。

小西さんはあの晩、丘陵地のふもとの家で飛び下り自殺があったことを知らない。報道を探してみたら、翌日の新聞に小さく自殺の記事が出ていた。新聞の記事は、小西さんの目には止まらなかった。彼は火事のニュースだけを探していたんだろうから、当然だ。

それから気を取り直した小西さんは、鳥の鳴き声の膨大なコレクションからお気に入りをいくつも聴かせてくれた。颯爽としたカッコウの声や、本当に「月日星ホイホイ」と聴こえるサンコウチョウや悲し気なアオバズクの声を。

小西さんの奥さんが帰ってきたのを潮に、僕らは腰を上げた。

「どう思う?」

「どう思うって? もう隆太の中には答えが出てるんだろ? それを聞かせてもらいたいもんだ」

帰りに、また道端の雑草を振り回しながら、大吾は言った。

午前中に百合子に頼んで、加島氏が住んでいた家の中を見せてもらっていた。

「何が見たいわけ? こんな家の」

百合子はそんなふうに言いながらも鍵を開けてくれた。

まだ何も片付けられておらず、家財道具もそのままだった。

二階には台所と風呂、トイレなどの水回りと居間があり、三階の四部屋が普段の生活の場だったようだ。加島氏が寝室としていた部屋には、アイアンのシングルベッドが置かれていた。寝具も衣類も乱れたまま、放っておかれていた。僕は掃《は》き出し窓に歩み寄った。日に焼けたカーテンが下がっていた。掃き出し窓の向こうにベランダが付いていて、そこから彼は飛び下りたのだとわかった。実際にベランダに出て見下ろすと、かなりの高さがあるとわかった。一階が工場だったから、天井高があるのだろう。

硬いコンクリートを見ながら、百合子が「あそこに落ちたの」と言った。広がった血の染みを、百合子の両親が苦労して流して消したのだと。また大吾が「うへ」と言った。ベランダの柵に寄りかかって下を見る百合子の横顔を盗み見た。危うい感じがした。叔父の死の現場を見る美しい姪《めい》は、何を考えているのだろう。

両方の手先はTシャツの長めの袖でくるみ込み、直接柵には触れていなかった。そこに触れたら、死に至った叔父の魂と交感してしまうとでも思っているみたいに。

「行こう」

大吾も何かを感じ取ったのか、百合子を部屋に引き戻した。彼女はおとなしく年下の少年に引っ張られてベランダから離れた。加島氏の部屋には、内側から鍵が掛かるようになっていた。簡単な差し込み錠だ。だけどドアは頑丈で、鍵を掛ければ外からは入って来られないだろう。

「三階の部屋は、叔父が買い取る前、寮として使われていたからね。だから一部屋ずつ鍵がついてるんだって」鍵をいじっている僕の後ろで百合子は説明した。「用心深い叔父は、寝る時は必ず鍵を締めてたらしい」

「自殺した時も？」

百合子は大きく頷いた。

「それが自殺だって断定された大きな理由よ」

警察の判断は正しい。加島氏は誰かに突き落とされたりしたわけではない。自分で飛び下りたのだ。

僕は廊下に出て、外からドアを検《あらた》めた。床に這いつくばってドアの下を覗く。頑丈なドアだが、ドアの下には、三センチほどの隙間が空いていた。大吾と百合子が立ったまま、僕のすることを見ていた。

廊下を挟んだ向かいの部屋に、佐久間氏が泊まっていたという。その部屋も見せてもらったが、床に直にマットレスを置いた素っ気ない部屋だった。もちろんもうその人の荷物はない。

「この部屋で寝ていて、叔父さんが飛び下りた音が聞こえる？　隣の部屋ならわかるけど」

僕の問いかけに、百合子はちょっとだけ首を傾《かし》げたのだった。

「で？　お前の考えは？」

大吾は、道端の草を何本も引き抜いては歩道の向こうに投げることを繰り返した。幹線道路を車が行き交い、中天に昇った太陽はじりじりと照りつけた。とうとう僕らは道路沿いのファミレスに逃げ込んだ。午後三時半の店内はすいていた。僕は大吾にクリームソーダをおごった。

百合子に加島氏の名前を聞いていた。彼の名前は「統一郎《とういちろう》」。佐久間氏は、加島氏を「統さん」と呼んでいたそうだ。

つまり、小西さんが録音した声は、「父さん」ではなく「統さん」と呼びかけていたのだ。大吾はスプーンでちまちまとアイスクリームをすくいながら、上目遣いで僕を見た。僕は自分の推理を大吾に話した。

先月、佐久間氏は加島氏の家に泊まりがけでやって来た。もうその時から、加島氏を殺すつもりだった。動機はたぶん、妹の復讐《ふくしゅう》だろう。佐久間氏は、妹を死に追いやった元夫を許せなかった。憎悪は長い間彼の中にあり、殺意にまで昇華してしまった。佐久間氏は、加島氏に寄り添い、その機会を窺《うかが》ってきた。

五年がかりの壮大な計画だ。決して殺人と悟られない方法を模索してきたのだろう。その間に加島氏は火事に遭い、極端に火を怖がるようになった。佐久間氏はそれを利用したのだ。加島氏が周囲に人家のない家に引っ越したのも幸いした。彼が用心深く部屋の鍵を内側から掛けることも佐久間氏は知っていた。何度も元の義弟のところを訪れていた彼は、家の構造も熟知していた。隣が製材所で、夜は無人になることも。そばにおが屑置き場があることも。

夕飯を食べながら、二人で酒を酌み交わした。アルコールに弱い元義弟を酔わせた。

寝室に引き取ってから、佐久間氏は行動を開始した。加島氏が寝入った頃を見計らって、彼のドアの外に立った。手にしていたのは、バケツと大量のドライアイスだ。バケツに水を満たして、ドライアイスを放り込んだ。すぐに水蒸気が溢《あふ》れ出す。煙と見紛《みまが》う白い水や氷の粒だ。それは床を這い、加島氏の部屋に流れ込む。もしかしたら、佐久間氏は、扇《あお》いで部屋に追いやったのかもしれない。そこまでの細工を施した後、彼は急いで一階に下りて外に出た。そして三階のベランダに向かって叫んだのだ。

「火事だー！」

「火事だよ。統さん。早く逃げて！」

その声に驚いて、加島氏がベランダに出て来る。佐久間氏は畳みかけるのだ。

「早く！　もう間に合わない」

飛び下りるように身振りで促す。パニックになった加島氏は、正常な判断ができない。信頼する元義兄の言に従って、飛び下りてしまう。佐久間氏の復讐は完成する。

完璧な殺人計画だ。あの晩近くの山の中で、小西さんがヨタカの鳴き声を録音してさえいなかったら――。

「ドライアイス？」ストローをくわえた大吾が疑い深い声を上げる。「火事と間違うくらいの煙を出すドライアイスを持ち込んだのか？」

「加島さんの家には持ち込んでいない」

「だろうな。そんなことしたら、あんまりにも怪し過ぎるもんな」

佐久間氏は大量のドライアイスをどうしたか。加島氏の家に入る前に隠したのだ。おが屑置き場のおが屑の中に。冷たいドライアイスを保存するのに最適の場所を、彼は見つけておいた。製材所の従業員たちが帰った後なら、見咎《みとが》められることはない。

加島氏の死を確認した後、佐久間氏はバケツとドライアイスを片付けた。バケツは一階の元食品加工場にあったものだ。残っていたドライアイスは、またおが屑の中に戻したのかもしれない。誰も捨てられたおが屑の中なんか見やしない。そして現場に遺漏《いろう》がないか確認した後、消防に電話して、救急車を要請したのだ。慌てふためく客人を偽装して。

だけど、彼は知らなかった。おが屑の中にカブト虫の幼虫がいたことを。幼虫たちはドライアイスに冷やされて全滅してしまった。幼虫は死をもって、卑劣な殺人を告発したのだ。

大吾は盛大にソーダ水を吸い上げ、盛大なゲップをした。

「で、どうする？　証拠は何もないぜ。すべては隆太の想像だ」

「一つだけある。小西さんが録音した声だ。でもこれから先は便利屋の仕事じゃない」

一度言葉を切り、慎重に続けた。

「中矢さんに話そうと思うんだ。あの人、一応刑事だろ？　他に心当たりはないし」

「あの万年巡査部長、うまくやるかな？　うちの社長にいつも言い負かされているのに」

大吾は疑わしそうに目を細めた。

小西さんが録音した声のデータは、警察の鑑識によって回収された。鑑識では専門家に頼んで声紋の分析までしたらしい。その結果、佐久間氏の声にほぼ間違いないとの報告がもたらされた。

任意で事情聴取された佐久間氏は、加島氏殺しを自白したそうだ。

彼は元の義弟を憎み続けていた。妹が死んだのに、彼がのうのうと生きていることが許せなかった。加島氏と親密な振りをして近くにい続けた。独り身になって事業に失敗し続け人生の敗残者になり下がった加島氏を見ても気持ちは治まらなかった。火事に出くわして、精神を蝕《むしば》まれていく加島氏を励ましつつ、その死を切実に願っていた。

家を失った加島氏に、丘陵地のふもとの家を買うよう勧めたのは、佐久間氏だったという。まだその時は、ドライアイスを使った殺人法を思いついてはいなかったけれど、ひっそりと憎い相手を亡き者にする舞台設定を整えたつもりだった。

そういうことを、佐久間氏はさばさばした様子で語ったと、中矢が「月世界」に来て言った。

佐久間氏は飛び下りた加島氏が絶命するまで、傍らで待っていたらしい。もし死ななかったら、コンクリートに頭を打ちつけて殺そうと思っていたと告白した。それほど彼の殺意は強かったということだ。

「本職の刑事が、ハル高定時制の生徒に助けられたわけだ」

タカエが、毒をたっぷり含ませたもの言いをする。

「いや、これ、警察が『月世界』に手間賃、払わないとまずいぜ」

大吾が畳みかけ、中矢が歯をぎりっと鳴らした。

「こいつはここで雇っているわけじゃないだろ？」

そう言い返すのがやっとだった。

「まあ、困ったらうちに相談しに来いよ。隆太に話を通してやるからな」

「たまたまだよ」つい僕も口を挟む。「こんな偶然、もうないよ」

「そんなことないよ。竜野さんも一瞬固まってただろ？」

竜野さんは、カブト虫の幼虫が全滅した理由を聞いて、顔色を変えた。まさか隣人の死と関係があるとは思っていなかったのだろう。いや、自殺したと思っていた加島氏が、殺されていたことにショックを受けてもいた。

「まさかな――」絶句した後、ようやく言った。「まさかそんなことが――。うちのおが屑置き場が一枚嚙んでるなんてな」

大吾は澄まして答えた。

「火のないところにも煙は立つんだ」

律儀な竜野さんは、約束だからといくらかを「月世界」社長に払ったらしい。それをタカエは堂々と受け取っていたと後で大吾が報告してくれた。

「もう隆太は、うちの専属アドバイザーくらいにはなってるな」

加島氏の兄にも警察からすべての顚末《てんまつ》が伝えられた。当然百合子の耳にも入った。

「うちの親は、叔父が自殺ではなく殺されたんだってことにほっとしてる」

「なんで？」

能天気な大吾が尋ねた。

「うちの親は自殺ってキーワードに過敏になってるからね」

僕にしかわからない言葉を残して、百合子はカムリで去っていった。

「で、大吾はバスケ部に入るのか？」

排気ガスに包まれながら、僕は大吾に尋ねた。一ノ瀬は、まだ大吾を強力にスカウトし続けている。

「まさか。ボール遊びなんかしないよ」

大吾は急に熱を失ったみたいに言った。

「それより、隆太、百合子さんと付き合うのやめたの？」

「あの人は、一ノ瀬と付き合ってるんだろ？」

「負けるなよ。あんな奴に」

僕は苦笑した。こんな能天気な男に、僕らのつながりは理解できないだろう。


久しぶりに書庫に入った。

背中合わせに立ついくつかの書架の間を抜けて、窓際までいった。腰高窓の下にも低い本棚が設《しつら》えられている。そこはずっと前から絵本のコーナーと決まっていた。母が僕のために買い揃えた絵本がたくさん入っている。床に直に座り込んで、その背表紙に指を這わせた。

『よだかの星』を抜き出す。そっとページをめくってみる。僕は背中を壁にもたせかけて、忘れかけていた物語を読んだ。醜いよだかは、「たか」という名前が付いているばかりに、本物の鷹《たか》からいじめられ、「名前を変えないのなら、殺してやる」とすごまれるのだ。裂けたような赤い口で、虫を丸のみにして生きていく自分自身にも絶望する。

――ああ、つらい、つらい。ぼくはもう虫をたべないで餓《う》えて死のう。いやその前にもう鷹がぼくを殺すだろう。いや、その前に、ぼくは遠くの遠くの空の向こうに行ってしまおう。

よだかは星になったのか。星になって幸せだったのか。この部分を朗読していた母は、どんな気持ちだったのだろう。

書庫の戸口のところに父が立って、僕を見ていた。そして僕が閉じた絵本のタイトルを読んだ。父はちょっと悲し気な顔をした。父も母を思い出したのだろうか。

それでも何も言わず背を向けた。僕は絵本を元の場所に戻して立ち上がった。書庫を出る時、背中でヨタカの鳴き声を聴いた気がした。

キョキョキョキョキョと夜を貫く寂しい鳴き声だった。

6

大吾が一ノ瀬と喧嘩沙汰になった。原因は些細《ささい》なことだ。カムリに同乗していた二人にでくわした大吾がからかった。あんまりしつこいので、一ノ瀬が腹を立てたらしい。足を洗ったとはいえ、元暴力団員だ。相手を痛めつける術は心得ている。大吾の無謀な行為に、僕はあきれ果てた。

浅見先生は暴力行為で警察沙汰になった二人を、春延西署まで行って引き取ってきた。先生は一ノ瀬を自宅アパートに帰らせ、怪我《けが》をした大吾を病院まで連れていってくれた。

僕が「月世界」に行って、タカエからその顚末を聞いていると、浅見先生に連れられた大吾が帰ってきた。一ノ瀬とだいぶやりあったらしく、大吾の左目は青黒く腫《は》れ上がり、額に大きな絆創膏《ばんそうこう》が貼ってあった。三センチほど裂けて縫われたらしい。それから少し右足を引きずっていた。ふてくされた大吾は、タカエと僕を一瞥すると、さっさと倉庫の二階に上がっていってしまった。

荒い足音を立てる大吾を、ヨサクが首をもたげて見ていた。

浅見先生は、安静が必要なので、二、三日は仕事を休ませてやってくれとタカエに頼んだ。

「まったく、ろくでもないことをしでかしてくれるもんだ」タカエは予想通りのことを言った。「うちはまっとうな商売をしてるんだ。店の評判にかかわるよ」

「両者が等分にやり合ったということです。警察署で事情を聴かれ、その上で和解しました。相手は同じ高校の生徒ですし、たわいのない喧嘩ですから」

浅見先生は、怒り狂うタカエをとりなした。

大吾がいたら、偏屈な女社長に言い返すところだろうが、二階は静まり返っている。

浅見先生と僕は、「月世界」の外で立ち話をした。大吾に怪我を負わせた一ノ瀬を庇《かば》う先生に、僕は少し苛立った。浅見先生は僕に、時間になったら必ず学校に来るようにと念を押して帰っていった。タカエもさっさと事務室に引き取ってしまった。

鉄階段を上がりながら、大吾の身の上を思った。喧嘩をして警察に連れていかれても、病院に治療に通っても、定時制の先生に頼るしかないのだ。家族がないということ。これからもずっと一人で生きていかなければならないということ。そのことの重さに思い至った。僕は甘っちょろい元引きこもり少年だ。

「大吾」

マットレスに寝そべった大吾はそっぽを向いて返事をしなかった。

僕は机の前の椅子を引いて、反対向きに跨《また》がった。背もたれに腕を交差して、その上に顎を載せる。

「僕のため？　僕が百合子さんにふられたと思った？」

多少おどけて言ってみたが、それにも返事はない。本当はわかっていた。大吾は僕のために一肌脱いだわけではない。付き合ってる二人が目障りだったわけでもない。一ノ瀬に突っかかるきっかけが欲しくてそんなことをしたのだろう。

いや、彼は自分の中の怒りや苛立ちを誰かにぶつけたかっただけなのだ。一ノ瀬の風貌を見たら、それは無謀なことだとわかっていたはずだ。こんどの暴力沙汰は、大吾の自己破壊欲求に基づくもののような気がした。表面上のチャラけた様子とは別に、大吾の中には深い裂け目があるような気がする。短い付き合いの中で、僕はそれを感じ取っていた。相手の心を先廻りして読み取り、それに適《かな》った行動を取っていた、引きこもり前の僕の悲しい特技が、ここでものをいった。それは彼に家族がいないことに起因しているのだろうか？　お互いが持つ背景や心情を打ち明けられない僕ら二人は、沈黙したまま狭い部屋の中で黙り込んでいた。

ガンガンガンと鉄階段を上ってくる足音がした。床に穿《うが》たれた階段の降り口から、タカエがひょっこりと顔を出した。手に持ってきたラップの掛かった皿を差し出す。

「ほれ。これでも食べな。さっさと治して働いてもらわないと、困るからね」

海苔《のり》を巻いたでっかいおにぎりが二つ、でんと皿の上に載っていた。

「あ、すみません」

僕は階段口に寄っていって、皿を受け取った。タカエはにこりともせずに皿を僕の手に押し付けた。きつい言葉で非難しながらも、雇った少年のことを気遣っているのだと思った。

「いらねえよ」

壁に向いたまま、大吾がはっきりした声を出した。僕はぎょっとして振り返った。

「そんなもん、食えるか。さっさと持って帰れ」

「バカ、何言ってんだよ。社長は心配して……」

僕はおたおたと二人の顔を見比べた。大吾はいきなり起き上がると、僕の手から皿を奪い取り、思い切りそれを壁に投げつけた。凄《すさ》まじい音を立てて、皿が砕け散った。べちゃりと潰れたおにぎりは、無残に床に転がった。大吾はさらにそれを踏みつけた。それだけでは足りないのか、皿の一番大きな破片をつかみ取って、タカエに向かって投げつけた。それはタカエの顔のすぐそばを飛んでいったが、タカエは避《よ》けもせず、瞬《まばた》きもしなかった。

「大吾！　何やってんだ、お前」

かっと頭に血が上った。どうしてこんなふうに、人の気持ちを踏みにじるようなことができるんだ。猛烈に腹が立った。仁王立ちになったままの大吾に向かっていった。大吾は両腕をだらんと垂らしてマットレスの上に立っていた。

僕は初めて人を殴った。

大吾はよろけたけれど、たいしてダメージは受けていなかったと思う。腫れてふさがったままの左目が、僕をじっと見ていた。自分で殴っておいて、僕は震え上がった。凍《い》てた風が、僕を嬲《なぶ》ったような気がした。それはまぎれもなく大吾の中の裂け目から吹き上がってきている。

拳《こぶし》が痛かった。怪我をした友人を殴るなんてどうかしている。自分が犯したばかげた行いに、愕然《がくぜん》とした。そろそろと振り返って、また震えた。タカエがじっとこちらを見ていた。驚きも怒りもない。彼女の顔にあるのは——悲しみだった。救いのない悲しみ。

僕が見つめていることに気がつくと、タカエはくるりと背中を向けた。そのまま階段を下りていってしまった。大吾もどかりとマットレスの上に寝転がった。そしてくしゃくしゃのシーツにくるまって、もう二度と顔を見せなかった。

僕は情けない気分と不可解さを抱いたまま、ハル高へ向かった。

それから三日間、大吾は学校を休んだ。

僕は「月世界」にも行きそびれていた。黙々と授業にだけは出た。警察のお世話になったというのに一ノ瀬が学校に来て、変わらず部活をしているのが不愉快だった。体育館のそばで百合子に会った。彼女も外からバスケ部の練習を見ていたようだ。

「何で一ノ瀬は大吾とやりあったんだろう。大吾がつまらないことを言っても放っておけばよかったんだ」

腹立たしい思いを、百合子にぶつけた。彼女はふわっと頼りなく微笑んだ。

「一ノ瀬君は悪い人じゃないからね」

「人を傷めつけておいて、バスケットなんかするなよな」

「彼、単純でわかりやすい人よ。バカだけど、でもいい人」

非は大吾にあるのは明白だ。何となく納得してしまう自分が嫌になる。

「あなたのお友だちは大丈夫？」

「さあ。家で寝ていると思う。ここんとこ行ってない」

あそこが大吾の家と言えるのか。大吾はどうして親を亡くしたのか、引き取られた叔母の家でどんな待遇を受け、なぜそこを出てきたのか、詳しいことは話さない。そういったことに立ち入ることが憚られ、僕からも訊いていない。大吾の方も、僕の家庭環境などには興味がないようだった。

「行ってあげなさいよ。友だちは大切にしなくちゃ」僕の心を見透かしたように百合子は言った。「重松君、一ノ瀬君と殴り合いをした後ね――」

百合子は含み笑いをする。

「道路の上に大の字に寝転がって『ま、いいか。ダチが一人いるからな』。だって」

あなたのことが大事なのよ、と百合子は続けた。そのまま二人並んで駐車場まで行った。申請を出して認められれば、教員用の駐車場に定時制の生徒が車を置くことも許可される。

「なんで車で通うの？」

「自転車かバスで来てもいいんだけど、親が心配するのよね。夜は物騒だからって。ほら、一家殺人事件の犯人もまだ捕まってないでしょ？」

十一年前の事件のことを、百合子は引き合いに出した。春延市で起こった殺人事件だ。僕が小学生の時のことだ。あの頃はまだ学校に通えていた。市内の一軒の住宅に押し入った誰かが、そこの住人、四人だか五人だかを殺して逃げた。当時は大騒動だった。市内全域に厳戒態勢が敷かれ、小学生は親に付き添われて登下校した。マスコミも押し寄せてきて、見覚えのある市内の風景が何度もニュースで流れたものだ。

「犯人は自殺したんだろ？」

あの当時、任意で事情を聴かれていた男が自殺した。彼が犯人だという確たる証拠はなかったが、警察も含めて大方が、事件は落着したと思ったはずだ。子供だったからよく憶えていないが、マスコミの報道もかなり断定的だったように思う。犯人でなければ、なぜ自殺なんかする必要がある？

そう百合子に伝えたら、カムリのドアを開けながら振り返った。

「まあ、そうね。そんなこじつけで、私に何やかやと干渉したいのよ。うちの親」

しなやかな身のこなしで愛車に乗り込むと、百合子は走り去った。

百合子に背中を押されて、僕は翌日、「月世界」を訪ねた。

坂を上りきる前に、中矢の姿を認めた。入り口のところで、売り物の椅子に腰かけてぐだぐだ言っている。驚いたことに、大吾が倉庫の中で働いていた。タカエの声もした。

相変わらずヨサクが床に寝そべっていて、僕の姿を見つけると、「ワオン」と間の抜けた声で吠《ほ》えた。

中矢が振り返って僕を顎で指した。

「おい、テージセーのお仲間が来たぜ」

棚の向こうから、大吾が顔を覗かせた。僕はバツの悪い思いをぐっとこらえた。大吾は「ケケケ」とおかしな笑い方をした。もう目の上の腫れはだいぶ引いていた。病院へ行ったのか、額の絆創膏も小さいものに取り替えられていた。

「よう、隆太」何事もなかったように、大吾は明るく言った。「今日からは学校へ行こうと思ってたんだ」

「こないだはごめん」

嫌なことは先に片付けようと、僕は大吾に謝った。

「何だよ、お前、俺を殴ったとか思ってんの？　あーんなもん、かすったうちにも入らないよ」

棚の上から埃まみれの衣装ケースを引っ張り下ろしながら大吾は笑った。

「ふん。少年係で聞いたぞ。お前ら派手な喧嘩をやらかしたそうだな」

「こいつとやったんじゃねえよ。ちゃんと聞いてこいよ」

大吾は中矢に突っかかった。

「どっちにしてもろくなもんじゃない」

「うるさいね！　商売の邪魔だよ。さっさと帰りな」

奥からタカエの声が飛んできた。

「俺は防犯パトロールをやってんだ。いかがわしい店が非行少年の巣窟《そうくつ》になってんじゃないかと――」

すべてを言い終わる前に、タカエと大吾が同時に荒々しい抗議の声を上げた。

「何が防犯パトロールだよ」

「昇進試験にも受からないんだから、戻って上司にゴマでもすっときな！」

二人の容赦ない言葉に、僕はほっとした。日常の風景が戻ってきている。この前見たタカエと大吾のぎすぎすしたやり取りも、僕と大吾の間に起こった諍《いさか》いも、すべてなかったかのようだ。無神経な中矢によって、空気がリセットされたのか。僕は万年巡査部長に感謝した。

その時、「月世界」の入り口に、小柄な老婦人が立っているのが見えた。

僕は素早く大吾に目配せした。大吾は大きな声で「あ、お客さんだ。いらっしゃいませー」と大きな声を出した。

中矢はしぶしぶ椅子から立ち上がった。がに股で坂を下っていく。中矢は車をいつも常夜灯の横に寄せて駐車している。違法駐車だと大吾は言うが、聞く耳を持たない。

老婦人はかがんでヨサクの頭を撫でている。

「何かお売りになりたいんでしょうか」

タカエが出来得る限りの丁寧な言葉で尋ねた。

「いいえ」立ち上がった老婦人は、品よく笑った。「ほら、これ」

一歩外に出て柱にかかった板切れを指差した。「何でも売ります。買います。よろず相談承ります」と書かれた文字を。

「ちょっと相談に乗っていただきたいことがあって」

「だろうな」大吾が小声で囁いた。「あの服装を見ればわかるよ。絶対金に困っているようには見えないもんな」

「月世界」に持ち込まれる品物は、中矢が「廃棄物一歩手前」とくさすような、たいして価値のない物ばかりだ。タカエが買い取る値も、知れている。ほとんど小銭しか渡さない。客の方もそれを承知で来ているのだ。竜野製材の竜野さんのように、わずかでも小遣い稼ぎにならないかと思ってやって来る。

この年配の女性は、きちんとした身なりをしている。地味だが品のいいサマーニットのアンサンブルも、靴もバッグも値が張りそうだ。およそこんな店に足を踏み入れる類の人物には見えなかった。

こんな人が持ち込む相談事とは何だろう。弁護士事務所とか有名な探偵事務所なんかに持ち込まずに？　僕はにわかに興味を引かれた。

タカエは上等の客を従えて、事務室の中に消えた。

三十分ほどして、今度は黒っぽいスーツを着た老人が現れた。銀色の髪の毛を、整髪料できちんと撫でつけてあった。

「奥様を迎えに参りました」

彼は慇懃《いんぎん》に言った。大吾が僕の横腹を肘《ひじ》で突いた。坂の下を見ると、常夜灯の横のスペースに、黒のクラウンが停めてあるのが見えた。いつも埃っぽい中矢の車とは大違いだ。磨き込まれたクラウンの屋根に、常夜灯の大き過ぎる屋根が映っていた。

「あの、奥様は——まだ、ご相談中で、そのう——うちの社長と」

言い慣れない言葉を繰り出す大吾に、僕はうつむいて笑いをこらえた。

白い手袋をはめた老人は、いかにも胡散臭そうに、「月世界」の中を見渡した。

「あら、大橋《おおはし》。もう来てくれたの」

老婦人が事務室の扉を開けて出てきた。ローヒールの革靴の踵《かかと》が、倉庫のコンクリートでコッコッと鳴った。後ろから出てきたタカエは渋い顔をしている。どうやら面倒な相談事が持ち込まれたようだ。きっとどこも引き受けない類のものだ。

「奥様、お話は終わられましたか？」

「ええ」

彼女は振り返って、タカエに微笑みかけた。タカエの渋面は、さらに深まった。

「じゃあ、よろしくお願いしますよ」

丁寧に、だが有無を言わせぬ口調で念を押すと、老婦人は大橋を従えて出ていった。

痩せた老人が後部座席にドアを開けて老婦人を乗り込ませ、白手袋の手で注意深くドアを閉めるのを、大吾と僕はじっと眺めていた。大橋は坂の上の僕らに気がつくと、深々と頭を下げた。慌てて僕らもお辞儀をした。クラウンは静かに去っていった。

見渡すと、タカエはもう事務室の中に戻ってしまっていた。

「ちょっと待ってろ」

大吾は事務室のドアを開けて中に入った。ドアは開けっ放しだったので、しゃべっている大吾とタカエの声が外まで漏れてきた。ぼそぼそと低いタカエの声は、何を言っているのかわからなかったが、大吾の「へえ!」とか「すげえ!」という感嘆詞は聞き取れた。それからドアの間から大吾の右手が現れ、僕を手招きした。

事務室に入ると、大吾が丸椅子を二つ持ってきた。二つとも座面は裂けて、中のスポンジがはみ出していた。片方に座りながら、大吾は僕の肩を叩いた。

「さっきの人、すげえ大金持ちなんだとよ」

「すげえ大金持ち」がどんなものかを、大吾は説明した。タカエから今聞いたばかりの情報だろう。老婦人の名前は倉本節子《くらもとせつこ》。倉本家は春延市に代々続く旧家で、資産家でもある。夫の倉本廣之助《こうのすけ》氏は、父親が興した建築資材の卸業や建設用重機のレンタル業を継いで長年社長を務めてきた。事業も発展拡大して、倉本家に莫大《ばくだい》な利益をもたらした。八十歳を過ぎた今では会長職に退き、社長の地位は部下に譲った。

自宅は広大な敷地を持ち、数人の雇人とともに夫婦二人で暮らしているらしい。場所は竜野製材が接していた丘陵地の反対側だという。その丘陵地自体も倉本家の所有地らしいが、特に制限することなく、誰でもが立ち入れるようにしているようだ。小西電器の小西さんも、その恩恵を受けている一人だが、あそこが個人の所有地だと知っている人はあまりいないだろう。

「倉本さんちは、家の中に羊がいるんだと。すげえだろ？　隆太。羊だぜ。犬とか猫じゃないんだ。羊を飼ってんだ。金持ちは太っ腹だな！」

「バカ言うんじゃないよ」タカエがぴしゃりと言った。「誰が羊って言ったんだよ」

「へ？　だって社長……」

大吾の勘違いは僕にも理解できた。

「大吾、それ、執事《しつじ》だろ？」

さっき見た大橋という名の老人が頭に浮かんだ。大吾はきょとんとした顔で、僕を見返した。

「執事って何だ？」

翌日、僕ら三人はタカエのミニバンで出かけた。出る前にエンストして、修理屋を呼んだりしたから、出るのが少し遅れた。

加島氏の事件を解決に導いてから、僕は「月世界」の便利屋稼業要員としてしっかり組み込まれている。大吾が言うように、報酬は一円だってもらえないけれど、僕はこれを楽しんでいた。この二人のそばにいると、頑なだった僕がゆっくり解《ほど》けていくような気がした。

昨日、大吾に「執事とは」と説明してやったのだが、言葉にすればするほど、実態から遠ざかるような気がして、僕自身にもよくわからなくなった。だいたい日本の職業体系には馴染みのないものだ。元はイギリスの上流階級の家の家事使用人の職種の一つで、その中でも最上級の地位にあるものだ。

日本社会に当てはめるなら、主人の秘書役兼使用人を統括する人、という意味か。どちらにしても、一般家庭にはいない類の人物だ。倉本家はよっぽど大きな家なんだなと、その程度の感想に到達したのみだった。大吾はしまいに理解することを放棄した。

「上流階級だの、最上級だの、どこまで上を目指すんだよ。気に入らねえな」

ミニバンの中でも、大吾は昨日と同じことを言っていた。ふんぞり返ろうとして額の傷が痛んだのか、絆創膏に手をやって顔をしかめた。

倉本家は、実際目を見張るほどの大邸宅だった。門から玄関前の車寄せに至るまで、湾曲した車道が続いていた。周囲は鬱蒼《うっそう》とした植栽で埋まり、森の中に建てられた家という感があった。大吾が口笛を鳴らし、タカエがぎろりと睨《にら》みつけた。怪我のせいで人相の悪くなった大吾を連れていくかどうか、「月世界」の女社長は最後まで悩んでいた。

車寄せに停められたへこみと汚れの目立つミニバンは、いかにも場違いな感じがした。帰りにうまくエンジンがかかってくれることを、僕は切に願った。

屋敷は古い木造住宅だが、一階前面の壁は洗い出し仕上げで石造り建築のように見せる擬洋風《ぎようふう》になっていた。先代の主人が凝って建てたものだろう。二階の壁は、白い漆喰《しっくい》塗りの純和風なのが、妙にマッチしている。どちらにしても貧相な訪問客が呼び鈴を鳴らすのをためらうような、堂々とした造りだった。

重々しいドアを内側から開けた大橋は、ちらりと腕時計に視線を走らせた。品のいい態度で、約束の時間に遅れたことを咎めているのだ。僕ら三人は、玄関ロビーのそばの小ぢんまりした部屋に通された。客を正式な応接間に案内する前の控えの間とでもいう部屋だった。僕は品定めをされているような気がして落ち着かなかった。

「旦那様に会っていただきます。旦那様の支度が終わるまでしばらくお待ちください」

そう言って大橋は下がった。

昨日、倉本節子が持ち込んだ相談事は、何でも請け負う「月世界」への依頼の中でもとびきり奇妙なものだった。八十過ぎの夫がおかしなことを口走るのだと言う。

「タヌキが化かしに来る」と言う。「タヌキが庭にやって来て、子供の頃の息子の姿に化ける」と。タヌキはきっと何かを言いたいに違いない。それを聞き取ってもらえないかというものだった。

「耄碌《もうろく》した爺さんの言い分だろ?」すかさず大吾が言ったものだ。「そんなこと、まともに受けるのがどうかしてる」

今回だけは僕も同感だった。そういうことを「よろず相談承ります」と謳《うた》った便利屋に持ち込むなんて、妻の節子さんもおかしくなっているのではないか。見たところ、しっかりした老婦人には見えるけれど。いや、その依頼を受けたタカエの神経も疑われた。

「いくら隆太でも、そんなことまで解明できねえだろ？」

クックック笑いながら、大吾は付け加えたのだった。

ドアが開いて、今度は中年女性がワゴンを押して入ってきた。丁寧に会釈をして、三人に紅茶を出してくれた。白い磁器のカップに注がれた紅茶に口をつけ、大吾が「アチッ」と小さく呻《うめ》いた。ちょうど僕らが紅茶を飲み終わるのを計ったように、節子さんが現れた。

彼女は、小さなテーブルの周りに置かれたビロード張りの椅子に浅く腰かけた。僕らも同じ椅子に座っていた。「月世界」にあるスポンジのはみ出した丸椅子とはかけ離れた座り心地だった。きっと輸入物だろう。

「付け加えておきたいことがあります」と節子さんは言った。「昨日は詳しいことをお話しできなかったから」と。

まず廣之助氏は、あまり体調がよくないのだという。難しい依頼を受けてくれたから、隠さずに言うけれど、結腸《けっちょう》がんを患っていて闘病中であると節子さんは淡々と話した。腹腔《ふくこう》内で転移が起こっていて、病気の具合はあまり芳しくないこと。しかし、これも老化現象の一つだととらえていて、廣之助氏は穏やかに受け止めていること。

「それにこのところだいぶ認知症の傾向が出てきて」

テーブルを挟んで座った大吾が、「ほらな」というような視線を送ってきた。節子さんは、柔らかな微笑みを浮かべた。

「認知症は、死という絶対的なものに立ち向かう私たちに、神様がくださった恩恵だと思うのよ」

タカエの表情を読むことはできない。ただ黙って依頼主の言葉に耳を傾けている。節子さんは、背筋をぴんと伸ばした。

「なぜ主人が、タヌキが化けた息子を見るようになったか」

老女は、静かに言った。彼女には心当たりがあるのだ。僕も自然に居住まいを正した。大吾でさえ、彼女の言葉に魅入られたように黙って聞き入っている。節子さんは死に立ち向かう夫を支え、彼が口にする妄想も、妄想だと突き放さずに、真摯に向き合おうとしている。それがよくわかった。

三十五年前に起こった出来事が、今、夫に幻影を見せているのだと節子さんは言う。十一歳だった一人息子が、二階にある廣之助氏の書斎の窓下に張り出した屋根から転落した悲劇的な事故のことを。

「どうしてあの子が窓から屋根の上に出たのかわからない。そこで足を滑らせて――。

あの時のことを思うと、今でも体が震えてどうしようもなくなるの」

節子さんは目を固く閉じ、膝の上で握りしめた両手にさらに力を込めた。

廣紀《ひろき》という名前の息子さんが、庭石のそばで血塗《ちまみ》れになって倒れていた光景を、節子さんは感情を何とか押し込めて語った。節子さんは、それを書斎の窓から見下ろしたのだった。廣之助氏が留守の間の出来事だった。我が子の変わり果てた姿を見た瞬間の、母親の心情はどんなだったろう。大吾がごくりと唾を呑み込むのがわかった。

「死に近づき、認知症が現れてから、夫は息子を死なせたのは自分だと言い始めたの。そうじゃないと何度言ってもきかない」

廣之助氏が、タヌキがなぜ化かしに来るのか誰かに頼んで調べさせろと言ったらしい。子供の姿で現れる廣紀さんの声を聞いてくれと。

「私も大橋も、夫の言うことを否定するばかりだから、あの人は我慢できないのよ。だからあなた方に会う時も、自分一人で会うと言ってきかない。第三者なら言葉でごまかさず、彼の言う通りに調査をしてくれるはずだからって」

しだいに節子さんの言わんとすることがわかってきた。彼女も忠実な執事も、頑固な認知症の主人に手を焼いているのだ。彼の言う通りにおかしな注文に応じてくれる便利屋を探し出したということか。それなら「月世界」はうってつけだ。

「あなた方は、事前に私から話を聞いたことは伏せて、夫の訴えに耳を傾けて欲しいの。

そして、彼が望む通りのことをしてやってもらいたいの」

「わかりました」

すかさずタカエが答え、節子さんは、ほっとしたように立ち上がった。

「いいわね。廣紀が死んだと言って、あの人は嘆き悲しむだろうし、それは自分のせいだってしつこいほど言い募るでしょうけど、決して反論はしないでね。そして、タヌキが化けた廣紀が言いたいことを調べると請け合ってね」

もう一回念を押して出ていった。

「要するにボケ老人の相手をしたらいいんだろ？」節子さんの足音が遠ざかると、大吾が体の力を抜いて言った。「適当に調べる振りをして、適当な答えをひねり出したらいいんだろ？」

タカエは片眉をちょっと持ち上げたが、何も言わなかった。大吾の言うことは、大方合っているだろう。突拍子もない依頼に見えたものが、案外手っ取り早く片付きそうだと思えた。タカエは、片が付いた後にもらう報酬をどれくらいにするか、胸算用を始めているのかもしれなかった。

やがて大橋が入って来て、僕らを廣之助氏の寝室に案内すると言った。三人はぞろぞろと執事にくっついて長い廊下を歩いた。大きな板ガラスの連なりの向こうに、広い庭園が見渡せた。まさに庭園だった。手入れされた芝生の向こうに立派な枝ぶりの桜の古木が立っている。今は青葉が繁っているけれど、春には見事な花を咲かせるのだろう。足下には、背の低いガクアジサイが数本、株立ち状に刈りこまれていた。こちらは今、薄紫の花が満開だった。それら花をつける木々を際立たせるためか、背後は常緑の喬木《きょうぼく》で埋まっている。イチイやモッコクやマキなどだ。

ガクアジサイの向こうで、人が働いていた。竹の熊手で落ち葉を掻き集めているようだった。麦わら帽子を被っているから、顔はよく見えない。後で庭師の入江《いりえ》さんだと紹介される人物だ。

——あの声が私をすくませるのです。あの、夜の底から聴こえてくる声が——。

入江さんの言葉は、今も僕の心の奥底にある。

7

廣之助氏の寝室は、屋敷の奥まった場所にあった。奥まったといっても、十二畳はありそうな広い洋間だった。電動式のベッドが部屋の真ん中に置かれていた。ベッドの前は、透明なガラスの掃き出し窓になっていて、やはり庭が見渡せた。こちらの庭は、手入れの行き届いたさっきの庭園とは、少し様相が違っていた。

庭の向こうに丘陵地が連なっていた。その風景を借景として、自然のままの趣ある庭だった。まるで雑木林の中に迷い込んだみたいだった。カシワやミズキ、リョウブなど、丘陵地で見た高木の下に、ガマズミやクサギなどの低木が生えていた。下草も繁り放題で、その中にオレンジ色のキツネノカミソリが咲いていた。花の上をカラスアゲハが舞っている。

部屋の隅に立っていた紺のカーディガンを羽織った中年女性に、大橋は、「旦那様の具合はどうですか？　山口《やまぐち》さん」と囁くような声で問いかけた。

山口さんは「変わりありません」とこれも小さな声で答えた。大橋は、専属の看護師だと山口さんを僕らに紹介した。庭から部屋の中に視線を移すと、ここは病院の病室にも劣らない医療機器が備わっているとわかった。ワゴンに載った血圧計や聴診器、消毒剤。酸素吸入器や点滴ポール、モニターの画面には何かの数字が映し出され、絶え間なく電子音を響かせていた。

病院から自宅療養に切り換えた時、こうして万全を期した体制を取ったのだろう。ここにも倉本家の財力を見た気がした。

「旦那様」

大橋が声をかけた。薄い布団に埋もれるように、廣之助氏は横になっていた。元の体格を知らないが、随分縮んでしまっているように見えた。

「奥様がお願いした便利屋さんが見えました」

タカエが進み出て、「『月世界』から来ました」と挨拶した。やはり店名をもうちょっと考えるべきだったと僕は思った。弱り果てた病人を前にして、「『月世界』から来ました」だなんて、たちの悪いジョークにしか聞こえない。

廣之助氏は、ちょっと顎を動かした。彼の意を汲《く》んで、山口さんが部屋を出ていった。大橋は少しだけ躊躇した挙句、看護師の後を追った。廣之助氏は、布団の下から右手を持ち上げた。骨ばった指が伸ばされて、庭を指差した。

「あそこの――」思いのほか、力強い声だった。「あそこの木の下にタヌキが来てな」

僕らは一斉に首を回してガラス戸を見やった。寝室の正面になめらかな灰白色の樹皮の木が一本生えていた。美しい光沢の厚い葉が繁っている。たぶん、ヤブツバキだ。早春には五弁の赤い花がうつむき加減に咲くはずだ。

「夜になるとあの下にタヌキが来るんだ」誰も返事をしなかった。廣之助氏は続けた。

「そして、後ろ足で立ち上がるんだ」

驚いたことに、廣之助氏はそこで笑った。衰えた喉から空気が出入りするのを、僕らは黙って見詰めた。

「タヌキは廣紀に化ける。あいつは何かを言っているんだ」

枕から首をもたげようとするが、うまくいかない。廣之助氏は、ふかふかの枕に頭を埋めたまま、首を振った。

「何を言っているのか、声はここまで届かない。節子に言って戸を開けさせると、タヌキはするりと逃げていってしまう。廣紀は、わしだけに伝えたいことがあるに違いない」

「ええ、そうでしょうね」タカエが口を開いた。

節子さんに言われた通り、依頼主に迎合したことを言っているのだとは思ったが、心のこもった口ぶりだった。人生経験を積んだ年配者が、言うべき時に言う言葉には重みがある。初めて、タカエとはどんな人生を歩んできた人なのだろうと思った。

「あれはもう死んでしまったんだ。あんなことになったのは、わしのせいだ」

「すぐに調べを始めましょう」

「この庭は、裏の山に続いている。ここの山で、わしは子供の頃から遊びほうけていたものだ。だから特に塀や柵を設けず、自然が入り込むままにしてある。だからタヌキも裏山からやって来るんだ」

廣之助氏の物言いは、とてもしっかりしていた。ただやはりにわかには信じられないことを語った。タヌキが化けるのを見るのは自分だけで、死んだ息子の姿は妻にも見えないと訴える。

「節子にも見えるといいんだが。廣紀はとても楽しそうな顔をしておるからな。子供の頃のやんちゃなままの廣紀なんだ」

認知症になった廣之助氏が見る幻想は、彼の希望を表しているのだ。

「ちゃんと二本の足で立って、ぴょんぴょん飛び跳ねたりもする。そしてこっちに向かって何かを言ってくる。わしはそれが知りたい。あんたらに調べてもらいたいのは――」

廣之助氏は、ちょっと言葉を切って休んだ。薄い胸の部分が上下していた。長くしゃべったから疲れたようだ。

「なぜ今頃、子供の姿の息子がタヌキの姿を借りて現れるのか。あれが何を言いたいのか。それがわかれば――」また言葉に詰まった。今度は気持ちが昂《たかぶ》ったせいだ。廣之助氏の顔がくしゃりと歪《ゆが》んだ。

「それがわかればいいんだがな。あいつはわしに似て頑固だからな。どんなに問い詰めても言わなかった。あの日、何をしようとしたか」

廣紀さんは転落後、少しの間は生きていたということか。

「まずはタヌキを探してくれ。庭師の入江に案内させよう。あれなら、庭や裏山のことがよくわかっておるから」

「わかりました」

タカエは答えて、ベッドの脇から下がった。大吾を先頭にして、僕らは部屋を出ようとした。ドアの近くまで来た時、タカエは足を止めて振り返った。

「旦那さん、人は死ぬ時がきたら死ぬんです。理由を考えて苦しむのは、生き残った者だけです」

ぎょっとした。節子さんから念を押されていたのに、そんな差し出がましいことを言うとは思わなかった。横目でタカエを見ながら歩いていたら、大吾の背中にぶつかった。彼も立ち止まってしまっていたのだ。皮肉の一つも言うかと思ったが、黙って部屋の外に出た。

廊下で向き合った大吾の顔に、斜めに陽が当たっていた。腫れた瞼《まぶた》と半分影になった顔が、見慣れた彼の顔とはかけ離れたものに見えて、僕ははっとした。しかし、その奇妙な表情は、すっと消えた。

「まさかタヌキをつかまえて問い詰めるっていうんじゃないよな」

廊下で待っていた大橋に、大吾はわざとふざけた声を出した。大橋は、慌てふためいて、僕らを追い立てた。

「とにかく旦那様のおっしゃる通りにしてください。すぐに入江を呼びますから」

どうやら大橋は、部屋の会話を盗み聞きしていたようだ。僕らは玄関まで戻り、靴を履《は》いた。大橋に連れられて庭に回り込む。庭師の入江さんは、まだガクアジサイのところにいた。大橋に呼ばれて熊手を置き、歩いてきた。

「入江さん、この方たちは、旦那様に雇われた便利屋さんだ。庭に出入りするタヌキをつかまえに来たんだ。タヌキの通り道を案内してもらえるかな」

「承知しました」

ベージュの作業着姿の入江さんは、麦わら帽子を取ってお辞儀をした。小柄な人だが、力仕事をするせいか、筋肉質の体をしていた。年齢は五十をいくつか出たというところか。健康的に日に焼けていた。

大橋は、「タヌキをつかまえに来た」としか言わなかったから、庭師には詳しいいきさつを伝えていないのだろう。入江さんは、僕らを害獣駆除の専門家とでも思っているかもしれない。それにしてはおかしな取り合わせだけど。大橋は踵《きびす》を返して屋敷に戻っていった。

「タヌキはこの辺によく出没するってことかい？」

入江の後をついて行きながら、タカエが問うた。

「おりますね。裏山から下りて来ます。近所の家では餌付けしたりしているところもあるようです。私も時々見かけます」

屋敷の背後は、丘陵地に続く雑木林になっている。雑木林との垣根はないので、そういう小動物は自由に行き来することができるのだと入江は説明した。

「小鳥もたくさん来ますよ。ヒヨドリにモズ、ヤマバト、ホオジロ、シジュウカラにヤマガラ。雉《きじ》も飛んでくるし、春には鶯《うぐいす》がよく鳴きますね。小鳥たちは巣をかけて子育てもします」

　ムササビが屋根の隙間に棲《す》みついていたこともある、と入江さんは付け加えた。主人夫婦は彼らと共存する庭を作りたいというので、極力消毒などは控えるようにしていると庭師は言った。僕らは入江さんについて、屋敷をぐるりと回った。

「旦那さんの書斎はどこ？」

　タカエはなかなか的確な質問をした。入江が二階の窓を指さした。

「旦那様はお体が悪くなってからは、もうあそこに立ち入られなくなりましたが」

　窓の外に大きな木が一本植わっている。エゴノキだ。一階の屋根に覆《おお》いかぶさるように生えている。白い清楚《せいそ》な花が下向きにたくさん咲いていた。かすかに甘い香りも漂ってくる。秋には緑色の球形の果実を鈴なりにつけるのだ。

「あんなとこから何で落ちたんだ？」

　大吾がぽろりと呟き、タカエが思い切り大吾の脚を蹴り上げた。大吾は「アッツッ」と向こう脛《ずね》を抱えてぴょんぴょん飛び跳ねた。先頭を行く入江の耳に届いたかどうか。彼は何とも答えずに歩を進めた。

「入江さんは、ここに勤めてどれくらいなんですか？」

　僕はそれとなく探りを入れた。

「都合、十三年になります」

それなら、当主の息子の悲劇的な事故のことは耳に入っていないのかもわからない。それにしても広大な庭だった。庭師に管理させないと、とてもじゃないけど手が回らないだろう。入江さんはこの家の専属の庭師として雇われていて、住み込みで働いているのだと言った。

屋敷から離れて、雑木林の中を行く。足下がなだらかな傾斜になってきた。いつの間にか丘陵地に入ったのかもしれない。息が上がり、じっとりと汗ばんでくる。だんだんタカエが遅れてくる。雇い主が気になるのか、大吾は背後を気にしながら登っている。

時折、入江さんが地面に顔をつけるようにする。動物の足跡を探しているようだ。細い道を逸《そ》れて草むらの中に足を踏み入れた。僕も興味津々でその後をついていった。タカエと大吾は坂道で立ち止まって息を整えている。

入江さんはタヌキだけの通り道があるはずだと言う。それをたどっていけば巣穴を見つけることができるらしい。

「巣穴？」

僕は子供のように声を上げた。

「はい。藪《やぶ》の中には休憩所があるし、そういう所には溜《た》め糞《ふん》があるからタヌキの通り道だとすぐわかるんです」

遅れてきた大吾がそばで口をへの字に曲げたのがわかった。

「ほら、ここ」

入江さんが指さす地面に、ぽつぽつと小さな足跡があった。

「タヌキだけじゃないですね。アライグマもおりますね。タヌキは犬とそっくりの肉球の足跡。でもアライグマの足跡は人間に似ているんです。指が五本ですんなりと長い。器用に物をつかむために」

入江さんは、繁茂した下草を掻き分けた。低木の幹やシダの群落を慎重に眺めて何かをつかんだ。僕らの目の前で手のひらを開いてみせる。ふわふわとした獣の毛が絡まり合っていた。

「こっちがタヌキでこっちがアライグマです」まったく見分けのつかない獣毛を持ち上げて言う。「この辺りに巣穴があると思います。木の洞《ほら》なんかに棲みつくんです」

草むらから出てきた僕に、大吾がすり寄ってきた。

「おい、本題からずれてないか？　俺たちはあのボケ爺さんの妄想に沿った話をでっち上げればいいんだろ？　巣穴なんかどうだっていいだろうが」

「いや、タヌキが本当にいるかどうかは重要だ。出来合いの話にも信ぴょう性が肝心だから」

大吾は大仰にため息をついた。

「爺さんの話のウラを取る前に、こっちの婆さんがくたばるぜ」

肩越しに親指で指した場所で、タカエが座り込んで汗を拭《ぬぐ》っていた。

「続きは今度にしよう。大吾と僕とで。入江さんにまた案内してもらって」

入江さんはいつでもどうぞ、と答えた。

また四人で連なって山を下りた。開けた場所から倉本家の屋敷が見渡せた。日本瓦を載せた重厚な造りだとわかった。また雑木林の中に入り、屋敷は見えなくなった。これだけの広さがあれば、自分の家の敷地の中で迷うということもあり得るのではないか。

僕は一回腐葉土の上で足を滑らせて尻もちをついた。

「もう少しですから」

入江さんがそう言った時だった。頭上の葉を叩く音がザザザッと聞こえたかと思うと、大粒の雨が降りだした。差し交わす枝の向こうの空が暗くなっていたのに気づかなかった。一気に土砂降りになる。林冠部は厚いが、それでも遮《さえぎ》りきれずに、大量の雨が降り注いだ。

「うっひゃあ！」

大吾が頭を抱えて叫ぶ。タカエがいるから、駆けるわけにはいかない。

「こちらにどうぞ。私の住まいがありますから」

入江さんに導かれて、僕らは細い道をたどった。その間にも体はびしょびしょに濡れそぼつ。緑の奥に小ぢんまりした家が見えた。入江さんが引き戸を開けてくれて、僕らはなだれ込むようにその中に入った。引き戸を閉めると、ほっと一息ついた。入江さんが乾いたタオルを差し出してくれて、それで濡れた髪の毛や衣類を拭いた。屋根を叩く雨の音が家の中まで響いてきた。相当な降りのようだ。

「雨宿りをしていってください。じきにやむでしょうから。むさくるしいところで申し訳ありませんが」

土間とも玄関とも取れる割合広いコンクリート張りに、僕らの体から滴った水滴が黒い染みを作った。土間には、竹で編んだカゴや手作りの棚が置いてあった。カゴの中には、杭《くい》や支柱や巻いた縄が入れてあった。棚には鋸《のこぎり》やノミ、木槌《きづち》などがきちんと整理されて置かれてあった。木製の小さな腰かけもあって、木屑が少し落ちていた。ここで丸太を杭に加工するなどの作業をするようだ。

「こちらにお上がりください」

勧められるまま、僕たちは上がり框《がまち》から畳敷きの部屋に上がった。そこも気持ちよく整えられた部屋だった。ガラス戸の向こうは小さな台所になっているようで、入江さんがお湯を沸かしている。

「どうぞおかまいなく」

タカエが畳の上に座りながら声をかけた。

「お茶だけ。何もありませんので」

「ここ、入江さんの家?」大吾はずけずけと尋ねる。

「そうです。代々庭師が住み込んでいる家でして。古いですけど、私なんかには上等の住処《すみか》です」

「ほんと、上等じゃん。同じ住み込みでも大違いだな。給料もたっぷりもらってんだろ?」

とうとうタカエが「お黙り」と一喝した。奥にもう一部屋あるようで、襖《ふすま》で仕切られていた。たぶん、寝室として使っているのだろう。一人で暮らすなら、充分な広さだ。台所の隣にトイレや風呂もあるのかもしれない。

入江さんが湯気の立つ湯呑《ゆのみ》を持ってきてくれた。

「私が作ったドクダミ茶です。お口に合いますかどうか」

「あ、十薬《じゅうやく》だね」

タカエはさっさと湯呑に口をつけた。僕らもおっかなびっくりドクダミ茶を口に含む。独特の匂いがしたが、口当たりはすっきりしていた。何より、濡れた体が温まった。

「あんたは動物のことや山のことに詳しいけど、どこの出なんだい?」

「四国の山育ちなんですよ」

「そうかい。四国のどこ? あたしの父親も四国の生まれだったんだ。徳島の半田《はんだ》ってとこなんだ。こっちも山の中だ」

「私は愛媛と高知の県境にある小さな集落で」

入江さんははっきりとは地名を言わなかった。タカエもそれ以上は尋ねなかった。

「へえ。で、庭師として雇われたわけ？」

「こんな私にできる仕事はそうありませんからね。人付き合いも悪いし。ここの旦那さんに雇ってもらって感謝しているんですよ。ちょうど前の庭師さんが、高齢で引退するというので」

「入江さん、結婚してないの？」

大吾が横から口を出す。入江さんは「ええ」と答えたきりだった。あまり自分のことはしゃべりたくないのかもしれない。

入江さんとタカエが薬草の話をしている間に、雨が上がった。僕たちは入江さんに連れられて倉本氏の屋敷に戻った。庭師の住宅は、すっぽりと林の中に隠れていて、母屋からはまったく見えなかった。

タカエは節子さんに、タヌキの巣穴を見つけにまた来ると告げた。

「やっぱりタヌキはいたでしょ？　主人に早速伝えておくわね」

節子さんは少女みたいな口調で言った。社長のミニバンは、何度かしゃくりあげた後、ようやくエンジンが掛かった。僕らは大邸宅を後にした。奥様と執事が、玄関前に立って見送ってくれた。

倉本家は、春延市で代々手広く商売をしてきた家だったと祖父が教えてくれた。市内随一の旧家だ。先祖は油商だったらしいが、明治時代に米と雑穀《ざっこく》、豆類、粉類を扱う商家になった。使用人もたくさんいた。しかしそれも戦前までのこと。戦時中の物不足で疲弊《ひへい》したうえに、戦後は食生活の変化で商売はうまくいかなくなった。それでも有り余るほどの資産を有する倉本家が食うに困るということはなかった。

廣之助氏の父親は、戦後の復興やその後に続いた高度成長期に建築関係の需要が伸びることを見越して現在の事業を起こした。それは見事に的中し、さらに莫大な資産を倉本家にもたらした。廣之助氏が会長を務めるクラモト興産は、東京都内にも不動産を多数保有する優良企業だ。彼は春延市商工会議所の会頭を始め要職を歴任したが、高齢となった今は、公の場に姿を現すことはなくなったようだ。

「たった一人の息子さんがそんなことになって、お気の毒だね」

祖父が新聞を畳みながらそう言い、祖母が記憶をさらうように、遠い目をした。定時制に通うようになってから、僕は朝食だけは、たまに一階のダイニングで食べるようになった。それは僕にとっては大きな進歩だ。

「倉本さんのところの坊ちゃんが、意識不明の状態で自宅から救急搬送されたって話は、聞いたことがある気がするよ。結局亡くなってしまったの？　かわいそうに」

祖母は痛々しい表情を浮かべ「ほら、あんたと――」と父を指差した。「同じくらいの年代だったはずだよ」

父はゆっくりと首を振った。覚えがないようだ。

こうして同じテーブルを囲んでいても、父と言葉を交わすことはない。それでも以前のようにいたたまれない気持ちになることはなかった。

差し当たっては、「化かしにくるタヌキ」の問題だ。

書庫に行って、動物図鑑を書架から引き抜いた。たしか動物の足の裏の写真も載っていたはずだ。ここで長い時間を過ごした僕は、たいていの本の中身を憶えていた。書庫で詰め込んだ知識が実地で活かされるということはなかった。しかし今はそれが役に立つ。生きた知識というものを、僕は実感した。

街中で目撃される獣にはタヌキやアナグマ、アライグマ、ハクビシンなどがある。タヌキとアナグマは日本の在来生物だが、アライグマは北米からペットとして連れて来られた外来生物だ。ハクビシンはかなり古くから日本で棲息していたらしいが、東南アジアから移入してきたという説もある。アナグマは数が減っているようだが、他の三種類はしたたかに都市の生活に適応して増殖し続けている。動物たちの生息域と人間の生活域が接近したせいだ。

ハクビシンは鼻から額まで一筋の白い毛があるからすぐに見分けがつくが、タヌキとアライグマはよく似ている。雑食性で何でも食べることや、樹木の洞や地面に掘った穴を住処とするなどの生態も重なる部分が多い。しかし足跡は歴然とした違いがある。イヌ科のタヌキは、犬の足裏と同じように肉球が五つ、指が四本あるだけなのに対し、アライグマ科のアライグマは、五本の長い指を持っていて、サルや人間に似ている。これでものをつかみ、餌を探る。タヌキの足は木登りに適さないが、アライグマやハクビシンは上手に木に登る。入江さんの言った通りだ。

古来、タヌキやアナグマやハクビシンは、貉《むじな》と呼ばれて人を化かすと言われてきた。だが、倉本家の庭では、アライグマも貉の仲間入りをしたのではないか。

廣之助氏が見た貉は何だったのだろう。

死んだ息子が父親に伝えたいことは、何なのだろう。

8

後部の荷物室に乗せたヨサクが不安そうにクンクンと鼻を鳴らしている。タカエのミニバンが何度もしゃくりあげるので、意気揚々とタヌキの巣穴の探索に向かおうとした大吾と僕まで、だんだん気持ちが萎《しぼ》んできた。

「ヨサクの鼻は当てにならないと思うな」

「獣の臭いはたどるんじゃないかな」

「どうかな。猟犬でもないし、もう年寄りだからな」

あの広い丘陵地のどこかにあるタヌキかアライグマかの巣穴を見つけるための苦肉の策がヨサクだった。犬の嗅覚に頼ろうと提案したのは僕だ。

「着いたよ」

倉本邸の門を通りながらタカエが言った。そして車寄せのところで乱暴にブレーキを踏んだ。大吾と僕はつんのめり、ヨサクが唸り声を上げた。

「それじゃあ、頼んだよ。また迎えに来るから」

タカエは僕らとヨサクを降ろしたら、さっさと車を出した。玄関前に張られた御影石《みかげいし》に汚れたタイヤの跡がついた。「月世界」の社長は、だだっ広い庭や山を歩き回るのにうんざりしたようだ。今日は出張買取の予定を入れて、僕らを置き去りにした。

呼び鈴を押すまでもなく、大橋が顔を出した。僕らが犬を連れて来ているのを見てとると、露骨に嫌な顔をした。

「そこでお待ちください。すぐに奥様に――」

「いいのよ、大橋」家の中から節子さんの声がした。「入江さんを呼んで。今日は私も一緒に行くから」

伸縮性のある生地のスラックスにウォーキングシューズを履いた節子さんが現れた。

ヨサクを見つけると、「あら、今日は頼もしいお供がいるのね」と頭を撫でた。大橋は、得体の知れない病原体を懸念するように、そわそわしている。

「奥様、本当に山に入られるんですか？　それもタヌキの巣穴を見つけに？」

「そう言ったでしょ？　早く入江さんを呼びなさい」

大橋はしぶしぶ内ポケットから携帯電話を取り出した。

連絡を受けた入江さんは、すぐにやって来た。大橋は、入江さんを引っ張っていって何かを耳打ちした。おそらく奥様に危険が及ぶようなところには行かないようにと注意をしているのだろう。

「さあ、行きましょう」

節子さんは張り切っていた。僕らは入江さんを先頭に、庭とその先の丘陵地へと歩き始めた。

「だいたいの見当はつけておきました」

入江さんはタヌキやアライグマの足跡を追って、雑木林の中を歩き回ったらしい。

「私も久しぶりなのよ。裏山に登るのは」

まるでピクニックに行くような調子で節子は言った。大吾はぶすっとしたまま口をきかない。タカエと同年配の節子の足腰が信用できないのかもしれない。何といっても執事が運転する高級車で移動する奥様なのだから。

だが、節子の足取りは軽かった。驚いたことにヨサクも嬉しそうについてくる。リードを外して自由にしてやったので、時には小走りで先に立ったりもする。「月世界」から散歩に連れ出して住宅街の中をいくと、のたのたとしか歩かない雑種犬とは、まるで違って見えた。

草むらに鼻づらを突っ込んだりするヨサクを見て、大吾も「こいつ、自分の任務がわかってんのかな」と驚いていた。「野性の血が騒ぐってやつ？」

手入れされた庭から出て雑木林の中に入ったが、節子は鼻歌でも歌いそうなほどの軽快さだ。おしゃべりも止まらない。倉本家に嫁いできて、何が嬉しかったかというと、この敷地の広さだったという。

「お姑《しゅうとめ》さんも飾らない人でね。よく二人で庭や裏山を散策したものよ。いろんなことを教わって」

ヨモギを摘んでヨモギ餅を作り、山菜採りもした。キノコも食べられるものとそうでないものを丁寧に教えてくれたそうだ。だから敷地内のことも丘陵地のこともよくわかっているのだと言った。歩きながら、「冬にはそこにスイセンが群れて咲くのよ」と教えてくれたり「ここは元は沼地だったから、ぬかるんでいる」と言ったり。

分かれ道で立ち止まり、入江さんに問うた。

「この辺に井戸があったでしょう?」

「ええ。でもあれは涸《か》れてしまったんです。私が来る前に」

「ああ、そうだったわね。そんなことを甲斐《かい》さんから聞いた覚えがある」

甲斐さんとは、入江さんの前の庭師だそうだ。

「地下水の水位が年々下がってしまったから涸れたのよね。この辺も開発されて変わってしまったから。だから行き場をなくしたタヌキやなんかが住宅街に現れるようになったのよ」

それから入江さんに「あの井戸はどうしたの?」と尋ねた。

「埋めてしまいました。迷い込んだ子供さんでも落ちるといけませんから」

「そうね。それがいいわね」

傾斜地にさしかかった。

「少し休まれますか?」入江さんが気を遣うが、節子は「大丈夫」と笑った。ヨサクも張り切っている。林の中の草むらから変わった鳥の鳴き声がすると、軽くジャンプして草むらに入り込んだりもする。

「ヨサク!」

鳥が逃げていく羽音がバタバタとするが姿は見えない。ヨサクは、草の切れっぱしを毛に絡ませながら戻ってきた。ご機嫌なのは、表情をみればわかる。初めて会った時に「笑った」と思ったあの表情だ。

「あれはコジュケイよ。鳴き声が面白いでしょう？　屋敷にいても聞こえることがあるわ」

節子さんは「チョットコイ、チョットコイ」とコジュケイの鳴き声を真似《まね》てみせた。

「ああ、この辺です。アライグマの通り道があるのは」

入江さんが立ち止まり、地面を指した。道々、節子さんには、タヌキとアライグマが似ていることを説明した。節子さんも、廣之助氏が見たのはアライグマかもしれないと言った。地面には、長い五本の指の足跡が点々とついていた。

「ヨサク、行け。お前の眠っていた力を見せろ」

大吾はヨサクをけしかけたが、あまり期待はしていないようだった。だが、数分後には、ヨサクは見事にアライグマの巣穴を見つけ出したのだ。ヨサクは地面に鼻をつけ、獣の臭いを追った。脇目もふらず、林の中に入り込んでいった。

茶色いヨサクの背中が深い草むらの中に没してしまう。その後を僕らは苦労してついていった。アカシデかイヌシデか、微妙に傾いて生えた落葉広葉樹の下でうずくまっているようだ。

「いるの？　タヌキ？　アライグマ？」

最後尾の節子さんが小声で尋ねた。

根元に丸い空洞が開いている。そこをヨサクは前脚で掘っている。斜面に生えているから傾いてはいるが、かなり太い木だ。巣穴も大きい。大吾がヨサクをつかまえて横に避けさせると、入江さんが膝をついて洞の中を覗き込んだ。

中には何もいないと答えた。

「タヌキじゃないですね。この巣はやはりアライグマのものですね。タヌキが捨てた巣穴をちゃっかりもらったみたいです。そういうことは、ままあります」

「へえ。で？　このおうちから、アライグマはせっせと旦那さんの部屋の前庭に通ってきてたわけ？」

巣穴に近づきたくて前脚を掻くヨサクの首輪をつかまえて、大吾が言った。入江さんは、巣穴の中に頭を突っ込んだ。

「木の中はほとんどがらんどうになっています。老木だから脆《もろ》くなっているんですね。アライグマは五本指で器用でしょう？　好奇心も強いし。何匹かでせっせと上に向けて掘り進んでいったみたいです」

入江さんは頭を引き出した。彼の髪の毛に木屑がくっついていた。見れば空洞の底には夥《おびただ》しい木屑が積もっていた。

「どうしてそんなことを？　もっと広いおうちにしたかったのかしら？」

入江さんがどいた後、僕も巣穴に頭を突っ込んでみた。むっとする獣の臭い。肩を回して上を向く。入江さんの言うように、ここはもともと天然の空洞らしかった。こうして根方が弱って、やがて古い木は倒れてしまうのだろう。こうした洞は、タヌキやアライグマにとっては格好の住処となる。暗いはずなのに、上から光が届いている。だんだん細くなった穴の先が、どこかにつながっているようだ。シデの上部にも穴が開いているのか？

僕は一回頭を引き抜き、ポケットから持ってきたペンライトを出した。ライトを持った腕と頭を巣穴に入れるのは難しかったが、何とか押し込んだ。

「おい、大丈夫か？　つっかえて出てこれなくなっても知らねえぞ」

大吾の声がくぐもって聞こえる。片耳を思い切り地面にくっつけているせいだ。ペンライトの光を天井に向けた。ギザギザになった木肌が見えた。小さな穴が開いていて、その先に緑の光が見えた。透き通った緑の色にみとれた。

「隆太。おい」

僕は頭を引き抜こうともがいた。腕が引っ掛かっている。洞の入り口で首が圧迫された。脚をばたつかせると、大吾が引っ張ってくれて、ようやく外に出られた。大吾が体を折って笑っている。

「お前、頭にアライグマの糞《ふん》がくっついているぜ！」

驚いて頭を振ると、幸いにも乾いたそれはぽとんと地面に落ちた。僕は少しシデから離れて木の上部を眺めた。真ん中くらいの位置に、洞の口が開いているようだ。枝が分かれている辺りだ。あの洞とアライグマの巣穴はつながっているようだ。

見当をつけておいて、僕はシデの幹に取りついた。一番下の枝に手を掛けて、体を引き上げようとするがうまくいかない。その時になって初めて、僕は木登りなんか一回もしたことがないということに思い至った。僕はぶざまにズルズルと幹からずり落ちた。

「何やってんだ?」

「いや、あの上の洞の中を覗いてみたくて。何かが落ち込んでいるんじゃないかって」

「どけよ」

大吾は身軽に枝に飛びついた。僕が慌ててペンライトを彼に渡すと、大吾はそれを尻ポケットにねじ込んだ。そのまま巧みに腕と足を動かして幹を伝って登っていく。僕と節子さんと入江さん、それからヨサクは、地面から離れていく大吾を目で追った。大吾は難なく洞のところまで到達した。かなりの高さだ。

「いいぞ! 大吾」

「言ったろ? 俺は昆虫小僧だったんだ」

彼はこんなふうに木に登って、虫を捕まえていたのか。僕には持つことがなかった子供時代の楽しみだ。子供の彼を、こうして見上げていたのは誰だったんだろう。

大吾はペンライトを点《つ》けると、洞の中を照らした。

「あれ?」

「何かあるだろ？」

「ちょっと待て」大吾は右手を洞の中に突っ込んだ。肘の辺りまで入ってしまった。指で探っていたがうまくいかないようだ。「木の中にめり込んでやがる」一回腕を抜いて辺りを見渡し、細い枝を折ると、それをまた突っ込んだ。ガリガリと穴の底をほじる音が森に響く。

「よっしゃ」

抜き出した指先に何かをつかんでいるのが見えた。ペンライトとそれを尻ポケットに突っ込むと、大吾はするすると下りてきた。

「何があったの？」

節子さんが急《せ》かす。大吾はポケットに手を突っ込んだ。

広げた彼の手のひらの上に、緑色の石が転がっていた。いや、石じゃない。宝石だ。

「これ……」節子さんがそれを摘まみ上げた。陽にかざす。美しくカットされた宝石。

「エメラルドだわ」

「エメラルドって、あの、指輪とかにするやつ？」大吾がぽかんと口を開けた。「なんでそんなもんが木の中に落っこちてんだ？」

それから僕に身を寄せて囁いた。

「金持ちの家では、木に宝石が生《な》るとか？」

もちろん、そんなことは起こらない。あれは誰かがあそこに入れたのだ。

太陽がある位置にくると、シデの上部にある洞に陽が差し込む。洞の底にがっちり食い込んだエメラルドを通した緑の光が、細くつながった穴を通して巣穴にも降り注ぐ。それに気がついた好奇心旺盛なアライグマは、朽ちた木の中を爪で掻きとっていったのだろう。

節子さんの手のひらの上に転がった大粒の見事なエメラルドを、僕らは見下ろした。

「どうしてこれがここにあるのかしら」

節子さんは、それに見覚えがあるようだった。

緑色の石は、廣之助氏からよく見える窓際のテーブルの上に置かれている。白いテーブルには、繊細にカットされたエメラルドを透過してきた緑の色彩の輪が広がっていた。

「きれいでしょう？　こんな光が木の空洞の中に見えたら、誰だって不思議に思うでしょうね。それがアライグマでもね」

節子さんが言った。長い間木の洞の中にあったエメラルドは、大橋の手によって丁寧に拭われた。これを見つけてから三日が経った。

廣之助氏の寝室には、節子さんと大橋、それとタカエと大吾と僕が揃っていた。化かしに来るタヌキの謎を追っていたのに、僕らは美しい宝石を見つけてしまった。知識のない僕らにも、あの大きさとカットを見れば、相当の価値があるものだと察しがついた。

「忘れておったな。その石のことは」

「そうですね。私もすっかり」

今日の廣之助氏は穏やかな表情だ。

「何なんです？　この宝石は」

タカエがいつもの調子でずばりと訊いた。

「これはね、廣紀が窓から転落した時、書斎の机の上にあったものなの」

その事情は、三日前に僕らも聞いていた。森を案内してくれた入江さんと別れ、庭の植え込みの中にある東屋《あずまや》でお茶をご馳走《ちそう》になった。

涼しい風が吹く東屋の中は快適だった。枯草を体中にくっつけたヨサクも、深皿いっぱいのミルクをもらった後、気持ちよさそうにまどろんでいた。

三十五年前、大粒のエメラルドは、倉本家に届けられたのだった。

出入りの宝石商が持ってきた。「旦那様にご注文いただいた品です」ともったいぶって店長が届けてきて、その品質のよさを誇示するようにわざわざ節子の目の前で開けて見せたのだった。ひと目見て、節子は「ああ」と思ったという。きっとこれは夫が愛人にプレゼントするつもりで求めたものなのだなと。節子はこういう派手な宝飾品を好まなかったし、廣之助にもらったこともなかった。案の定、数時間後に宝石商が慌てふためいて電話してきた。あれはクラモト興産の社長室にお届けするものでした、こちらの手違いで――と大汗をかいているような口調で説明する店長に、節子は言った。「かまいません。私から主人にはとりなしておきましょう。気になさることはありません」相手は恐縮して何度も何度もしつこいほど詫びと礼を述べた。

そして、この宝石は――廣之助の書斎の机の上に置いたはずだった。その後の騒動ですっかり失念してしまっていた。

「主人も何も言わなかったしね。廣紀のことで頭がいっぱいだったから」

息子が事故死したのだ。どれほど高価な宝石が失《な》くなろうと、気にならなかったに違いない。しかも愛人に贈ろうとしたものだ。うやむやになった方が廣之助氏もよかったかもしれない。若い頃は、彼も女性関係が派手だったようだ。節子さんは、さらりとそういうことを口にした。資産家の家に嫁いだ彼女の覚悟と、生来の寛容さを見た気がした。

あの時、転落事故の詳しい顛末も聞いた。節子さんなりの解釈も。

宝石商がエメラルドを持って来た時、そばに廣紀さんもいたのだと節子さんは言った。輝く緑の石を見た時に、自分でも意識しないうちに節子さんは、寂しい表情を浮かべたのだろうと。それはそうだろう。夫が愛人に贈る宝石を目の当たりにして、平静でいられるわけがない。

「あの子はすべてを察したのよ。勘のいい子だったから。夫に別の女性がいたことも知っていたし」

節子さんの推測はこうだ。

廣紀さんは、エメラルドを窓から外に投げ捨てようとしたのではないか。広い庭の植栽の間に落ちた石は、誰にも見つけられないだろうと考えた。子供心にも、母親に味方しようとしたのだ。窓から投げ捨てた直後、部屋の外の廊下を節子さんか家政婦かが歩いた。その足音を聞きつけた廣紀さんは、見咎められることを恐れて咄嗟《とっさ》に屋根の上に出た。そして足を滑らせたのではないか。そう節子さんは語った。

「でもあの石は、どうしてだかあんな山の上のシデの木の洞の中にあった。不思議ね。それこそタヌキの仕業かも。そして夫がタヌキに化かされると言い募ったおかげで、今頃あれが見つかるなんて」

これは何かのきっかけなんじゃないかと思う、と節子さんは続けた。

東屋の上に枝を伸ばしたヤマボウシの葉がさらさらと鳴っていた。

「そのこと、旦那さんに話しました？」

僕の問いかけに、節子さんは寂しく微笑んで首を振った。

「いいえ。これは私だけの想像だもの。思いつきの一つよ。確信もないことを口にしたら、あの人が苦しむだけでしょう」

節子さんは黙って葉擦れの音に耳を傾けていたが、意を決したように僕らの方を向いた。

「あの事故の後、夫も苦しんだはずよ。もしかしたら同じことをあの人も想像したかもわからないけど、そういうことを話し合ったことはないわ」

それから静かに続けた。

「廣紀は、私の実の子ではないの。夫が愛人に産ませた子なの。私には子供ができなかったから、倉本家の跡継《あとつぎ》として家に迎え入れたの」

大吾と僕は、驚いて節子さんを見返した。一拍おいてから、大吾が口を開いた。

「じゃあ、あの宝石を贈ろうとした相手って――」

「そうなの。廣紀を産んでくれた人」

「廣紀さんは、それを知っていたんですか」

「たぶんね。言ってたでしょう。勘のいい子だったって。自分が母親とは血がつながっていないこと、実母は別の場所にいて、父親が世話をしていることをその時点で薄々知っていたと思う」

「それなのに、実のお母さんより節子さんの味方をしたんだ」僕の声はいくぶん震えていたと思う。「あなたも廣紀さんを愛していたんですね？」

「ええ、もちろん。廣紀は本当に愛らしい子供でしたよ。赤ん坊のあの子を抱いた時のことは、今でもよく憶えているわ」

揺るぎない答えが返ってきた。

母親が子供に向ける無尽の愛に僕は慄く。それがまぎれもなくこの世に存在するということに。

それが三日前のことだ。

「で？　あなたはなぜ遠くの木の洞に中にこれがあったかわかったって言ったわね」

廣之助さんの口元を拭ってやりながら、節子さんは僕に向かって言った。

「そうです」

僕は迷いつつ答えた。ここでそのことをしゃべっていいものかどうか。僕が思いついた理由は、廣紀さんがエメラルドを窓から投げ捨てようとしたという節子さんの推察を踏まえてのことだからだ。何も知らない、その上に認知症の出た廣之助氏の前でそのことを口にするのは憚られた。

「いいのよ。あなたの考えを率直に言ってもらっても。この人にも聞かせてあげて」

「でも――」

「これはきっかけだって言ったじゃない。もうそろそろはっきりした方がいいのよ」

節子さんの言っていることの意味はよくわからなかった。大吾をちらりと見るが、彼も不安そうな表情を浮かべて見返しただけだった。

僕は小さく咳払いをした。そして腹をくくった。

「書斎の窓の外にはエゴノキが生えていましたね？」

「ええ、そう。雑木林だった土地柄を活かしているから、ああいう木は随所にあるのよ」

「大橋さんに確認しましたが、廣紀さんが二階から転落した時は秋でしたね？」

節子さんはこくりと頷いた。廣之助氏も黙って聞いている。僕はゆっくりとその日、この石が倉本家に手違いで届けられたこと。それは廣之助氏の愛人に届けられるべきものだったこと。母親の気持ちを察した廣紀さんが、窓から投げ捨てようとして転落したことを語った。

廣之助氏は口をつぐんだままだ。ふかふかの枕に埋もれる顔からは、何の感情も読み取れない。

「秋になると、たいていの木の実は熟して赤くなったり黄色になったりして鳥の気を引きます。たくさん実を食べさせて種を運ばせるために。でもエゴノキはいつまで経っても青いままなんです」

「なんで？」大吾は純粋な疑問を口にする。

「エゴノキは、たった一種類の鳥だけを相手にしているから」

「なんて鳥なの？」今度は節子さん。

「ヤマガラ」

「どうしてかしら」

「ヤマガラだけに絞って実を取らせるのは、エゴノキの作戦なんです。ヤマガラはすごく頭のいい鳥だから」

「そうね。子供の頃、ヤマガラがおみくじを引く芸をしているのを見たことがある。教え込んだことを見事に憶えるものよね」

節子さんがどんどん僕の話に引き込まれてくるのがわかった。勢いづいた僕は言葉を継いだ。

「エゴノキの実には毒があるんです。昔の人は、この実を潰した汁を川に流して魚が浮いたところを獲ったりしたこともあるそうです。いつまでもまずそうな青い実を他の鳥は見向きもしません。エゴノキの実には毒があるってことを他の鳥は経験から知っているから」

エゴノキの毒はサポニンという成分で、苦みとえぐみがある。エゴノキの「エゴ」は「えぐい」から来たのだという知識を僕は披露した。それらは小西電器の小西さんのところに行って教えてもらったものだ。ここの庭に出没する小動物や小鳥のことなら、丘陵地を歩き回っている小西さんが詳しいはずだと思ったのだ。

「じゃあヤマガラは毒のある実を食べるってこと？　逆にバカなんじゃないか？」

そう口を挟んだのは大吾だ。

「ヤマガラは貯食《ちょしょく》っていって、食べきれなかった実をいろんな所に隠す習性があるんだ。木の幹や枝、地中や石の陰に。エゴノキの実は、もぎとられてすぐには毒があるけど、そうやってしばらく置かれると、毒の量が減っていく。それをヤマガラは待って食べる」

すべては小西さんからの受け売りだ。

「ほんとに賢い鳥だこと！」節子さんが目を輝かせた。

「ヤマガラは隠し場所を憶えていて、たいていは冬になったら取り出して食べるけど、それでもいくつかは食べ残す。遠くに運ばれ、地面に浅く埋められたものが春に芽を出す。相手を利用してるのは、ヤマガラか、エゴノキの方か、どっちなんだろうな」

「自然の生き物とは、なんと不思議な共生をしているんでしょうね」

僕もこの話を聞いた時にはそう思った。時々シジュウカラがヤマガラの隠した貯食を横取りすることもあるが、エゴノキの実だけはまずいのでシジュウカラも手を出さないと、小西さんは付け加えた。

「そのご立派な鳥と木のすることと、このエメラルドとがどんな関係があるっていうんだい？」

タカエには退屈な話だったようだ。

「廣紀さんが投げた宝石は、エゴノキに引っかかって下には落ちなかったんじゃないかなあ」

「あ、それで――」大吾が間抜けた声を出した。「緑の石をヤマガラが実と間違えてくわえていったわけか」

「うん。たぶん、あの山の上のシデの木の洞に落とし入れたんだと思う。きっとそこがそのヤマガラの決まった実の隠し場所だったんだ」

「なんて――」言いかけた言葉を、節子さんは呑み込んだ。後の言葉が続かない。

何十年もエメラルドは太い木の幹の中で眠っていたのだ。洞の奥の奥、しだいに樹肉に巻き込まれ落ち込んでいく高価な緑の宝石。年取ったシデは根元から朽ちて空洞ができ、タヌキの巣穴に利用される。もっと時間が経つと腐朽《ふきゆう》が進み、空洞は大きくなっていった。そして上部の穴と細くつながる。次の住人となったアライグマがある日、上から落ちてきた緑色の光に気づいたのだ。

三十年以上が経って、このエメラルドは再び日の目を見た。

あの時廣紀さんは、この宝石がなくなれば、父親を母の許《もと》に戻せると考えたのか。血のつながらない親子は、お互いを強く思いやっていたということか。節子さんは、エメラルドを手に取り、胸にぎゅっと押しつけた。誰も何も言わなかった。

窓の向こうの空をツバメが横切った。くちばしに巣材らしきものをくわえているのを、僕はぼんやりと眺めた。

「ふはぁーぁー!」

ふいに廣之助氏が声を上げた。泣いているのかと思った。健気《けなげ》な息子の心を知り、悔いと悲哀にかられて嘆きの声を上げたのかと。だが、そうではなかった。口を大きく開けて笑っていたのだった。

「廣紀め、小癪《こしゃく》なことをしてからに」

「ほんとにそうですねえ。そんなこと、することなかったのに。そんなことしなくても、お父様が私たちのところに帰って来るのはわかっていたのにねえ」

すかさず節子が言った。

「あの宝石があそこにあるって、見つけたアライグマさんがあなたに伝えに来たんですよ」

「それが化かすタヌキの真相?」

拍子抜けしたように大吾が小声で呟いた。大橋が咳払いをした。

「便利屋さんに頼んでよかったわねえ」

節子さんは、廣之助氏の胸を薄掛けの上からとんとんと叩いた。

「そんなこと、あの子は一言も言わなかったわね。あなたに似て頑固だこと」続けてクスクスと笑う。「今度会ったら、あなたの秘密は暴かれたわよって言ってやるわ」

「今度会ったら――?」

大吾と僕の声は、見事にユニゾンしていた。遠くの山の中で、コジュケイがおどけたように「チョットコイ、チョットコイ」と鳴いた。

9

廣紀さんは死んではいなかった。十一歳の時に書斎の窓から外に出て、庭に転落したけれど、命はとりとめた。しかし脊髄《せきずい》を損傷していて、下半身が麻痺《まひ》してしまった。長いリハビリを経て車椅子の生活になった。

彼は不屈の精神の持ち主だった。勉学に励み、物理学の博士号を取得して研究者の道に進んだ。その道を究めるために、アメリカの大学に招聘《しょうへい》されてそれに応じた。今はアリゾナにある大学で教鞭《きょうべん》を取りながら研究を続けているのだという。

一人息子に事業を継がせるつもりだった廣之助氏の思惑は外れたわけだ。廣紀さんが不自由な体になったのは、自分に責任があるという思いも強かった。だからクラモト興産に入れて、安泰な地位につけようという考えを持っていた。だが廣紀さんは、親の庇《ひ》護《ご》の下でのんべんだらりとした暮らしをすることをよしとしなかった。体は不自由でも、いや、だからこそ、自立してやっていきたいという思いを父親に伝えた。

体は自由を失ったが、頭脳はいくらでも鍛えられる。自分はきっとその方面で成功してみせると訴えたが、廣之助氏には伝わらなかった。

その頃から、父子の間に亀裂が入ったのだと節子さんは説明した。廣紀さんがアメリカに移住してイタリア系アメリカ人の女性と結婚したことが決定打となり、ほとんど絶縁状態になっているということだった。

「夫は失望したと思うわ。あの子には期待をかけていたから。でもそれが廣紀を却って追い詰め、苦しめていたということに気づかなかった……」

ワンマンな経営者にありがちな自儘《じまま》な考え方だ。廣之助氏の寝室を出て、僕らは前に通された気持ちのいい控えの間に入った。また家政婦さんが上等の磁器で紅茶を淹《い》れてくれた。タカエと大吾と僕。それに節子さん。節子さんの背後には、しかつめらしい顔で大橋が控えていた。

「だから、年を取って認知症気味になった時、夫は廣紀は死んでしまったのだと言い始めた。屋根から転落したあの十一歳の時に。それで息子の不在を自分の中で消化しようとしたのね。私たちが否定すると、興奮して手が付けられなくなってしまって」

だから彼が構築したストーリーに付き合うしかなかった。病状も思わしくなく、医師からもそれが最善の方法だと進言された。

「あなた方まで、家庭内の事情に巻き込んでしまってごめんなさいね」

　小柄な老女はぺこりと頭を下げた。

「でも思わぬ方向で、突破口が見つかったわ。やっぱり『月世界』さんに頼んでよかった」

　節子さんはちらりと大橋に視線を投げかけたが、堅物の執事は、同意しかねるというふうに唇を曲げた。

　タヌキが廣紀さんの姿に化けて現れると言い始めた廣之助氏は、やはり過去の出来事に囚《とら》われているのだと彼女は推察した。

「あの人はね、口には出さないけれど、あの当時私が廣紀を突き落としたんじゃないかと疑っていたのよ」

「愛人が産んだ子でも、あなたは廣紀さんを実の子と同じように育てたんでしょう？」

　乾いた喉の奥から、僕は言葉をひねりだした。

「そうね。廣紀は私の大事な宝物だった。それは夫もよくわかっていたと思うの。でも、あの子が恐ろしい事故に遭った時、夫の心の中に小さな疑いの芽が生まれたのは事実なの。それを彼は私に問い質《ただ》すことができないでいたの。自分の胸の中にだけしまっていたつもりなのね。でも私にはよくわかった」

　愛人の子を正妻に育てさせるという惨《むご》い仕打ちが、妻をそうした行為に走らせたのではないかという疑念は、彼の中に残り続けていた。夫婦の間に生まれた悲しい行き違い。

打ち明け合えずにいた思いは、しだいに廣之助氏の心を蝕み、息子を遠ざけてしまった。

「何で奥さんはそんな濡《ぬ》れ衣《ぎぬ》を着せられて黙っていたんです？」

唐突にタカエが声を出した。

「そういうことを話し合うのが怖かったのよね。あの子が黙っている限り、何もわからないでしょう？　そこを突き詰めると、家族の間の小さなわだかまりが大きくなって、よくない方向に向かってしまう気がしたの」

転落した理由を言わない廣紀さんに準じて、かりそめの家族はすべてをあやふやにしてしまう道を選んだということか。

そして長い年月が過ぎ、廣之助氏がいよいよ死に近づいた時、十一歳の素直な子供の頃の廣紀さんを見始めた。あの時点の廣紀さんが、廣之助氏にとって理想の息子だったのだろう。

——ちゃんと二本の足で立って、ぴょんぴょん飛び跳ねたりもする。

以前口にした廣之助氏の言葉がそれを象徴していた。

長年連れ添ってきた節子さんには、それがよくわかった。夫が子供の姿の廣紀さんが「こっちに向かって何かを言ってくる」と言うのを、彼なりの後悔と和解へ向けての心情の吐露《とろ》だと節子さんは受け止めた。

化かしに来るタヌキの謎を解く素振りをしながら、そっと夫の頑なな心を開こうとしていたのかもしれない。さっき見た廣之助氏は、息子が死んだと言い張ることはなかった。息子が事故にあった理由について一つの可能性を知り得たことで、彼を死んだことにしなくてもよくなったのか。

「小癪なことをしてからに」と朗らかに笑った老人の顔を、僕は思い浮かべた。

「廣紀が日本に戻って来るのよ」うきうきした様子で節子さんは続けた。

新たに東京の大学に併設される研究所に乞われて、主任研究員として赴任するらしい。

父親の病気のことを聞いて、近くに戻る選択をしたということだろうか。

「それでは、私どもの仕事は完了ということでよろしいのでしょうね」

タカエが念を押し、節子さんが「もちろん」と答えた。

抜け目のない便利屋の経営者は、たっぷりと報酬を受け取ることだろう。

「では」

タカエが立ち上がりかけた時、大橋がやや前に進み、節子さんの横に来た。

「奥様、ひとつお話しておきたいことがございます」

「何かしら」

「廣紀おぼっちゃまが庭に向かって投げ捨てた宝石のことでございます」

「ええ、あのエメラルドね」

「あれは、旦那様が奥様のためにお求めになったものでございます。決して別の御婦人へのプレゼントなどではございませんでした」

「そんな――」

「本当でございますよ」

「私はあんな派手なものを身につけることはないわ。それを夫も知っていたはずよ」

「はい。ですが、あれは奥様の帯止めに加工するおつもりだったのです。奥様がよくお召しになられていた袋帯がございましたでしょう？　佐賀錦の亀甲文様のもの。あれによく合うだろうということで旦那様がお選びになったのです」

節子さんは、ゆっくりと首を回らせて執事を見た。

「あなたはそれを黙っていたわけ？」

「このことは旦那様から固く口止めされておりましたゆえ。奥様を驚かせるために」

「それであなたは三十年以上もそれを守ってきたのね？」

「はい」

「で？　なぜ今それを私に打ち明けたの？」

「どうしても申し上げておかなければと思いました。奥様も廣紀おぼっちゃまも、あれの用途を誤解されていたようだと気がつきましたから」

「まあ――」節子さんは嘆息した。「もっと早く言ってくれればよかった。あなたはなんて忠実で――」弱々しく微笑んだ。「頭の堅い人なのかしら」

そう言われても大橋は澄まして立っていた。

庭のどこかでヤマガラが鳴く声がした。小西さんに聴かせてもらった「ツッピーン、ツッピーン」というゆったりとした可愛らしい鳴き声だ。エゴノキの青白い実を唯一好む鳥。廣紀さんのせつない行いを優しく隠蔽《いんぺい》した鳥。

ハル高定時制は夏休みに入った。

僕は一層「月世界」に入り浸った。学校に行くという目的がなくなると、僕には行き先がないのだった。

家族がないことで、何かしら複雑なものを抱えているにしても、軽やかに日々を過ごしている大吾に合わせていると、すっと肩の力が抜けていく気がした。彼と出会ったおかげで、僕は思いもよらない経験をし、その都度、知恵を絞って問題を解決した。それは大きな自信につながった。何より、大吾が「ダチが一人いるからな」と言ってくれたことが嬉しかった。生まれて初めてできた年下の友だちに、僕は寄りかかっていた。

大吾は僕が飽きずに「月世界」にやって来ることを、「無給職員の出勤」と呼んで面白がった。まったく的を射ている。実際、僕には有り余るほどの時間があった。

働いていない定時制の生徒は、同じく時間を持て余していたと思う。夏休みの間に吉竹さんが歓楽街をうろついていて、風俗にスカウトされたということを、夏休みが終わってから聞いた。言葉巧みに誘い込まれた吉竹さんは、店長による実地の指導を受けて震え上がり、店から逃げたのを、店員によって無理矢理連れ戻された。

暴力団の息のかかった風俗店だったらしくて、どこかのマンションの一室で軟禁状態にあった吉竹さんを、浅見先生が警察官を伴って乗り込んで行き、連れて帰ったということだった。そんな目に遭っても、九月に会った吉竹さんはあっけらかんとしていた。

「月世界」の倉庫には、エアコンがついていない。タカエがいる事務室だけにはエアコンがあったが、大吾の部屋にもなかった。彼は扇風機一台で過ごしていた。夜になると、こっそり売り物の冷風機を持って上がるのだと言っていた。

どうしてこんな雇用条件の悪い職場に大吾は固執《こしつ》しているのだろう。十七歳の少年がバイトする先なんかいくらでもあるのに。彼が「月世界」にいてくれるおかげで、寄る辺ができていることを棚に上げて、僕はそんなことを思った。もちろん、口には出さなかった。

ヨサクも暑いのだろう。外の空き地の風通しのいい木陰で寝転がっていた。それでも頑なに犬小屋には入らなかった。アライグマの巣穴を見つけるというお手柄を上げた後は、すっかり元の自堕落な状態に戻っていた。

何の用があるのか、中矢は一か月に数回はふらりと立ち寄った。

「暑いな。今どきエアコンもない店なんか重要文化財並みだ」

そう言いながら、しばらく「月世界」で油を売っていく。きっと警察署でも嫌われていて、居場所がないのだろう。

「こんだけのスペースを冷やすエアコンなんか入れたら、電気代だけでここの経営は成り立たないだろ」

タカエが出かけ、大吾と僕とで留守番をしていた。大吾がぶつぶつと言い返した。彼は傲慢《ごうまん》社長のタカエに文句を言いながら、店をくさす中矢に対しては、社長を擁護した。大吾にとってもここは特別な場所なのか。

中矢は返事をすることなく、倉庫の中を歩き回った。僕らはタカエに命じられた真《しん》鍮《ちゅう》の仏具を磨く仕事に没頭していた。汗がだらだら垂れてきて、目に入った。

「ああ、アイスが食べたいな」大吾が大きな声を出した。「誰か差し入れでも持って来てくれねえかな。いつも手ぶらで来る刑事とかがよ！」

中矢はいくつもの棚の向こうにいる。聞こえているはずだが、当然返事はない。彼の汚れた革靴がコンクリートの上の砂を踏んでじゃりっと鳴った。それから足早に僕らがいる出入り口の方に歩いてきた。

「これ」

中矢が指で摘まんでいたのは、竜野さんが持ち込んだちっぽけな仏像だった。タカエにアクリル絵の具で金色に塗ったものだと見破られ、無価値の烙印《らくいん》を押されたものだ。

それでも他の品物と一緒に買い取ってやり、売り物として棚に並べてあった。

「これを買う」

大吾が動かないので、仕方なく僕が立っていった。値札シールには「百円」とあった。中矢がここでものを買うなんて、初めてだ。そう思いながら僕は百円玉を受け取り、小さな紙袋に入れてやった。

「これ、誰が売りに来たんだ？　最近だな」

これだけのガラクタが詰め込まれているのに、棚に置かれた品のことを憶えている中矢に違和感を覚えた。

「これを金箔を貼ったものだと偽って、配って歩いた奴がいる。詐欺犯だな。警察はそいつの足取りを追っていたんだ。持ち込んだ奴が怪しい。誰だか教えろ」

その口調には僕でさえカチンときた。大吾に目をやるが、今度は彼が聞こえない振りをしている。研磨剤《けんまざい》をぼろ布に含ませて、真鍮をゴシゴシやっている。

「つくづく警察に非協力的な店だな」

「竜野製材の竜野さんだよ」ぼそりと大吾が答えた。「竜野さんも騙されてつかまされたんだ。あの人も被害者だ。詐欺犯なんかじゃない」

金色に輝きだしたロウソク立てを陽にかざして見ている。

「見当違いの捜査をして、出世がまた遅れたらいけないから教えてやったんだ」

タカエがいたら、口にしそうな文言を大吾は言った。

「けっ」

中矢の反応も同じだ。それで気が済んで店を出ていくと思ったら、中矢は紙袋から金色の仏像を取り出した。

「これ、お前の家にもあったろ?」

大吾に突きつける。大吾の顔に浮かんでいた笑みが、潮が引くようにさあっと消えた。

「知らねえよ」

仏頂面《ぶっちょうづら》で短く答えると、またうつむいて磨き始めた。

「憶えてないか? 小さかったから」

また中矢は謎の言葉を吐いた。大吾は一心に仏具を磨く。もう絶対に口をきくもんかと決めたみたいに、顔を上げもしなかった。

中矢も大吾の反応を予期していたようだ。小さな仏像を紙袋に落とし込んだ。

「まあいい」

それだけを言い残して、坂を下っていった。彼の薄汚れた紺のアコードが、常夜灯の横から出ていくのを、僕は見下ろした。車が見えなくなると、僕は倉庫の中に取って返した。

「あいつ、何のことを言ったんだ? あんなもんが大吾の家にあったってどういうこと?」

僕は無邪気に尋ねた。

「知るか」大吾は同じことを言った。僕がまだ突っ立っていると、「あいつの勘違いだよ」と言葉を足した。

「そっか」

僕は彼の隣に腰を下ろし、ぼろ布と仏具を手に取った。それ以上は訊いてはならない気がした。人との関わり方も会話のし方も、まだ覚束《おぼつか》ない僕だったが、それだけはなぜか本能的に感じ取った。

なぜ刑事が大吾の家のことを知っているんだろう。もう失われた家のことを? 大吾が子供の頃、何があったんだろう。数々の疑問が頭の中で渦巻いたが、汗だくになりながら、ひたすら手を動かした。

誰もが、他人に踏み込まれたくない領域を持っている。僕にもある。だからもうそのことは忘れようと思った。大吾との友情を最優先にしたかった。

その時、坂道を白い車が上ってきた。タカエがミニバンに乗って出ていたから、ヨサクの犬小屋の横に駐車できた。僕らは首を伸ばして駐車場の方を窺った。バン、バンと車のドアが開け閉めされる音がした。

「ちょっと!」女性の声がした。「手伝ってよ」

僕らは慌てて飛び出していった。女性は車のハッチバックを開けて、大きな板状のものを何枚か取り出そうとしていた。手を貸そうと近づくと、それはキャンバスだとわかった。油絵が描かれた剝《む》き出しのキャンバスだ。彼女は絵を売りにきた客だというのがわかった。油絵は全部で八枚あった。一人では抱えきれない大きなものから、ハガキ四枚分くらいの小さなものまで。それを倉庫に運び入れた。暑い空気の淀《よど》んだ店に足を踏み入れず、女性は出入り口のところでたたずんでいた。大きなサングラスをかけた中年女性だ。透け感のあるスカーフで頭を包み込んでいた。

「これ、引き取ってもらえる？」女性は単刀直入に言った。「いくらになるかしら」

「ええっと……」大吾は言い淀んだ。「今、社長がいないので、値が付けられません」

「あらそう」

女性はやや残念そうに答えた。

タカエが以前に買い取ったのと同じような物なら、その時の値を参考にして、大吾が買い取ることもある。たいして高価なものではないから、戻ってきたタカエも文句を言わない。しかし、骨董品《こっとうひん》に見えるものや芸術作品は別だ。皆目見当がつかない。タカエに見る目があるかどうかは別として、勝手に買い取ったりしたら大目玉を食らう。

「すみません。ここに名前と連絡先を書いてもらえますか？」

大吾は小さなノートを持ってきて、女性に渡した。彼女は素直にそれに自分の名前を書いた。

「今日中に必ず連絡しますから」

「あの……」僕は横から口を挟んだ。「これ、誰が描いたものなんですか？」

「あ、そうだ。それを聞いておかないとな。」すっごく有名な画家さんとか？」「ノートとボールペンを受け取りながら、大吾が言った。すっごく有名な画家さんとか？」女性はアハハと豪快に笑った。

「そんなんじゃないわよ。うちの主人が描いたのよ。油絵が趣味だったから」

趣味だった、と過去形だ。夫はもう油絵を描かなくなったということか。それとも
――。

キャンバスの隅に入れられたローマ字のサインは、筆記体で読み取りにくい。埃っぽいコンクリートに直に置かれた油絵は、額にも入っていない。こんなリサイクルショップに売りに来るくらいだから、妻はあまりこの絵に思い入れがないのだろう。もしかしたら、よそでは買い取りを拒否されたのかもしれない。

「じゃあ、頼んだわね」

女性はそう言い残すと、車に戻っていった。白い車が坂を下りていくのを見ながら、僕はノートに目を落とした。名前の欄には、「小泉尚子《こいずみなおこ》」とあった。

戻って来たタカエは、すぐに油絵の査定をした。

壁に立てかけてあった八枚を順繰りに見ていき、「たいしたもんじゃないね」の一言

で片づけた。そもそも価値のあるものは、「月世界」のようなリサイクルショップには持ち込まないだろう。

タカエは小泉さんに電話を入れた。彼女はタカエが提示した微々たる金額を受け入れた。タカエが聞いたところによると、小泉さんの夫は一月に亡くなり、遺品整理をしているのだそうだ。そういう持ち込みはままある。

「こんな絵、売れるかねえ」

大吾は油絵を見ながら首を傾げた。二人とも絵のことはわからないから、うまいのかどうかも判断できなかった。ただわかりやすい絵ではある。見たものをそのまま写し取った丁寧な描き方をしている。

テーブルの上の果物や皿に載った魚を描いた静物画、海や野山の風景画、一枚だけ人物画があった。六歳くらいと三歳くらいの女の子を描いたものだ。屋外に立っている二人は、寄り添って笑顔を見せていた。

「こういうのは絶対売れないぜ。モデルが誰ともわからないしな。こんなの飾ろうと思う人はいないだろ？」

確かに可愛《かわい》らしい子ではあるが、家族の記念の肖像画という感じだ。背後の風景も丁寧に描かれてはいるが、緑の多い郊外という雰囲気が伝わってくるだけだ。遠くに数軒の住宅と工場のような建物が建っている。特に印象的な風景でもない。

「だいたいな――」

まだその絵に難癖をつけようとしていた大吾は、ふいに口をつぐんだ。じっと絵に見入っている。

「どうした?」僕は大吾の背中に問いかけた。「知ってる子?」

「いや……」しばらく黙ったままでいた大吾は、その絵から視線を外した。「可愛い子だなあって思って」

大吾らしくない返答だったが、特に気にしなかった。

大吾は八枚の絵を倉庫の奥に持っていって、壁に重ねて立てかけた。女の子の絵は一番後ろに置いた。

「絶対売れないって」

戻ってきた大吾はいつもの調子で軽く言った。

だが、その絵は翌日には売れることになった。正確にいうと、買い戻されたのだ。

翌日「月世界」にやって来たのは、小泉望《のぞみ》という女性だった。

「あの絵はどこにあるの?」

初めからすごい剣幕だった。

「あの絵って?」

彼女に圧倒されて、大吾はたじたじだった。

「あの女が昨日売りに来た油絵よ。八枚あったでしょ？」

僕らはさらに怯んだ。あの女――？

前の日に来た女性は四十代くらいの中年女性だった。夫が死んで、残した油絵を売りに来たのだ。小泉望は二十歳そこそこに見える。普通に考えれば夫婦の娘だろう。

大吾が八枚の絵を奥から引っ張り出してきた。

「いくら？」

「え？」

「これ、いくらで買い戻せるの？」

まだ売値の札が付けられていなかった。やり取りの声を聞いて、タカエが事務室から出てきた。

「これを全部持って帰りたいっていうのかい？」

一応客なのに、随分な口のきき方だ。望は頷き、一枚一枚キャンバスを検《あらた》めた。そして最後にあの人物画を見つけて、ぽろぽろと涙を流した。

「これ、私と妹なの」そういえば、大きい方の女の子には、望の面影があった。「これ、死んだパパが私たち姉妹を描いてくれた大事な絵なのに」

望はハンカチを取り出して、涙を乱暴に拭った。

「あの女が売ってしまったのよ」

「あの女?」

タカエが僕の心の声を代弁してくれた。望はきっと顔を上げた。

「そう。パパの再婚相手。あの女は私たちの大事な思い出なんて、どうだっていいのよ」

こんどは顔を真っ赤にして怒り狂っている。だいたいの事情はわかった。望は父親の再婚相手とはうまくいっていないのだろう。それなのに、父親が死んでしまうとは悲惨だ。残された姉妹と継母《けいぼ》はどうなるんだろう。

彼女はバッグから財布を取り出した。

「いくらなの?」

「いいよ」

タカエは即答した。望は相手の言うことがわからず、きょとんとした。

「いいから、持って帰りな。たいした値では買ってない」

「月世界」の社長は、業突く張りのくせに変なところで温情を見せる。時折そういう場面に僕は遭遇した。

望は「うわーん」と大声で泣いてしゃがみ込んだ。つくづく感情表現の激しい人だ。外で寝転がっていたヨサクが様子を見に来たくらいだ。

仕方がないので、大吾が椅子を持ってきて座らせた。そこに腰かけて、望はひとしきり泣いた。まだ父親が亡くなって半年ほどしか経っていないのだ。それなのに小泉尚子という継母は、さっさと気持ちを切り替えて、夫の遺品をリサイクルショップに売りに来たのだ。その行為を見ても、この家族の今後が窺い知れた。

望は椅子に座ったまま、ヒックヒックとしゃくりあげている。女性が泣いている時、どうしたらいいのか皆目わからない。リハビリ中の僕には重過ぎる課題だ。大吾もなす術もなく突っ立っている。

頼りはタカエだが、彼女はじっと例の油絵に見入っている。いったいこの絵に何があるんだろう。ありきたりな幼い姉妹を描いた絵なのに。

「これ、どこで描いたものなんだい?」

タカエの質問に、望がハンカチから顔を上げた。しゃくりあげながらも不審な目を向けた。そんなことが、この場面で重要なことなのだろうか。大吾も射抜くような目でタカエを見返した。

「これ、市内のどこかだろ?」

「そう。芹《せり》が丘《おか》公園の中の『こどもの森』」

「ふうん」

しつこく尋ねたわりには、タカエの反応は鈍かった。芹が丘公園は、春延市のはずれにある自然公園だ。小高い山や池やキャンプ場がある。春延市民にとっての憩いの場ともいえる場所だ。僕も小さい時に連れて行ってもらった記憶がある。「こどもの森」は芹が丘公園のはしっこにあって、手入れの行き届いた明るい雑木林だ。あの背景からすると、雑木林を抜けた見晴らしのいい場所に立っているように見える。広大な自然公園の様子はもう忘れてしまったが、一般住宅が描かれているから、外の敷地と接した辺りなのだろう。

ずれた問いかけが功を奏したのか、望の涙は止まった。泣くのをやめたら、今度は猛烈な怒りが湧き上がってきたようだ。

「喉が渇いた」と言うので、タカエがペットボトルの水を一本やった。それで喉を潤すと、望は継母に対する憎しみを露《あら》わにした。僕らは望の話を聞かされるはめになった。大吾は業務用の扇風機をつけて風を送ったが、望の怒りは治まらなかった。彼女の長い髪が風で巻き上げられて顔の周りで舞い踊り、メドゥーサみたいな恐ろしい形相になった。

尚子は、望の父親を誘惑して正妻から奪ったのだと望は言い募った。正妻、つまり望の実母は、妹の比奈子《ひなこ》を連れて出ていった。両親が離婚したのは十三年前のことで、あの油絵が描かれた一年後くらいに当たる。以来、望は妹とは会っていない。一人父の許に残った望は、母や比奈子のことを思いながら過ごした。

父が悪性リンパ腫で亡くなった今、姉妹を父が描いた肖像画は、望にとってとても重要なものなのだ。そのことを、尚子はわかっていながら売り飛ばしてしまった。

「パパがいなくなったのに、あんな女と暮らすのはもうごめんだ！」

望は咆《ほ》えた。

「私は母さんと比奈子のところへ行く！」

望は椅子から勢いよく立ち上がった。いつも中矢が座っている回転椅子が後ろに倒れた。それからつかつかと表に歩いていき、「月世界」の宣伝文句を声高に読み上げた。

「何でも売ります。買います。よろず相談承ります」

それからまた中に入って来た。

「母さんと比奈子を見つけてきて」

僕らはぽかんと口を開いて、入り口に仁王立ちになった若い女性を眺めた。

10

「こういうことは、興信所とかに頼むだろ？　普通」

「だから、望さんは興信所に調べてもらったんだって」

実の母の奈津江《なつえ》と妹の比奈子の行方を望は探した。比奈子はまだ十八歳だから、父親は養育費を払い続けていた。脱サラして始めた自営業があまりうまくいかなかったので、養育費を払うのも大変だったようだ。それでも父親は、律儀に月に五万円をずっと払っていた。

離婚した時に指定された口座に振り込み続けていたのだ。だが、転居を繰り返して現住所はわからなくなっていた。父親が死んで、遺産相続の権利が比奈子に発生した。それで興信所に頼んで比奈子の住所を探してもらった。興信所は一か月ほどで見つけ出してきたという。

ところが向こうは姉に会いたくないと言ったそうだ。それで弁護士に間に入ってもらって、相続の手続きを済ませた。弁護士からも何度も頼んでもらったのに、比奈子は頑として面会を拒否した。比奈子には、百万円ほどが渡ったはずだと望は言った。

「パパがやってた会社を畳むのに、かなりの費用がかかったからね。それでも精いっぱいの金額だったの」

父親は小さな広告デザインの事務所をやっていたそうだ。再婚相手の尚子の実家から援助してもらって会社を起《た》ち上げた。尚子の実家は、東京の浅草橋《あさくさばし》問屋街で古くから手芸用品を商う店をやっていて、金銭的には余裕があったらしい。

望は、この機会に母や妹との関係を復活させたいという思いが強かった。なのに、比奈子からは拒否されたわけだ。望は納得がいかなかった。恩に着せるわけじゃないけれど、遺産分与もちゃんとしたのに、父親の仏前に手を合わせに来るわけでもない。再会を熱望する姉を邪険《じゃけん》にした。

望の性格としては、黙って引き下がるわけにはいかなかった。興信所の報告書にあった住所を訪ねていった。東京都墨田《すみだ》区の曳舟川《ひきふねがわ》通りだったという。だが、望が探し当てた住所には、もう妹たちは住んでいなかった。

「住んでたのは、ごちゃごちゃした住宅街の中の古びた長屋みたいなとこだった。近くには大衆食堂だとか飲み屋だとかがあって。ちょっとショックだった。あんなとこだと、あまりいい暮らしをしているようには見えないもの」

この機会を逃すと、もう母にも妹にも会えなくなる。そう思った望は、また興信所に頼んで行方を探した。こんどは少し手こずったが、プロの調査員は、ちゃんと仕事をこなした。今回の報告書には東武練馬《とうぶねりま》駅近くの住所が記されていた。つまり、比奈子たちの居場所はわかっているのだ。だが望が働きかけると、また拒絶されるに決まっている。それとなく様子を探ってきて、できればうまく話をつけてきて欲しいというのが望の依頼だった。

「興信所の調査員や弁護士の先生なんかだと、向こうも警戒すると思うし、また転居されるかもしれない」

望はそんなふうに言った。

「つまり、便利屋くらいがちょうどいいってわけか」

「便利屋の方が得体が知れないだろ。俺だって未だにどういう職業なのかよくわかんねえもん」

僕らは東武練馬駅の南口を出て、旧川越《かわごえ》街道を歩いた。行き交う人も車も多いけど、街全体は寂れた感じがする。「北町《きたまち》アーケード」という商店街は賑《にぎ》やかだったが、だいぶくたびれている。アーチの形からして昭和の雰囲気だ。

アーケード街から一本入ったところの路地が、どうやら目当ての住所らしい。大吾が尻ポケットから望に渡された地図を出そうとして、破ってしまった。

「ふん」破れた紙をつなぎ合わせながら大吾は周囲を見渡した。「まあ、上等の住処というわけじゃなさそうだ」

古びた長屋やモルタルの壁のアパートが並んでいる。

「東京にまだこんなとこがあるとは知らなかった。こういうのはブルドーザーでガーッと壊されて高いビルが建ってんのかと思ってた」

大吾の言葉に僕も頷いたが、大吾も僕も東京まで足を延ばすことなんかほとんどないのだ。

「ここだな、たぶん」

大吾が足を止めた。

「しをん荘」声にだして古いアパートの名前を読み上げた。灰色の側面に、黒い塗料でべたべたと書かれてあった。

「ここの一階の、ええっと一〇五号室だから――」

鉄製の階段の下に隠れるようにしてドアがあった。大吾はドアの前まで行って、表札を確認して戻ってきた。表札といってもボール紙を四角に切って、マジックで名字を書いただけのものだ。

「やっぱりここだ。『木下《きのした》』って書いてあった」

奈津江も比奈子も、今は奈津江の旧姓を名乗っている。

「どうする？」様子を探るとは、いったいどうしたらいいのだろう。「この近くで見張ってる？」

僕の発想は、完全に探偵もののドラマから来ていた。

「そんなのんびりしたこと、やってられるか」大吾は即答した。「東京まで来て、こんなとこにじっとしてるなんて」

こんなとこと比べたら、まだ春延市の方が都会だ、と大吾は訳の分からないことを言った。それからずかずかとドアに近づいていった。どこにも呼び鈴はない。大吾は「ちぇっ」と舌を鳴らすと、ドアを叩いた。しばらく待ったが、応答はない。

根気強くドアを叩き続ける大吾の横で、もし奈津江か比奈子が出てきたら、どう言ったらいいのだろうと考えた。以前、タカエが口にしたように「『月世界』から来ました」

とか？

「小泉望さんがあなた方に会いたがっています」と単刀直入に言うのはまずいかもしれない。第一、どうして比奈子は姉に会いたがらないのか。そこがわからないから説得のしようがない。

そんなことを考えているうちに、大吾の拳には力が入ってきた。

「木下さん、木下さーん」

力任せにドアを叩く。合板の表面がベコベコとへこんでいる。すると、いきなり隣のドアが開いた。

「うるさいよ！」

太った中年女が怒鳴った。

「うちの旦那は三日前に退院してきたとこなんだ。いったい何の騒ぎなの？」

じろじろと僕らをねめ回した。大吾は平然としている。

「あの、ここの木下さんとこに用があって。お留守なんですかね？」

「知らないよ」中年女はぶっきらぼうに答えた。「母親の方はいるんじゃないの？でもそんなにどんどんやっても出てこないと思うよ。あの人、しらふでいる時の方が少ないんだから」

「え？」

「とにかく、うちも迷惑してんの。夜昼なしに喚《わめ》き声を上げるし——」

そこまでしゃべって、ふと思い当たったように言葉を切った。

「あんたら何？　借金取り？　随分若いようだけど」

僕らは顔を見合わせた。

「いや、ちょっとした知り合いで——」

大吾がもぞもぞと言い訳をした。

「あ、そう。知り合い？　なら言っといてよ。ゴミを階段の下に溜めるのやめてくれってね」

女が顎をしゃくった先を見ると、階段の下にゴミ袋がいくつか放置されていた。

「食べ散らかしたもんとか、ぐちゃぐちゃに入れて放っておくから臭くてたまったもんじゃない。しょうもない親もいたもんだ。娘の方が片付けても、すぐにこれだからね。生活能力がないんだよ、あの人」

ドアノブを片手で握ったままの女は、だんだんトーンダウンしてきた。

「うちとは全然付き合いないんだけど、かわいそうなもんだね、あの娘は。あんな母親を抱えてさ——」

その時、一〇五号室のドアが開いた。僕はぎょっとして振り返った。そして出てきた人物を見て一歩下がった。痩せた青白い顔の女がそろりと出てきた。自宅の前に立つ僕らを一瞥もせずに、もの凄く緩慢《かんまん》な動作で出てくる。ドアの内側から饐《す》えた臭いがした。年恰好《としかっこう》からして、この人が望と比奈子の母親の奈津江だろうとは察しがついた。伸びた髪を無造作に後ろでくくっているが、そこには白いものがかなり混じっていた。聞いていた年齢より老けて見える。彼女はぺたんこのつっかけを履いてゆっくりと歩いていく。

「あの――木下さん？」

声を掛けた大吾も無視して、背を向けた。空気を掻くように両腕を動かして歩くので、背中に飛び出した肩甲骨《けんこうこつ》が交互に動いている。それほど薄い体なのだ。

隣の部屋の前も通り過ぎた。中年女は文句を言うのも忘れたように奈津江を凝視《ぎょうし》している。奈津江が一階の外廊下を歩いて、日盛りの中に出ていくと、隣人は、僕らに向かって首をすくめてみせた。奥から男の声がして、「はいはい」と振り返り、そのままドアを閉めてしまった。

夢から醒《さ》めたみたいに、大吾と僕も奈津江の後を追った。前の道路を、奈津江はいくらも行っていなかった。ちびたつっかけがとんでもなく重いとでもいうふうな歩き方だ。午後二時の真夏の舗装道路から、陽炎《かげろう》が立ち昇っている。照り返しが弱った女の体力を奪っていくようだ。

「木下さんでしょ？」

難なく追いついて、もう一度声を掛けた。返事はないが、ようやく僕らの方にどろんとした目を向けた。

「ええ」

乾いた声が出た。

「奈津江さん？」

「ええ」

「望さんが会いたがっていますよ」

我が子の名前には無反応だ。また前を向いた。まさか忘れたということはないだろう。

「ちょっとだけ会ってあげてもらえませんか？」

返事はない。一心に前を見詰めて歩いていく。角を曲がってアーケード街に出た。そこまで来るのに奈津江は肩で息をしている。

「離婚した旦那さんは死んじゃったんだよね？　その連絡は受けたでしょ？」

大吾はだんだんもどかしくなったようだ。拙速《せっそく》に話を進めようとする。

「知らない！」

いきなり奈津江は怒鳴った。それでも薄い体から出る声には迫力がなかった。

「知らない、知らない、知らない！」

呪文のように怒鳴り続ける。

僕は奈津江の腕をつかんだ。そうしないと、傾いて倒れてしまいそうだったからだ。

すると奈津江は大声を出した。

「泥棒！　泥棒！　この人は泥棒だよ！」

枯れ枝のような腕を、僕の手から抜き出して振り回す。通行人が驚いて立ち止まり、僕らの様子を窺っている。

「あたしのお金を盗んだんだ！」

「え？　ちょっと――」

大吾と僕はおろおろと周囲を見渡した。誰もが疑わし気な目をしている。痩せて弱り果てた中年女性と、若い男二人。どう見ても奈津江の言い分が理にかなっている。どっと汗が噴き出してきた。

「ヤバイな」大吾がぼそりと呟いた。「逃げるか？」

いや、そっちの方がヤバイだろ、と心の声が叫んだ。なのに、体は動いて奈津江から離れようとしている。

「あたしの酒代を持っていってしまったんだよ、こいつら」

目は血走り、色の悪い唇の角に白い唾が溜まっている。商店の中で誰かが携帯電話を耳に当てている。早口でまくしたてる先は、たぶん警察だ。本気で逃げようと思った。

その時、奈津江がへなへなと座り込み、道路に倒れ込んだ。声を荒らげたことで、すべてのエネルギーを使い果たしたとでもいうように、ぐんなりと横になってしまった。

手のひらが開いて、小銭が転がり出した。五十円玉が一枚と一円玉が数枚。ころころと熱せられたアスファルトの上を転がっていく。

この人は、何の酒を買うつもりだったのだろうと、僕はぼんやりと考えた。

交番の中は快適にエアコンが効いていた。背筋が凍りついているのは、かいた汗が冷えたせいではなく、目の前に座った女の子のせいだ。

山下比奈子。望の妹。燃えるような目つきで大吾と僕を睨みつけている。つくづく目力の強い姉妹だ。

「君らは山下さんの上の娘さんに依頼されて訪ねて来たってわけね」

交番の巡査が確認する。ここへ来てから事情を聴かれ、もう三度くらいは同じことを訊かれている。

「はい……」

僕は力なく答えた。大吾はそっぽを向いたきり、口をきかない。商店街で泥棒呼ばわりされて通報され、警察官が駆けつけて来た。そのまま交番に連れて行かれた。それだけでも愉快とは言えない展開なのに、奈津江の引き取り手としてやって来た比奈子の態度が最悪だった。

彼女が来るまでに僕らの容疑（容疑とも言えない濡れ衣だが）は晴れていたのだ。奈津江はあの商店街でしょっちゅうトラブルを起こしていて、金もないのに酒を買いに来るので、酒店の店主は扱いを心得ていた。警察のお世話にもなったことがあるらしく、巡査もすぐに僕らの言い分を信じてはくれた。

しかし、十代の僕らが便利屋稼業で、依頼人に頼まれて奈津江に会いに来たという部分に不審感を抱かれたようだ。問い詰められると、僕らもうまく説明ができなかった。大吾はアルバイトで雇われているが、僕はただ手伝っているだけという関係性も、巡査には納得しがたいものがあるらしかった。便利屋の名前が「月世界」というのもますます怪しいというわけだ。巡査は「月世界」に電話をかけたがつながらなかった。こんな苦労を僕らにさせて、タカエはどこかに出かけていた。

二人いる交番の巡査はひそひそと相談し合った。詐欺集団の手先か何かだと思われたのかもしれない。後で大吾は、「詐欺ならもっと金を持っていそうな相手を狙うだろ」と毒づいた。僕らをこんな状況に追いやった当の本人は、交番のパイプ椅子に座ったまま、うとうとと居眠りをしていた。商店街で叫ばれた時から気がついていたが、彼女は酒臭かった。そして密閉された交番にいる今は、さらに酒の臭いが鼻についた。

そこに比奈子が乗り込んで来た。アルバイト先に連絡がいったそうだ。

「母さん！」

比奈子の声に、奈津江はびくんと震えて目を開いた。

「いったいどうしたっていうの？」

「ああ」

奈津江は焦点の定まらない目を娘に向けた。

「お母さんはアーケード街で、この人たちと騒動を起こしてね」まだ全体像が把握できていない巡査の一人が、トンチンカンなことを言った。「この人たちにお金を盗《と》られたと大騒ぎしたんだけど、その事実はなかったみたいで――」

「だから、俺らは仕事でこの人に会いに来ただけだって言ってるだろ」

またしても大吾が言葉遣いを誤った。

「仕事って何？」

もうその時から比奈子は戦闘態勢に入っていた。まるで自分と母親以外は全員が敵というような目をしていた。

「あんたの姉の小泉望って人に頼まれたの！　どうして会ってくれないのか理由を聞いてきてくれって」

小泉望の名前が出た途端に、比奈子の顔に警戒感と嫌悪感が同時に現れた。

「姉に頼まれて？　あの人、あんたらみたいなチンピラに私たちを探らせようとしたわけ？」

「チンピラ？」大吾が気色ばんだ。「違うって。俺らは仕事で来たって言ってるだろうが」

「この人たちは便利屋なんだと」

巡査の言葉は比奈子の耳には入っていなかった。

「私たちは、あの人たちとは関係ないんだから。もうとっくに縁は切れてるんだからね」

「お父さんが亡くなった時、遺産をもらったろうが」

明らかに余計な一言だ。僕は目を覆いたくなった。比奈子はいきり立った。

「なんであんたみたいなチンピラに、そんなことを言われなきゃいけないわけ？　あの人が恩着せがましくそんなことをあんたに話したの？」

「だからチンピラじゃないって」

「あんたたち、まっとうな人間には到底見えないんですけど！」

僕は改めて自分たちの格好を見た。二人とも洗いざらしのTシャツにジーパンだ。大吾のTシャツは首の部分がよれよれに伸び、僕のTシャツには、アインシュタインがあっかんべえをした顔がプリントされていた。

「お巡りさん！」比奈子は巡査に向き直った。「この人たち、うちの母に何をしたの？」

「え？」

巡査もたじたじとなっている。

「お金を盗られなかったにしても、しつこくつきまとわれたとか、乱暴されたとか、そういうんじゃないの？」

「おい、お前！」大吾が椅子から立ち上がった。

「何よ！」

「いい加減にしろよ。お前の酔っ払いの母親のおかげで俺らはこんなとこに連れて来られたんだからな」

「だから、それはあんたらが母さんに絡んだからでしょ」

「絡んだのは、この酔っ払いだ」

いきなり比奈子が大吾を突き飛ばした。よろけた大吾はすぐに体勢を整えて、伸ばした比奈子の腕をつかまえた。それでも不撓不屈《ふとうふくつ》の少女は、片方の手で大吾を張り倒そうとした。それに大吾も応戦する。よりにもよって、交番の中で取っ組み合いが始まろうとしていた。

パイプ椅子が倒れ、デスクの上の書類が床に払い落とされた。

「おい、やめろ」

巡査が二人がかりで大吾と比奈子を取り押さえた。

そのまま二人を椅子に座らせた。比奈子の肩を、しばらくは一人の巡査が押さえていなければならなかった。隙があれば立ち上がって大吾に向かっていきそうだったからだ。

十八歳の少女は、いつ飛びかかってくるかわからないしなやかな猛獣みたいだった。

巡査は床から書類を拾い上げ、再び聴取を始めたというわけだ。

大吾は一切口をきかなかったので、僕が説明するしかなかった。「月世界」に雇われているわけでもないのに。

落ち着いて説明したおかげで、小泉望と木下比奈子の関係性と、望の依頼のことは、巡査にはわかってもらえた。僕らがどうして練馬まで出て来たかということも納得してもらえたと思う。

比奈子も得心がいってくれたことを、僕は切に願った。しかし横目で盗み見た彼女の顔には、怒りと反感と不機嫌さしかなかった。

「私はあの人には会いません。もう関係ないから」

比奈子はきっぱりと言った。そっぽを向いていた大吾が首を回《めぐ》らせて比奈子を見た。何か言うかと思ったが、結局何も言わなかった。大吾が言いたかった言葉、「父親の遺産をもらっといて、それはないだろう」は、僕には言えなかった。

「比奈子、お酒、買って来て」

唐突に奈津江が言った。全員が痩せ衰えた酒臭い女の方を見た。

「ねえ、比奈子、お願いだから。一杯だけ飲ませて」

比奈子ががばっと立ち上がった。一瞬大吾が身構えた。比奈子は母親の手首を乱暴につかんだ。

「帰ろう」

それだけ言って、母親を立たせようとした。だが、奈津江は子供のように駄々をこねた。

「嫌だ。もう歩けないよ」

「ここまで歩いて来たじゃない」

比奈子は有無を言わせず、母親を立たせた。

「じゃあ、後は双方で話し合って」

巡査がバインダーをバタンと閉じて言った。

「話し合うことなんかないわ。私の答えはもう言ったんだから」

それから力任せに母親を交番から引きずり出した。巡査たちは、そんな母娘《おやこ》をただ見ているだけだった。僕らもこんなところにはいたくなかった。

交番の外は地獄のように暑かった。街中なのに、大吾の嫌いな蝉の大合唱が聞こえた。近くに寺があって、その境内から聞こえてくるのだった。前を、奈津江の腕をぐいぐい引っ張る比奈子が歩いていく。母親は、膝をつかんばかりにかがみ込んで泣き言を言っていた。

「痛い」とか「歩けない」とか「喉がカラカラ」だとか、言いたい放題のことを言って、やがて道端に座り込んでしまった。

「母さん！」

子供を叱るみたいに比奈子は言葉を荒らげた。明らかに後からついて来た僕らを意識して苛立っていた。奈津江は無反応だ。精も根も尽き果てたというように地べたにべたりと腰を下ろしている。うなだれた体は、直射日光に炙《あぶ》られて、蒸発していきそうなくらいの頼りなさだ。

「母さん！　いい加減にして」

僕は近づいていって、奈津江の腕を取った。少し離れた場所で大吾が咎めるような視線で僕を見ていた。奈津江の体はぐなぐなして、引っ張り上げようとしてもすぐに頽《くずお》れる。比奈子と僕とで両方から腕を引くのに、ズルズルと落ちていく。奈津江からは酒の臭いだけでなく、つんとするような酸っぱい体臭がした。

僕はすがるような視線を大吾に送った。彼はわざとらしく大きなため息をついた。

「もう行ってよ。私一人で何とかするから」

さっきよりはだいぶ角の取れた言い方で、比奈子が言った。

大吾が大股で近寄ってきた。比奈子だけでなく、僕までもが体を強張《こわば》らせた。大吾は道端で膝を折ると、くるりと背中を向けた。大吾の意を汲んだ僕は、奈津江の体を後ろから持ち上げて、彼の背中に乗せた。骨ばった体は、たいした重さはなかった。僕はずり落ちないように、後ろから支えた。

比奈子は複雑な表情をして、そんな僕らを見ていた。大吾が歩きだすと、仕方なくついてきた。

「どうしてそんなことをするのよ？」

精いっぱいの虚勢を張って、一言だけ言う。

「仕事だからな」大吾がすかさず答えた。『月世界』は依頼された仕事は、きっちりやり通すんだ」

さっきの商店街の中を通ると、通行人が異様な格好の四人を興味深そうに見てきた。今時分、おんぶされていく大人なんかいないだろう。

酒店の前を通りかかった。中から前掛けをした店主らしき人が出てきた。

「ちょっと、あんた」

比奈子を呼び止める。

「ツケの酒代を払ってくれないと困るよ。この人が、娘が後で払いに来るってんで貸したのが、結構たまってるんだ」

比奈子は「すみません」と言って頭を何度も下げた。ツケの金額を聞き、ポシェットから取り出した財布から札を抜き出して店主に渡した。そうたいした額ではなかった。

店主は店の中に入ってお釣りを持ってくると、小銭を比奈子に返した。

「うちの親父は人がいいからツケで渡したけど、もうこれからはお断りだからね」

店主は念を押して店の中に戻っていった。比奈子はその後ろ姿にも頭を下げた。店主は振り向きもしなかった。大吾の背中で奈津江はまた、うつらうつらし始めていた。

その些細な出来事が、比奈子から最後のプライドを引き剝がしていった。振り向いた彼女は、力なく視線をはずした。

大吾は無言でずり落ちていく奈津江を揺すり上げ、また歩きだした。比奈子も黙り込んでしまった。彼女たちのアパートに着くまで、誰も口をきかなかった。

この母娘が抱えている問題が、だいたい理解できた。そしてそれが僕らにもわかってしまったということが、比奈子にも伝わったと思う。それぞれがそれぞれの思いにふけりながら、アパートまでの道のりを歩いた。

11

奈津江を敷きっぱなしの布団に寝かせた。

彼女らが住むアパートは、ほんの三畳ほどの板間の台所と、四畳半と六畳の部屋だった。六畳の外には申し訳程度のベランダがあるが、すぐ裏に畳屋の工場兼住居が迫ってきているので、日当たりは悪い。畳屋からは、畳の縁を縫うガチャンガチャンという機械の音がひっきりなしに響いてきていた。

ひどい部屋だが、案外きちんと整えられているという印象だ。ものがないという理由かもわからないが。母親が眠る部屋の襖をぴしゃりと閉じると、比奈子は「外に出よう」と言った。ちらりと見たベランダには、空の酒瓶がたくさんゴミ袋に入れられてあった。

比奈子に連れられて、環八通り沿いの喫茶店に入った。通りの向こうに、陸上自衛隊練馬駐屯地《ちゆうとんち》の広大な敷地が見えた。水がきた途端、大吾はそれを一気に飲み干した。三人ともがコーラを注文した。

僕らは一杯のコーラで粘りながら、比奈子の話を聞いた。

「母さんはあの通りよ。父さんに浮気されて離婚されて、そのショックから抜けきれなかった」

両親が離婚した時、比奈子はまだ四歳だった。離婚後は、なんとか手元に残った娘を育てようと気を張っていた奈津江だったが、しだいにうまくいかなくなった。専業主婦だった奈津江は、仕事にも慣れなかった。離婚時にいくらかのまとまった金をもらってはいたが、それを取り崩さなければやっていけなかった。

奈津江はパートや臨時職員のような仕事を次々と移っていくしかなかった。キャリアが積み重なるような専門職には到底就けなかった。幸せな結婚生活から突然弾《はじ》き出され、日々の生活に追われるようになった。そんな暮らしに奈津江の精神は持ちこたえられなかった。根底には、信じていた夫の裏切りがある。

「母さんは、毎日毎日嘆いていた。子供みたいに泣いて――。父さんに頼り切りだったのね、あの人」

吐き捨てるように比奈子は言った。

仕事には行けたり行けなかったりで、暮らしは楽ではなかった。そのうち奈津江はアルコールに依存するようになった。

「アルコールとクスリね」

「クスリ?」

「そう。精神安定剤や睡眠導入剤。精神科でもらうそんなクスリがないと、やっていけなくなった。昼間から酒を飲んで、挙句はクスリ。辛《つら》いことを忘れるためにはそうするしかなかったのよ。小さかった私は、そんな母さんを見ているしかなかった」

小学生になった比奈子は、家事もままならなくなった母親の代わりに掃除、洗濯、炊事をするようになった。母子家庭に支給される自治体からの手当、それと父親からの養育費に体調のいい時に奈津江が働いて得る収入が、母娘の生活を支えていた。それでも困窮家庭には違いなかった。

奈津江がパートに出ていたスーパーマーケットの同僚の男が、そんな家庭に入り込んで来たこともあると比奈子は言った。

「あれは最悪だった」

意思の弱い奈津江につけ込んで、内縁の夫として暮らし始めたのだという。初めは、彼の収入で家計がまかなえていたから、奈津江も働きに行かなくてすんだ。気に入らない男だったが、それでもよしとしたのだと比奈子は大人びた口調で言った。比奈子が小学校を卒業して中学生になった頃のことだった。

その男は、ギャンブル好きだった。スーパーで働きながら、休みの日にはパチンコ店に入り浸っていた。パチンコには、奈津江を伴うことが多かった。言いなりの奈津江は、それに従った。男は生活費を入れなくなっただけでなく、母娘に支給される手当までギャンブルに注《つ》ぎ込んだ。生活は破たんした。

比奈子の学校に払う給食費や各種の費用まで不足するようになった。

「あんな男とは別れてって何度母さんに言ったかしれない」

でも奈津江はなかなか決心ができなかった。

「なんでかわかる？　母さんの拠《よ》り所がもう一つ増えたのよ。それで精神のバランスを取っていた」

要するに、男はアルコールとクスリと同じなのだ。奈津江は何かに頼らないと生きていけない体質になっていた。夫に裏切られて追い出された奈津江は、新しい男にすがりついてしまったのだ。相手の方もそれを心得ていて、奈津江を自在に操った。男が何日か帰って来ないことがあると、奈津江はうろたえ、自失した。どこかでギャンブルにふけっていたか、別の女と関係を持っていたか、意気揚々と帰ってきた男は、都合のいい女に優しく接し、奈津江も安心しきった顔をした。そんな情けない母親を見ながら、比奈子は唇を噛んでいた。

「結局あれよ。男に優しい言葉を掛けられて、抱いてもらいたいわけ。母さんは一回痛い目に遭ってるから必死だった。そんな態度が、ああいう男をつけあがらせるの」

透徹《とうてつ》した目で、比奈子は目の前の男女を見ていた。

だがそのうち男は、気に入らないことがあると、奈津江や比奈子に暴力を働くようになった。気分次第でそういう行為に及んだ。仕事でへまをやって注意されたとか、ギャンブルに負けたとか、食事の味が好みのものじゃなかったとか。挙句の果ては、比奈子の成績にまで難癖をつけて比奈子を殴った。初めから反抗的な娘のことが気に入らなかったのだ。

その男を家から追い出すために、比奈子は闘った。地区の民生委員に訴え、警察や自治体の窓口にも相談に行った。児童相談所にも自ら足を運んだ。毒虫か寄生虫（そう比奈子が言った）のような男を追い出すためにありとあらゆる手段を講じた。

初めは怒り狂い、さらに暴れて比奈子を傷めつけていた男も音を上げた。殴られてすぐに警察に駆け込んで、傷害罪で告訴する手はずを整えた比奈子に、男は捨て台詞《ぜりふ》を残して去っていった。後で警察から聞いたところでは、男には妻子があって、きちんとは別れていなかったということだった。結局傷害罪で逮捕され、元の家庭からも拒まれて離婚に至ったらしい。そんなことは比奈子のあずかり知らぬことだった。とにかくすべてを中学生の少女がやり遂げたのだ。

男が出ていった後の奈津江は、またアルコールとクスリに溺れた。どうにか立ち直らせようとする比奈子の努力も報われない。一回男に頼ってしまい、それが失われたという経験が、さらに弱い女にしてしまった。

「あれでも最近はまだましになった方よ」

比奈子は薄くなったコーラを吸い上げた。

中学を卒業した後は、問題を抱えた母親の面倒を見ながらアルバイトで生活費を稼いでいる。どうしても母親を見捨てることができないのだ。そんな修羅《しゅら》場《ば》を潜《くぐ》り抜けてきた比奈子は、僕らよりずっと大人びて見えた。

今なら、ヤングケアラーという言葉があるが、当時はまだそういうふうに認識される存在ではなかった。ヤングケアラーとは、家族の面倒を担わされる子供のことだ。具体的には家事や家族の世話、介護、感情面のサポートまで、本来なら大人が担うべき仕事を否応《いやおう》なく子供がさせられるということだ。

比奈子のような存在は、目に見えないだけで、現代社会には多くいるのかもしれない。でもあの当時は、福祉の現場でもなかなか注目されなかったものだと思う。もちろん、僕らもショックを受けた。比奈子の前で言葉を失っている僕の横で、大吾が身じろぎをし、軽く咳払いをした。

「で、あんたの姉の依頼はどうする？　会う？」

すっかり忘れていた。しかし今、そのことを口にするのは、場違いな気がした。案の定、比奈子はさっと表情を強張らせた。

「会うわけないじゃん」

彼女の言い分はこうだ。そもそも彼女らの父親が浮気して、その浮気相手と一緒になるために奈津江と比奈子を追い出した。それが原因で奈津江の精神は崩壊し、生活もままならなくなったのだ。今さら顔も見たくないと言い張った。

「でもさ、そのお父さんはもう亡くなったし、お姉さんは関係ないと思うけど」

僕は蚊の鳴くような声で言った。

「姉は、順調な生活を送ってきたんでしょ。経済的にも精神的にも」

比奈子は嚙みついた。僕は、望も継母との関係がうまくいかず、その上実の父親が亡くなって悩んでいるのだと説明したが、比奈子の心を動かすことはできなかった。

大吾がまた遺産のことを持ち出したが、答えは翻《ひるがえ》らなかった。父親からの養育費は、彼女が二十歳になるまではもらえるという約束だった。それが途絶えた。遺産としてまとめて百万円もらえたにしても、二十歳までもらえるはずだった額と比べたら少ないのだと、冷徹に計算してみせた。

その百万円も、奈津江名義の借金を返すのに消えたようだ。普段の生活費の不足に加え、寄生虫男と暮らしている時に背負わされた借金もあるようだった。

「姉は姉の問題に向き合えばいいのよ。私が私の問題に向き合っているように」

まるで取りつく島がない。

「そうか、わかった。じゃあ、先方にはそう伝える」

大吾が伝票を持って立ち上がった。彼は、最初から比奈子には同情的ではなかった。危うく取っ組み合いになりかけたくらいだ。僕にはショックな話でも、大吾にとってはそうでもないのか。家族を失い、リサイクルショップ兼便利屋の二階に住み込んでいる少年にとっては。

自分の分のコーラ代を差し出した比奈子に僕は、父親が姉妹を描いた油絵があることを知っているかと問うた。比奈子は素っ気なく「知らない」と答えた。もう気持ちは、家で寝ている母親の方に向いているようだった。

なぜあんなに問題を抱えた母親を見捨てられないのだろう。去っていく比奈子の背中を見ながら、僕は思った。あそこまで割り切った比奈子が、母親だけは愛しているということか。でもアルコールに溺れる奈津江の方はどうなんだろう。娘を愛しているのだろうか。

母親というものは無条件に子供を愛するものなのか。僕にはわからなかった。


望に比奈子が直面している問題を伝え、その上で姉には会いたくないと言っていると伝えた。望は言葉もなかった。それはそうだろう。妹は、母親と幸せに暮らしていると信じていたのだから。父親が死に、反りの合わない継母とこれから暮らしていかなければならない自分の方が不幸だと一途《いちず》に思い込んでいた。

僕の話が終わると、ハンカチに顔を埋めてひとしきり泣いた。

「ほんとに私には会いたくないって？」

頷くしかなかった。

「パパのお墓参りにも来たくないって？」

それは訊いてないが、答えはだいたいわかった。比奈子は自分たちが困窮するに至った根源は、身勝手な父親にあると思っている。これにも頷くしかなかった。

「あの油絵のことを伝えてくれた？　あれを見たいって言わなかった？」

比奈子はそんなものが描かれたことも忘れている。たった三歳だったのだから当然といえば当然だろう。望にとっては大事なものでも、妹には無価値なのだ。そんな詳細を告げることなく、黙って頷いた。また望はしゃくりあげた。

「月世界」の事務室の中。背後に控えたタカエは口を挟まず聞いていた。望の気持ちが治まると、皺が刻まれた指で請求書を差し出した。僕らは望の依頼をまずまず果たしたということだ。望は膝の上に置かれた皮革のバッグを開けて財布を取り出し、料金を払った。財布はヴィトンだった。僕は、比奈子が酒屋に支払いをするために開けた安っぽいポシェットを思い出した。

比奈子は働いて生活費を稼いでいるが、望は地元の女子大に通っている。絵を売りに来た尚子もいい身なりをしていた。詳しく聞くことはないが、尚子の実家からの援助があって、生活には不自由していないのかもしれない。

タカエが請求した金額は、僕らが泥棒扱いされて交番まで連れていかれたことを勘案《かんあん》すると、やや安いように思われた。事務室のドアを開けて出ていこうとした望は振り返った。

「あの子、気が変わって私に会いに来るってことはないかしら。連絡先を知らせておいた方がよかったかも」

それはないだろうと思えた。大吾は、「さあね」というふうに右肩を上げた。僕が「月世界」の住所と連絡先は伝えておいたから、もしその気があるのなら、ここに連絡があるだろうと言った。それでようやく納得したように、望は出ていった。

よく考えれば、拒絶したのは比奈子だ。奈津江はまた違う反応をしたかもしれない。だが、あの様子ではまともな判断ができないということもある。それにもう練馬くんだりまで行くのは気が進まなかった。東京まで行く西武《せいぶ》秩父《ちちぶ》線の中で、大吾は帰りに渋谷《しぶや》か原宿《はらじゅく》に寄って帰ろう、などと言っていたが、あのすったもんだの後は、すっかりそんな気をなくしてしまった。疲れ果てた僕らは、早々に春延市まで帰って来たのだった。

この件に関しては、任務完了だ。もう二度と望にも比奈子にも会うことはないだろうと思った。だがこの姉妹とは後々深く関わっていくことになるのだった。

東京まで行ったあの一件で、すっかり僕の気は塞《ふさ》いだ。長い夏休みも終わろうとしていた。でもいいこともあった。

倉本節子さんが、大吾と僕を倉本邸に招待してくれたのだ。倉本夫婦の長男である廣紀さんが日本に帰ってきて、東京にある研究所に赴任したのだ。僕が解き明かしたヤマガラとエメラルドの石のことを、節子さんが持ち出すと、彼はとうとう白状したらしい。十一歳の秋の転落事故の顚末を。

廣紀さんは、届けられた宝石を窓から力任せに放り投げたと話したそうだ。それがエゴノキの枝に引っ掛かったとは思いもしなかった。自分が節子さんとは血のつながりがないことは既に知っていた。親戚や雇い人の言葉や態度で察していた。それでも彼には、愛情深く育ててくれた節子さんが唯一の母親だった。父親が愛人のために用意した宝石を、母親のために捨ててしまおうとして、屋根から転落したのだ。

　廣紀さんは、誰かが部屋に近づいて来る気配に驚いて、屋根に出て足を滑らせた。しかし、自分の行為の理由を誰にも言わなかった。父親が愛人に贈る宝石を投げ捨てたことは、母親に告げられなかった。病院に運ばれて手術を受けても、長い入院生活を強いられても、下半身不随になっても、廣紀さんは口を割らなかった。

　彼のあずかり知らぬところで、ヤマガラがエメラルドをくわえていって、シデの木の洞に隠した。そして三十年以上経った今、アライグマがそれを見つけた。アライグマは、病室で寝ている廣之助氏の前に何度も現れた。廣之助氏が訴える「タヌキが化かしに来る」という言葉に引かれ、節子さんはアライグマからのメッセージを読み解こうとした。

　幼い子が、頑固一徹に守り通した秘密が、森の動物たちの働きで明らかになったわけだ。その奇跡のようなつながりを廣紀さんは面白がった。エメラルドが母親のために用意されたものだったことには、手を打って笑ったらしい。それほど彼はもう過去に拘泥《こうでい》していないということだ。

　大人になった廣紀さんは、父親と和解した。廣之助氏は、死んだと自分に言い聞かせてきた息子が大人の姿で現れたことに、最初はきょとんとしていたようだ。しかし数日間、屋敷で生活を共にするうち、この不思議な現象を受け入れた。化かすタヌキが、何らかの力を及ぼしたのだと思い込んでいるようだと節子さんは言った。

科学者でもある廣紀さんは、三十年以上前の出来事を解明した「月世界」という便利屋の少年に会いたいと言ったそうだ。

「月世界」の坂の下に、大橋が運転するクラウンが着いた。アライグマの巣を見つけ出したヨサクも一緒にということだったので、大吾と僕はヨサクと共に車に乗った。タカエも招待されたのに、彼女はたった一言「遠慮しとくよ」と答えた。僕らは偏屈な老婆を置いて、倉本邸に向かった。執事の大橋は、後部座席の足下に寝そべった大型犬に車の中を汚されるのではないかと心配していた。

「ノミとかはおりませんでしょう?」

恐る恐る訊く大橋に大吾は「いるよ。もちろん」と胸を張って答えた。バックミラーに映った大橋は、この世の終わりのような表情を浮かべた。

車椅子に座った廣紀さんが、玄関で出迎えてくれた。車椅子の後ろにいるのは、彼の妻のビアンカさんだった。そばに節子さんも立っていた。廣紀さんは、車椅子に座ってもなお大柄な人だと知れた。背の低い節子さんとは似ていなかった。それなのに、二人が寄り添っていると、まぎれもなく親子だという気がした。

「やあ、君らか」

廣紀さんは、満面の笑みで手を伸ばしてきた。大吾と僕は順番に彼と握手し、次いでビアンカさんとも握手した。ビアンカさんは、日本語も堪能《たんのう》だった。この日は、前の時よりも大きくて立派な応接間に通された。リードでつないだヨサクも、背中をゆさゆさ揺らしながら、ついてきた。ビアンカさんは動物好きな人で、ヨサクを撫で、自分の手を舐《な》めさせた。大橋が身悶《みもだ》えするように身をよじったが、分をわきまえた執事は、結局何も言わなかった。

「僕が長年秘してきた真実を、白日の下にさらすというお手柄を上げたのは、君らなんだな」

さも愉快そうに廣紀さんはまた言った。

以前と同じ家政婦さんが、お茶と焼き菓子を出してくれた。ビアンカさんが自分の焼き菓子を二つに割って、ヨサクに与えた。ヨサクは高価そうなカーペットを汚しながら、嬉しそうにそれをたいらげた。

「あれをうまくやり遂げたのは、ヤマガラです。あの鳥の貯食行動が、あなたの作為を完璧に隠したんです」

初対面の人に対しても、僕はこれだけの物言いができるようになっていた。ハル高と「月世界」のおかげだった。僕が長年、引きこもりだったことなど知る由もない廣紀さんは、大きく頷いた。

「そしてまた森の動物たちによって、暴かれたわけか」

「このワンちゃんもね」

横からビアンカさんが口を挟んだ。ヨサクは、自分が褒められたことがわかるのか「ワオン」と小さく吠えた。

「タイミングよく僕の仕事が東京に移ったことで、親父との関係も修復できた。君らと動物たちには感謝しないとな」

廣紀さんは話し上手な人だった。彼は物理学者で、音響学を専門に研究しているのだと言った。今度、日本の大学に音響学研究所が併設されて、そこの主任研究員として招聘されたらしい。二人の息子はアメリカの大学に通っているので、妻だけを伴って日本に戻ってきた。

「音響学って何ですか？」僕はたちまち興味を引かれた。「どうやって物理学とつながるんですか？」

丸い縁の眼鏡をかけた廣紀さんは、テーブル越しに僕を見詰めて微笑んだ。こういう会話をするのが、心底好きだという様子だ。

「物理学は自然科学の一分野だ。自然界に見られる現象を解き明かす学問なんだ」

節子さんは、息子の話を嬉しそうに聞いている。

「物理学は何でも数式で表す硬い学問だと思われがちだけど、そうじゃない。自然界で起こることを正確、簡潔に表現するためには、それが一番適しているからというだけなんだ。複雑なモデルを表すために用いる言語が数学だと考えればいい」

　僕は夢中で聞き入った。

「言語？　物理学は曖昧さを排するからこそ、言語なんて曖昧なものに頼らないで数式で表すんじゃないんですか？」

「そうだね。確かに物理学と数学は親和性が高い。自然界の普遍《ふへん》的な法則を解き明かし、それを記録として残すためにはね。でもね——」

　廣紀さんは、ぐっと身を乗り出した。

「物理学にとって、数学は道具でしかない。独立した学問としての物理学と数学はまったく違う」

　隣で大吾がため息をついた。僕はますます廣紀さんの話にのめり込んだ。

「物理学において一番大事なことは、想像力と感性だ。物理法則を数式に表す前に、観察し、何が重要か、何が物質を動かしているかを見極めることだ。そこに想像力が必要になり、ある種の勘が働くようになるのが感性だ。君らがエメラルドが消えた謎に向かう時、ヤマガラの習性に目を付けたように」廣紀さんは、にっこりと笑った。「曖昧な部分に目を凝らすこと。そこが物理学の出発点なんだ」

　僕には衝撃的な話だった。明確な答えをもたらしてくれるがゆえに、僕は理数系にのめり込んでいたのだ。曖昧なものを排するのがそういう学問だと思っていた。

廣紀さんは、続けて物理学の研究分野のことを話した。それは僕が漠然と考えていたものよりも広かった。よく知られている物体の運動だけでなく、光や色彩、音響、電気や磁気、熱、波動、天体など、物理現象は多岐にわたる。それを対象にする学問だと彼は言った。音響が物理学的に研究されるという意味がよくわかった。

それから廣紀さんは、音響学について説明してくれた。音響学とは、音の発生、伝播《でんぱ》という物理的な側面だけでなく、音を測定する基準や環境を研究する工学的なアプローチもある。聴覚器官に目を投じれば、人体構造学的、生理学的、あるいは医学的に研究される。理科系だけでなく、人文系や芸術系の分野まで含まれる。騒音という観点からみれば、社会学的な分野である。

「ね？　音響学みたいに対象が広範囲にわたる学問分野では、テクノロジーの側面だけを見ていたんじゃだめなんだ。そこが面白いところなんだ」

廣紀さんの研究所には、あらゆる分野の専門家が集まっているという。廣紀さんの口調はだんだん熱を帯びてきて、家政婦が置いていったナプキンを広げてボールペンを取り出した。そこにニュートンが、音速が媒質《ばいしつ》の性質によって変わると示した数式を書いてみせた。

音は振動する媒質がないと波となって伝わることができないのだ。だから真空では音は伝わらない。廣紀さんは、音の伝わり方を表す偏微分《へんびぶん》方程式を書き、わかりやすく説明してくれた。

　僕は物理学者の話に夢中になった。こういう話を聞きたかったのだ。ほんのちょっとした興味が知識への入り口になり、その先に新たな発見がある。そういうことを身をもって知った。学ぶということの本質を。

　人と接することが怖くて、僕は冷たい数式を愛した。そこには感情や思惑などが入り込む隙間がないと思っていた。数式は僕の味方だと信じていた。人間味のない、冷たい世界で生きていくことが自分を守ることだと思っていた。あの、校舎の三階から飛び下りた後の僕は――。

　でも違った。廣紀さんは、僕の間違いを優しく正してくれた。僕は目を上げて、掃き出し窓の向こうの庭と背後の森を見た。自然現象に溢れた世界が違って見えた。僕は今まで目を閉じていたのだとわかった。

　いつの間にか、大吾とビアンカさんがヨサクを連れて庭に下りていた。二人と一匹は、庭を横切って森の中に入っていくところだった。ヨサクはリードをはずされて、喜び勇んで先を歩いていた。彼らの姿が緑のタペストリーの中に織り込まれるように消えていく様を、僕は新鮮な眼差《まなざ》しで見やった。

　応接間の中には、廣紀さんと僕しかいなくなっていた。節子さんと大橋も、夢中で話す僕らに遠慮して出ていったらしい。そんなことには全然気がつかなかった。にわかに喉の渇きを覚えた僕は、ぬるくなった紅茶に口をつけた。

そんな僕を、廣紀さんは微笑みながら見守っていた。科学に対する僕の見解が大いに変わったことが、彼にも伝わったようだ。

「君を見ていると、子供の頃の自分を思い出すよ」

廣紀さんは静かに言った。

「僕が音に興味を持ったのは、こんな体になった時――」動かない自分の下半身を見下ろした廣紀さんには、悲愴《ひそう》感はなかった。「この家で横になっていた時なんだ」

動かない体に閉じ込められた彼の精神は、自由だった。庭に来る鳥の声を聴き、風の音に耳を澄ませた。木々の揺らぎ、深夜に小動物が動き回る音、遠くから届く電車や車の走る音、飛行機やヘリコプターが飛んでいくエンジン音、家人の足音、話し声。

「すべてが僕にとっての想像力の根源であり、自然科学へ足を踏み入れるきっかけだった」

「音が?」

「そう。音が」

小学生の子が見つけた科学の入り口――。

自分を否定し続けた僕とは違い、この人は可能性を広げたのだ。不自由な体を苦にすることもなく、父親との関係がうまくいかなくなったこともものともせず、外の世界に出ていった。学ぶことをやめなかった。彼を突き動かしたものに、僕は畏敬の念を抱いた。自然科学への飽くなき探求心に。

　僕は廣紀さんに、丘陵地で出会った小西さんの話をした。小鳥の鳴き声を録音して回る電器屋さんのことを。そして、彼の録音がきっかけで、殺人事件が解決した顚末を話した。廣紀さんは、とても興奮して何度も頷きながら聞いてくれた。彼は、話すのと同じくらい聞き上手だった。小西さんが録音したヨタカの鳴き声に被ってきた人の声を、警察の鑑識が声紋分析にかけたのだと言うと、ひとしきり声紋の話をしてくれた。

「なんだ。君はもう科学してるじゃないか」

　廣紀さんは笑った。そして言った。

「君は科学者になれるよ。観察力、想像力、洞察力、すべてが備わっているじゃないか」

　引きこもりからようやく脱して、定時制高校に通い始めた僕に投げかけられた物理学者の言葉。こんな出会いがあるとは思っていなかった。人生は奇跡で溢れている。

　廣紀さんは車椅子を進めて、掃き出し窓のそばに寄っていった。姿は見えないけれど、雑木林の奥から、ヨサクの吠える声と、大吾とビアンカさんが笑う声が聞こえてきた。

　後ろ姿の廣紀さんは、森からの音に耳を澄ましているように見えた。ここで多感な子供時代を過ごしたことが、彼を物理学の世界へ誘った。そして十一歳の時も、今も、変わらず未知のものを解き明かしたいという純粋な思いを持ち続けている。

廣紀さんは、くるりと車椅子を回して僕に向き合った。

「またいつでも遊びにおいで。君と話していると、なんだか愉快な気持ちになるよ。愉快で闊達《かったつ》な気持ちにね」

廣紀さんが勤める音響学研究所は東京都国立市《くにたち》にあって、その近くに住居を見つけるまでは、この家にいるつもりだと言った。

「親父の頭に僕の存在をしっかり植え付けるまではね。僕が、タヌキが化けたものでも幽霊でもないとわかってもらうまで」

そう言って廣紀さんは笑った。

12

二学期が始まった。学校に通いながら、僕は自分の将来について考えていた。定時制高校で学ぶことは、僕にとっていい経験になった。だが、本当に学びたいことが学べるわけではなかった。本当に学びたいことは何なのだろう。それを見つけるにはどうしたらいいのだろう。そんなことを日々考えていた。

加島百合子が二学期になっても学校に来ていないらしいと大吾から聞いた。誰とでも気安く口をきく大吾の情報収集能力は高い。給食の時間にそんなことを話していたら、一ノ瀬が近づいてきた。僕らは思わず身構えた。

「百合子がお前らに会いたいって言ってる」

椅子を引き出して座った一ノ瀬が言った。こうして近くに来られると、一ノ瀬には、なんとなく迫力があった。こんな奴とやり合った大吾は尊敬すべきなのか、バカなのか。

「へ？　なんで？」

大吾が不機嫌そうに答えた。

「あいつ、手首を切った」

すっと体温が下がった気がした。

「あいつ、リストカッターなんだ。時々自分でも抑えきれなくなって手首を切る。今度のはちょっと深かった」

大吾がちらりと僕に視線を送ってよこした。きっと僕は血の気の失せた顔をしていただろう。

「入院したのか？」

「いや、家にいる」

百合子は、まだ精神的な問題を抱えて苦しんでいたのだ。僕は唇を噛んだ。自分のことにかかりきりで、彼女のことを失念していた。大人の一ノ瀬に任せていれば、間違いないと遠慮していたが、それは卑怯《ひきょう》な逃げだったのではないか。百合子を真に理解できるのは、やはり僕しかいないのではないか。焦燥感と後悔に僕は苛《さいな》まれた。

一ノ瀬は百合子の住所を書いた紙切れを大吾に押し付けて、去って行った。

二日後、大吾と僕は百合子の家に行った。春延市の北部にある住宅街の中にあった。家の隣に「加島歯科」という看板が上がった建物があった。住居の方は、南欧風のしゃれた建物だった。テラコッタタイルのアプローチを踏みしめて、僕らは玄関まで行った。百合子によく似た母親が僕らを迎えてくれた。品のいい人だった。こんないい家の娘が手首を切ることがやめられず、元暴力団員の男と付き合っているなんてちょっと信じがたい。人はよくわからないものだ。

百合子は、別にベッドに寝ているというわけではなく、きちんと化粧をして部屋で待っていた。机の上に、マトリョーシカ人形が置いてあった。

「あの、これ、お見舞い」

大吾と金を出し合って買ったケーキの箱を差し出した。百合子は、「ありがとう」と言ってそれを受け取った。母親も同じように言い、箱を提げて部屋を出ていった。百合子に勧められて腰かけた。可愛らしいスツールは、座り心地があまりよくなかった。

「一ノ瀬から聞いたけど――」

おずおずと口を開いた。

「うん。またね、切っちゃった」

さもないことのように百合子は言って、寂し気に微笑んだ。

「なんで――」

言葉が続かない僕に、百合子は優しく微笑み返した。道理のわからない弟を見るようで、ぼくはひどく落ち着かない気分になった。しばらく離れていた間に、彼女は一人で変容してしまったのか。同類だったはずの僕をおいて。

「死にたいの？」

直截《ちょくせつ》な言葉を浴びせる大吾を、はっと見返した。彼はしごく真面目な顔をしていた。

そのことにまた僕は慄いた。

「私が死にたくてこうしていると思ってた？」

その問いは僕にだけ投げかけられた。

「よくわからないんだけど、その逆かもわかんない」

百合子の長袖ブラウスの袖から、白い繃帯が見えていた。

「自分では止められない。血を見ると、なんかほっとするの。まだ生きてるなあって。生きてることを確認するためにリスカするなんて、ばかげてるよね」

この人は病んでいるのだ。病んでいるけど、もがいている。手首を切りながら、定時制高校に通っている。矛盾するそのふたつは、この人にとって生きる営みなのだ。

「一ノ瀬君がね。いつも言うの。手首切りたくなったら、俺のを切れって」

クスリと百合子は笑った。

「あの人、前に暴力団の抗争でお腹を匕首《あいくち》で刺されたことがあるんだって。出血がすごかったって。半分死にかけたんだって。だからリスカで出る血なんてどうってことないんだって」

また笑った。

「いい人なんだ、あの人」いつかと同じことを言った。「死にたいわけじゃないっていう私の気持ちもよくわかってる」

僕らは言葉もなく百合子の話に聞き入っていた。

「私には優秀な姉がいてね。いずれうちの歯科医院を継ぐべく、東京の医科歯科大学で研修をしている。私は能無しで得意なことは何ひとつないの。それでも父も母も可愛がってくれる。私はお人形みたいににこにこ笑ってればいいの。そんな自分が嫌になって
――」

初めは爪で皮膚を引っ掻いただけだった。周囲にちやほやされる自分を傷つけることが快感に変わっていった。おかしな雰囲気をまとう百合子は、クラスでも浮いた存在で、可愛いがゆえにいじめられて、やがて学校には通えなくなった。

「でもハル高に行ってよかったと思う。リスカを続けながらでもね」

一ノ瀬君にも会えたし、あなたたちにも会えたし、と百合子は続けた。きっと僕らがぽかんとしていたからだろう。百合子は言葉を継いだ。

「叔父の気持ちが私にはよくわかるの」

加島氏が次々と商売に手を出して失敗したのは、兄である百合子の父親への屈折した思いがあるからだと言った。

「父は何でも計画的にことを進める。決して危ないことはしない。歯科医になろうと思ったのは、子供の頃のことだって。資金を借りて開業して、歯科技工士の母と結婚した。借りた資金は何年かで返したらしい」

優秀な兄。優秀な姉――。反発はするが、どうしたらいいかわからない。加島氏はそれで破綻し、百合子はリストカッターになった。百合子の両親は、死んだ弟に百合子をなぞらえて心配していたそうだ。

「だからね、あなたたちが、叔父の死は自殺じゃないって突き止めてくれて父や母はすごくほっとしたの。私の中にも自殺念慮《じさつねんりょ》があるんじゃないかって思ってたから。叔父が自殺した時から、びくびくしてたと思う。血のつながった姪である私が同じことをしているんじゃないかって。死に惹かれてるんじゃないかって」

僕はまた百合子の手首の繃帯に視線をやった。

「でも叔父は自殺したんじゃなかった。そうでしょ?」

大吾と僕は言い合わせたみたいに首を縦に振った。

「叔父はハチャメチャな人だったし、人生に失敗したかもしれないし、うまく生きられない人だったかもしれないけど、死のうとは思っていなかった」

百合子は、ブラウスの袖をまくり上げて、手首をこちらに見せた。

「病院で縫ってもらったの。もう何度目かしら。慣れっこになっちゃった」

大吾の頬がぴくりと引き攣《つ》った。尻を動かしたので、不安定なスツールが傾いた。

「今度こそよくわかった。私は死にたいんじゃないって。温かで赤い血を見て、もう二度とこんなことはしない。ばかげてるって。叔父さんは死にたくないのに殺されたんだ。だから、私は生きようって」

あなたたちのおかげね、と百合子は続けた。

「叔父さんのおかげだ」

僕が言い返すと、「そうね」と素直に答えた。

「一ノ瀬、いい奴じゃん」大吾はぶすっと言った。「そんなんじゃ、喧嘩のし甲斐がないな」

秋はなかなか来なかった。九月の末になっても真夏並みの気温が続いていた。

百合子は学校に来るようになった。一ノ瀬は相変わらずバスケットをやっていて、懲りずに大吾を誘っていた。大吾はその都度断っているくせに、たまに体育館で一ノ瀬とフリースローの練習をしていることがあった。定時制の運動会では、同じグループでリレー選手をやって、仲良くバトンを渡し合った。この二人の関係もよくわからなかった。

十月になってから、今度は木下比奈子から「月世界」に連絡があった。

「母さんのところに、またあの寄生虫男が転がり込んできたの」電話を取った大吾によれば、切羽詰まった声だったという。「あれからもさらに借金まみれになっていて、行くところがなくなったみたい。追い出そうとしたらすごむの。私の力ではどうにもならない」

「うちはボランティア団体じゃない」

大吾が冷たく言い放つと、費用は払うからあいつを追い出して、と頼まれたのだそうだ。大吾は判断がつかず、タカエに相談した。

「その子の依頼を受けたとしても、費用が払えるとは思えないね」

タカエはさらに冷たい考えの持ち主だった。それでも頭を絞った。はやらない便利屋の社長が出した結論は、まったくもって彼女らしいものだった。

「あの子の姉に話を持ち掛けてみな。あっちが払うと言うかもしれない」

まったくこすっからい婆さんだ、と大吾は毒づいた。確かに望が母親や比奈子の窮状を知れば、乗り出してくるに違いない。費用も払うと言うかもしれない。だけど、比奈子にすれば心外なことだろう。彼女は死んだ父親や姉を憎んでいるのだから。望に費用を払ってもらうくらいなら、もういいと答えるに違いない。

そもそも実の姉とはいえ、個人的な依頼を他の人に漏らしていいわけがない。弁護士や興信所なら、守秘義務がある。だけど便利屋にはそれがない。もっともそんな忠告をしたって、タカエが耳を貸すとは思えない。

しかし一番の問題は、タカエも大吾も僕が一緒に行くことを勘定に入れているということだ。

「まずいよ、大吾。こんなケースは手に負えない」

だいたい、僕らのような少年が請け負う仕事じゃない。他人の家に居座る性悪の中年男を追い出すなんて、どう考えても無理だった。比奈子が語ったところによると、男はもう破れかぶれになっていて、奈津江に泣きついたかと思うと、文句を言う比奈子には殴る蹴るの乱暴を働くらしい。

中学生の時には、児童福祉の観点から力になってくれた公的機関も、今回はあまり当てにならない。比奈子もあの時使ったエネルギーを、もう一回掻き立てる元気も暇もないと考えた。それで手っ取り早くケリをつけるために、「月世界」に頼んできたのだろう。黙り込んでしまった僕の肩を、大吾は軽く叩いた。

「今度は俺に任せろ。ちょっとした考えがあるんだ」

大吾の「ちょっとした考え」を聞くのは怖かった。比奈子がらみで、警察のお世話になったことを考えると気が重かった。そんな僕の気持ちも知らず、大吾は張り切っていた。

「目には目を。毛には毛を、だ」

冗談とも本気とも知れないことを言って、大吾は陽気に笑った。

支払いに関しては、タカエの思い通りになった。望が、今回の請求書は自分に回してくれと言ったのだ。それればかりではなく、自分も関わりたいことをちらつかせた。そこはタカエがやんわりと断ったという。だが費用を持つからには、事後報告をしてくれと言われたらしい。

東武練馬駅に降り立った時、僕は気が重かった。そこで待っていた二人の顔を見た時には、胃がきりりと痛んだ。一ノ瀬と大槻が立っていたのだ。それで大吾の作戦がはっきりわかった。二人とも、二十代半ばを過ぎた男だから、頼りになるといえば言えるが、問題が大きくなりそうだといえば言える。

一ノ瀬は角刈りに、いかにもチンピラみたいな細いサングラスをかけていたし、大槻はスキンヘッドにピアスだ。暑いからさすがに革ジャンは着ていないが、Tシャツの上に黒い革のベストを重ね着していた。僕らにしては見慣れた風体だけど、普通の人が見たら怯えるだろう。大吾もそれを期待してメンツを揃えたのだろう。要するに力ずくで追い出そうとする乱暴極まりない計画ということだ。

「よう」と二人に手を挙げてみせた大吾は、成功すると一途に信じているようだ。一ノ瀬も大槻も、どう説明を受けたのか知らないが、特に緊張しているようには見えない。僕だけが冷や汗をかいている。一対四の力関係だけが心の拠《よ》り所《どころ》だ。

僕らはへたくそな劇団員よろしく、ぞろぞろと歩いて比奈子のアパートに向かった。比奈子には、訪問時間を告げてあった。だから彼女はアルバイトに行かず、部屋にいるはずだ。あの小さなアパートの部屋に三人がいると思うと、比奈子のたまらない気持ちが推測された。

鉄製階段の下の部屋のドアを叩くと、すぐに開いた。待ちかねていたのだろう。比奈子は強張った顔でこちらに目配せした。狭いせいで玄関から奥は丸見えだった。手前の台所の流しの前に小さな丸椅子が置いてあって、そこにぼんやりとした様子で奈津江が座っていた。奥の四畳半が見えたが、そこには例の男はいなかった。きっと六畳間の方にいるのだろう。事前に男の名前が御手洗《みたらい》というのだけは聞いていた。

「御手洗はいるか？」

いきなり大吾が大声を張り上げた。どうやらそれが彼の作戦のようだった。僕は三人の後ろに回った。僕はただ頭数を揃えるだけの役回りのようだ。比奈子もすっと横にずれて立った。六畳間の方から物音がした。だが、誰も出て来ない。もう一回大吾が声をかけた。比奈子が奥に入っていって、六畳間の襖を開けた。

「あんたに用があるって」

抑揚のない声で男を呼び出した。ごそごそと音がした。布団から抜け出してきているのかもしれない。僕の緊張はさらに高まった。一ノ瀬と大槻の角刈りとスキンヘッドの後ろで、思わず一歩下がった。

御手洗は、小太りのいかにも荒んだ雰囲気をまとった男だった。半白髪のぼさぼさの頭に無精《ぶしょう》ひげ。だらしなく伸びたグレイのスウェットの上下を着ていた。胸には何かの食べこぼしの染みがあった。

「何だ？　お前ら」

僕たち四人を見るなり、御手洗はとまどった声を上げた。どういう集団なのか、あまりにも不揃いで推察のしようがなかったろう。

「お前が御手洗か」大吾の声は落ち着いていた。「ちょっと顔貸せ」

いくらなんでも決まり文句過ぎる。案の定、御手洗は動かなかった。

「何だと？」肉に埋もれたような細い目をさらに細めた。「何の用事か言え」

「そんなら言うが――」大吾がわざと低い声を出す。「こいつは俺の――」比奈子を指差した。

「女なんだ」

比奈子が下唇を突き出したのが見えた。御手洗が振り返ったので、慌てて引っ込める。

「こいつに頼まれたんだ。他人が家に入り込んで困っているって。だから――」

「俺は他人じゃねえ」御手洗はイライラと言い返した。「奈津江と暮らしてるんだ。そのうちちゃんと籍を入れて――」

「冗談じゃない！」とうとう比奈子が吼えた。「あんたなんか母さんの何でもない。あんたが来て、私も母さんも迷惑してんの」

「で、お前はこんな男と付き合ってんのか。ええ？」

「大きなお世話。さっさと出ていって」

「おい、奈津江、何とか言え」

奈津江はふっと顔を上げた。もぞもぞと唇を動かすが、言葉は出てこない。

「こいつはさ、俺がいないとだめなんだよ。酒ばっかり飲んで。俺が更生させるから」

「何が更生よ。あんたのおかげで母さんはこんなことになったんじゃない。借金だって押し付けて逃げていったくせに。早く出ていけ。最低男！　そこら辺のどぶ川にでも落ちて溺れて死んじゃえ」

比奈子はだんだん興奮して、母親の情夫を罵った。我慢してきたものが、一気に噴き出した感じだった。白豚みたいな御手洗の顔が、首から上に向かって、きれいに朱に染まった。

「お前は黙ってろ」

「黙るもんか！　どこにも行くところがないからってうちに来るな。母さんはもうあんたのことなんか何とも思っていないんだからね」

御手洗は、玄関に一本だけ置いてあったビニール傘を取り上げて、奈津江の足下目がけて投げつけた。

「何すんの！」

比奈子は奈津江の前に立ち、御手洗を睨みつけた。御手洗も怯んだかもしれないが、僕も慄いた。そこまでして母親を庇う少女に。それほど母親が大事なのか。飲んだくれて男の言いなりになる情けない母親なのに。

「このダニ男。あんたなんか他人に寄生して生きていくしか能がないくせに」

御手洗の顔の朱色がどす黒く変わるのを、僕は三人の頭越しに見た。

「今度そんな口をきいてみろ。ただじゃ置かねえからな」

「いくらでも言ってやるわよ。誰かにすがらないと生きていけないのはあんたの方！　あんたと同じ空気なんか吸いたくない。さっさと私たちの前から消えて！」

途端に御手洗が唸り声を上げて比奈子につかみかかった。比奈子は悲鳴を上げて飛び退《すさ》り、奈津江を抱え込んだ。御手洗は、うずくまるようにした比奈子の背中を思いきり蹴った。薄汚れた裸足の足先は比奈子を倒して、まだ勢いあまり、バランスを取り損ねた御手洗もよろけた。その腕を、一ノ瀬が手を伸ばしてつかんだ。

「おい、いい加減にしろよ」ドスのきいた声だった。大吾の芝居がかった物言いとは明らかに違っていた。

「いい大人がみっともないだろ。あんたはここの住人じゃないんだから出ていくのが当然だ。荷物があるなら、まとめて出ていけ」

落ち着いた説得力のある言い方だった。改めて一ノ瀬が、こういう修羅場に慣れた男なんだと実感した。腹を匕首で刺されたことがあると言った百合子の言葉を思い出した。こんな男が机に向かって勉強しているなんて、定時制は奥が深い。

御手洗は一瞬動きを止めて、まじまじと一ノ瀬を見た。曲がりなりにも中年まで生きた男なら、この若い男がただ者ではないと気づくはずだ。だが、完全に頭に血が上った御手洗は、その手を振りほどいた。のみならず、今度は一ノ瀬に組みついていった。

御手洗に押されて、一ノ瀬は狭い玄関から外に出た。僕らも後退した。一ノ瀬にとって、太った中年男なんてどうってことはなかった。脚を払うと、絵に描いたように見事に御手洗はすっ転んだ。したたかに腰を打った御手洗は、呻いた。力ではかなわないと、それだけは察したのか、大声で怒鳴り始めた。

「奈津江！　奈津江！　こいつらをどうにかしろ」

その顔を目がけて、くたびれたリュックサックや靴が投げつけられた。御手洗の荷物を比奈子が放りだしたのだ。またそれでいきり立った御手洗は、ドアから部屋に入ろうとした。その背中を一ノ瀬がつかんだ。よれよれのスウェットがぶざまに伸びた。唸り声を上げてドアをつかんだ御手洗を、一ノ瀬と大吾が引き倒す。傍観していた大槻まで入って、暴れ回る御手洗を押さえつけようとした。

歯を剝き出し、唾を飛ばして御手洗は咆えまくった。

「放せ！　おい！　誰か！　誰か警察を呼べ！」

「もう呼んだよ！」

隣のドアが開いて、中年女が怒鳴った。

交番の中はぎゅうぎゅう詰めだ。前と同じ巡査はため息をついた。

「また便利屋の出番か」

さっき彼は「月世界」に電話した。今度はタカエが出た。すぐにこちらに向かうと答えたらしい。

「こいつらを逮捕しろよ」

御手洗は唾を飛ばさんばかりに喚《わめ》いている。狭い交番の中にだみ声がガンガン響いた。交番のカウンターの前には、大吾と僕と一ノ瀬と大槻。それに比奈子と御手洗がいた。

一ノ瀬と大槻は、椅子がないので立ったままだ。奈津江は隣の中年女が面倒をみてくれている。駆けつけた巡査に、御手洗はいきなり現れた四人組に暴力を振るわれたと訴えた。

「先に手を出したのは、この男の方」比奈子は言い返した。「この人たちは、私を助けてくれようとしたの」

どういうことか、隣の中年女が、「その通りだ」と言った。「このクズ男がこの子を殴ったんだ」

見たわけでもないのに、隣の女は自信たっぷりに言った。別の時に御手洗が乱暴を働く場面を見ていて腹に据えかねたのか、僕らの味方をしてくれた。赤の他人の証言を、巡査は重く見たようだ。現に比奈子に暴力を振るったのは御手洗で、一ノ瀬がそれを止めようとしたのだから、状況としては合っている。

主に比奈子と僕が聴取に応じ、御手洗が感情的になって言い募るということが繰り返された。一ノ瀬と大槻は、任務は終わったとばかりに黙り込んでいた。どうやってこの二人を言いくるめたのか、誘い込んだ大吾に文句を言うこともなかった。

巡査が問題にしたのは、御手洗と木下母娘との関係性だ。そこを突かれると、御手洗の言葉は支離滅裂になった。問題行動を起こす奈津江の様子がわかっている巡査には、御手洗に懇願されて一緒に住むようになったという御手洗の言い分は疑わしく映ったようだ。しかも娘の比奈子が全身全霊で拒絶しているのだ。比奈子はまだ十代だということを、巡査は重視した。

「奈津江さんにも本官から事情を聴いてみるとして――」ボールペンの尻で顎を突きながら思案している。

「区役所の福祉課にも話を通しておきましょう」

御手洗の体が明らかに硬直するのがわかった。

「そうだな」もう一人の巡査も口を開いた。「『子ども・女性支援センター』にもつないでおいた方がいいだろうな。木下家は見守りの対象になっているようだから」

「もし、あなたという同居人ができたとすると、今木下さんが受給している住宅手当は打ち切りになるかもしれません」

「そういうことも含めて、あなたの立場をはっきりしなければなりませんね」

「この人は同居人なんかじゃない！」

比奈子が悲痛な叫びを上げた。

「私は母さんと静かに暮らしたいの。そこにこの男が無理やり入り込んできたのよ。ねえ、お巡りさんも知っているでしょ？　うちの母がお酒の問題を抱えているって。前は拒否したけど、民生委員さんが勧めてくれた通り、断酒のために入院させるわ」

「そうですか。それはいい考えだ」

「じゃあ、そういうことで話を進めてください。母は私が説得します」

「いや、待て。それは」

御手洗が慌てて口を挟んだ。

「何か問題でもありますか?」

「問題というか――」御手洗はしどろもどろだ。

「だから、この人は関係ないって言ってるでしょ。家族でも何でもない」

「でも、俺は奈津江と住んでいるわけで――、その事実はあるわけで――」

「それなら」比奈子がきっと御手洗を睨みつけて言った。「母の入院費の請求はこの人に回して。そこまで母のことを思ってくれているんなら」

交番の中の全員が御手洗に視線を移した。彼は異様なほど汗をかいていた。

その時、交番の引き戸がガラリと開いた。タカエがやって来たのだ。その後ろに立っている人物を見て、僕はひっくり返りそうになった。

タカエを押しのけるようにして交番に入って来たのは、小泉望だった。

「比奈子!」

瞬時に比奈子も相手が誰だか察したようだ。さっきまでの勝ち誇った顔がさっと強張った。代わりに彼女のトレードマークともいえる怒りと不機嫌が現れた。

「比奈子、会いたかった」

望がどしどしと入って来て、比奈子の前でかがんだ。比奈子はむっとした顔を隠そうともしない。

「どうして？　どうしてこんなに困っているのに、私を拒絶するの？」

「困ってる？」恐ろしく醒《さ》めた声で比奈子が繰り返した。「私は何も困ってないわ」

「そんなわけないでしょ？　母さんのところにおかしな男が押しかけて来て、あんたが困っているって聞いたわよ」

僕は天を仰いだ。万事休すだ。見上げた交番の天井に、北海道に似た染みができていた。比奈子は燃えるような目で僕と大吾を睨みつけた。そういうことを漏らしたのは、他でもない「月世界」の社長だ。タカエは涼しい顔をして姉妹を見下ろしていた。

「いいわね、比奈子。何も心配することないからね。パパがお世話になっていた弁護士さんに頼んで、そんな男つまみだしてやるから」

そんな弁護士に心当たりがあるなら、最初から頼めよ、と僕は心の中で叫んだ。何で僕らにこんな無理なことを押し付けてくるんだ。

「もうたくさん！」比奈子は椅子を蹴立てて立ち上がった。「帰る！」

「待ってよ、比奈子」

望がそばを通り過ぎようとした妹の肩に手をかけた。

「とにかく話し合いましょう」

「ごめんだわ！　私と母さんのことはほっといて！」

「母さんは、私の母さんでもあるのよ」

両肩をつかんだ望の手を、比奈子は乱暴にふりほどいた。

「違う！　木下奈津江は、あんたの母さんじゃない」

もう望は顔をくしゃくしゃにして泣いていた。

「私には、もうあなたたちしかいないのよ。血のつながらない尚子なんかともう暮らしたくないの。だから――」

「自分勝手なこと言わないでよ！」

比奈子はすがりつく望を力任せに突き飛ばした。望の体はカウンターの上に乗り上げ、滑って向こう側に落ちた。落ちたと思ったら、望はそのまますっくと立ち上がった。よく見たら、比奈子のシャツの端っこを握りしめている。それを思い切り引っ張ったものだから、比奈子の体はカウンターに打ちつけられた。

「何すんのよ！」

姉妹はカウンターを挟んでつかみあいを始めた。比奈子は姉の髪の毛を引っ張り、望は妹の胸倉をつかんで揺さぶった。比奈子のシャツが派手に破れた。

「やめろ、やめなさい！」

仲裁に入った巡査の帽子が飛んでいく。巡査の横っ面にどっちかの肘がまともに当たった。喚き声と泣き声と、怒号とが飛び交った。カウンターの上で何本もの腕が交錯する。僕らは椅子から立ち上がり、茫然《ぼうぜん》とそれを見ているしかなかった。

カウンターに載っていた百日草の鉢植えや、「暴力追放」と書いたスタンドパネルなんかが落ちて壊れた。

どさくさに紛れて、御手洗がそっと引き戸を引いた。腰を落とした姿勢で隙間から外に出る。寄生虫男は素早く外に出て、一目散に駆けだした。

「ツキ!」

大吾が叫んだ。引き戸のそばに立っていた大槻が追いかけていった。必死で足を動かしている御手洗に、大槻はタックルをかました。だらけきった小太り男は、スキンヘッドの筋肉男に圧《お》しかかられて、ぶざまにぺしゃんこになった。何人かの通行人が足を止めた。

一ノ瀬と僕は交番の前の道路まで出て、大槻に加勢した。大槻が背中に肘鉄をくらわしたので、暴れていた御手洗はすっかりおとなしくなった。

「ふだらくミカのために鍛えたのが、こんなとこで役に立つとは思わなかったよ」

大槻は情けない声を出した。

交番の中はまだ騒ぎが治まらない。凄まじい姉妹喧嘩は、ついに床の上を転げ回って組み合うところまでいっている。巡査二人が引き剝がそうとするが、うまくいかない。

巡査の眼鏡が飛ばされて、比奈子の靴で無残に踏み砕かれた。

「何なの？　交番に強盗でも入ったの？」

シルバーカーを押して来た品のいい老婆が、僕らに尋ねた。

13

僕らは危うく器物損壊罪《きぶつそんかい》で逮捕されるところだった。

それをうまく治めてくれたのが、中矢だった。カンカンに激怒した練馬の交番の巡査に頼んで、春延西署に連絡を取ってもらったのは僕だ。それしか思いつかなかった。

望と比奈子の取っ組み合いの喧嘩が何とか治まった時、交番の中は嵐が通り過ぎた後のようだった。床にパイプ椅子が重なり合い、割れた植木鉢の中から飛び出した土と花がぶちまけられていた。大事な書類は散乱し、交番の引き戸にひびが入っていた。巡査の顔には痣《あざ》ができていて、一人はレンズの割れた眼鏡のフレームだけでも何とかならないか、あれこれ曲げてみたりしていた。

望と比奈子の頭はぼさぼさで、顔は引っ掻き傷だらけ。洋服は破れて目も当てられなかった。ハル高定時制組の男四人がせっせと片付けをし、中矢が駆けつけてきてくれた時には、何とか交番としての体は回復していた。

僕らは疲れ果て、交番の巡査と中矢とタカエとの協議が終わるのを、交番の前の道路の縁石に腰を下ろして待っていた。大吾がさっと立ち上がって、「じゃ、学校へ行こうぜ」と言った時には、他の三人はあんぐりと口を開いた。

僕らは交番の巡査たちにもう一回頭を下げ、ハル高へ向かった。

後で聞いたところによると、交番の中の壊れたものは、タカエが弁償するということで話がついたそうだ。面倒な姉妹に関わったおかげで、便利屋として請け負った案件は赤字になった。「何でも売ります。買います。よろず相談承ります」のキャッチフレーズを掲げた便利屋「月世界」は、どう考えてもいい商売をしているとは思えなかった。いつも苦虫を嚙み潰したようなタカエの考えは窺い知れない。

こんなに引っ掻き回しておいて、あの姉妹は結局仲直りをしたらしい。望は念願だった実母との対面を果たした。初めは我が子のことがわからず、ぼんやりしていた奈津江も、ようやく十三年前に別れた娘だと認識したということだ。

姉妹は相談して、奈津江にアルコール依存症の治療を受けさせることにした。もはやどこにも居場所のない御手洗は、こそこそと姿を消したそうだ。そこだけは「月世界」の仕事は成功したというわけだ。いつか一緒に住もうと望と比奈子は約束をしたのだと、タカエが言っていた。

「今度は継母を追い出してくれとか、頼んでくるんじゃないだろうな」

冗談交じりに大吾は言った。僕はひやりとした。そんなむちゃくちゃな依頼も、タカエなら受けてしまいそうな気がしたのだ。

あの老女の判断は、大雑把《おおざっぱ》で無思慮としか思えないのに、結局うまいところに落ち着く。あのやり方を見ていると、計算ずくであるはずがないのだが、勝手につなげた糸がいい結果をもたらしてしまう。当の本人は淡々としているのだけれど。

僕は中矢にお礼を言いに警察署に出かけた。大吾には拒否された。大吾は、練馬まで中矢を呼びつけて借りを作ったことが気に入らないのだ。だけど、あの場面でどうしたらよかったというのだ。気に入らなくても何でも、中矢が来てくれたから、ことは丸く収まったのだ。

春延西署に着いてから、手ぶらで来たことに気がついた。こういう時は、菓子折りの一つも持って来るものではないか。そういう気遣いは、僕にはまだできなかった。仕方なく、受付で中矢を呼んでもらった。しばらく待たされた挙句、がに股で階段を下りてくる中矢が見えた。タカエに負けず劣らず不愛想な顔をしている。

僕は気を取り直して中矢に礼を言い、深々と頭を下げた。

「大吾はどうした」そう問われて咄嗟に返事ができなかった。

「俺に会いに来るのは嫌だって言ったんだろ?」

ポケットに手を突っ込んだまま、中矢はそう言い、「まあいい」と続けた。警察署の中の自販機のコーナーに連れていかれた。中矢はポケットから小銭を出して、缶コーヒーを買ってくれた。誰もいない自販機コーナーの隅のベンチに並んで腰かけた。中矢の隣で、僕は気まずくホットコーヒーを啜《すす》った。

「お前、何であの便利屋に出入りしてんだ？」

しばらく経って中矢がぽつりと言った。僕は長年引きこもりだったことを話し、ハル高定時制で最初に声をかけてきてくれた大吾と親友になったからだと答えた。

「親友ね」

意味深な口調で中矢が反復したので、落ち着かない気分になった。中矢は、音を立ててコーヒーを一口啜った。

「お前、あの二人がどういう関係か知ってるのか？」

「あの二人？」

「つまり、野口タカエと重松大吾だ」

「関係って、あの――、『月世界』の経営者と住み込みのアルバイトでしょ？」

中矢は答えず、またコーヒーを啜った。それから何かを思案しているように顎に手をやって長い間黙っていた。目の前の自販機に、色とりどりのペットボトルや缶が並んでいるのをじっくり見ているようでもあった。

「十一年前――」ようやく中矢が口を開いた。「春延市内で、一家殺人事件があったのを憶えているか？」

　思いもかけない言葉が中矢の口から出てきた。

「ええ——、知っています」

　一拍置いて、僕は答えた。答えながら、頭の中をさらえた。いつか百合子も言っていた事件だ。僕が小学二年生の時のことだから、詳細までは憶えていない。ただ百合子にも言ったけど、犯人と目されていた人物は自殺したので、一件落着したと記憶している。

「事件が起きたのは、春延市のはずれの片岡《かたおか》町だった。芹が丘公園の近くだ。平成五年八月三日の深夜のことだ」

　十一年前の事件の日時を、すらすらと口にする中矢に驚く。

「篠原久雄《しのはらひさお》宅に何者かが侵入した。久雄は四十一歳。測量事務所に勤めていて、妻と両親と六歳の息子とで住んでいた。犯人は一家五人のうち四人を殺して逃げた」

　だんだん記憶が蘇ってきた。あの頃、繰り返しテレビで流されたニュース。確か生き残ったのは——。

「犯人の手から逃れて生き残ったのは、幼稚園児の男の子だけだった。その子は母親によって押入れに隠されていたんだ。だから犯人の顔は見ていないと言った。短い間の犯行で、たいして手がかりは残されていなかった」

「でも、犯人は自殺したんじゃ……。そう聞いたけど」

「被疑者はいた。警察は重要参考人として何度もそいつを呼んで聴取をしていた」

近くに住むその若い男は、被害者宅にしょっちゅう押しかけて難癖《なんくせ》をつけたり、暴れたりしていたという。だから、すぐに捜査線上に浮かんだ。しかし事情聴取しているうちに、彼は自ら命を断ったのだ。中矢の話を聞いて、おぼろげながら、事件の輪郭が浮かんできた。

「俺はあの時、捜査に関わっていたんだ」

いくぶん悔し気に中矢は言った。当時、犯人と断定できずに死なせてしまったことが警察の失点だと、世論やマスコミに責められたのではなかったか。しかしその反面、死んだ男が犯人だと世間は認識した。僕も幼いながら、そう思っていた。その後、類似の犯行は行われず、世論も沈静したから、これはもう間違いないことなのだと。

しかし警察としては、きちんと容疑を確定して逮捕起訴できなかったことが汚点として残っているのだろう。それにしてもなぜ中矢はあの事件のことを持ち出したのか。十一年前のある意味決着がついた事件を。それが解せなかった。

でも次に発せられた言葉に僕は震え上がった。

「大吾はあの時、生き残った男の子なんだ」

自販機が低い運転音を響かせた。コンクリートの床から伝わる冷たい響きに、僕の肌は総毛立った。何か得体の知れないものに、ぐっと足首をつかまれた気がした。

「嘘《うそ》でしょ」そんな陳腐《ちんぷ》なことしか言えなかった。中矢はそれを無視して続けた。

「そしてな、あの野口タカエは自殺した被疑者の母親なんだ」

得体の知れないものは冷たい触手《しょくしゅ》を伸ばして、僕の体を這い上がる。また自販機がウイーンと唸り声を上げた。

「あの後、事件のことは忘れ去られた。自殺した男、当時三十一歳だった野口豊樹《とよき》が犯人だと世間は納得し、無能な警察を非難し、それで決着した。新しい事件が次々起こって、人々の関心は移っていった。だから関係者のその後の動向を知っている者は少ない」

中矢は飲み干したコーヒーの缶を、力を込めて握り締めた。アルミ缶はべこんとへこんだ。

「大吾は富山の親戚に引き取られ、養子縁組をして名字が重松に変わった。確か殺された母親の妹夫婦だったと思う。が、新しい父親が未成年の大吾の代わりに管理していた篠原久雄の遺産を使い果たした」

遺産とは篠原家の家屋敷、それと近くに持っていた賃貸アパートだったという。野口豊樹は、アパートの住人だったらしい。篠原久雄と野口豊樹は、大家と入居人という関係だったのだ。

「一方息子に死なれたタカエは、そのうち夫も亡くした。夫婦で経営していたリサイクルショップを畳んで、春延市に新しい店を構えた」

「それが『月世界』？」

「おかしな名前だろ？　ダンスホールの名前をそのまま引き継ぐなんてな。タカエにしたら、店なんかどうでもいいんだ。ただ春延市で商売を始めるっていうのが目的なんだから」

「どうして社長と大吾は一緒にあそこで働いているんですか？」

大吾にすればタカエは憎い犯人の親だ。大吾はその事実を知らないのかもしれない。

「大吾は中学を卒業して養父母の家を飛び出した。そして春延市に戻って来た。もう自分の家はない。家屋敷もアパートもとっくに取り壊されて更地《さらち》になって、人手に渡った。あいつは『月世界』に雇われた」

「どうして……」

「野口タカエが大吾を雇い入れた理由はな、あいつが何かを思い出さないか見張るためなんだ。幼かった大吾が、自分の息子が犯人だという決定的な場面を目撃しているんじゃないか。あるいはその逆だ。別の犯人がいることを示唆する証拠を思い出さないか」

「ひどいな」普段にこりともしないタカエは、見た目通り非情な人間だったわけだ。

「そのことを大吾に教えてやらないと」

自分の家族を殺して自殺した男の母親に雇われていると知ったら、大吾はきっとショックを受けるだろう。人遣いは荒く、バイト代は安いが、住み込みで働ける「月世界」が気に入っている様子だったのに。だが、知らないで働き続けるよりはましだ。

「知っているさ」

「え？」

「大吾は知ってる。『月世界』の社長が野口豊樹の母親だって知ってる」

得体の知れないものは、僕の体の中に侵入してきた。おぞましい触手は僕の臓腑《ぞうふ》をまさぐり、体内の温度を下げる。血液の流れは緩慢《かんまん》になり、心臓が凍り付いた。

「あいつはタカエの近くにいて、彼女の息子が本当の犯人だと確信できるものを得ようとしている」

中矢は缶をつかんだ手にさらに力を入れた。コーヒー缶は握り潰された。

「大吾には何もない」中矢は、手のひらを広げて潰れた缶を見やった。「家族も家も経済的な基盤も、それらがもたらす安泰な生活も、すべて十一年前に失われた。あいつには、確かなものが何もない」

僕の体温は急速に下がり、手の中の缶コーヒーの温かささえ感じられなくなった。

「あいつにとって確かなものは、犯人に対する憎しみだけだ。だからタカエのそばにいる。卑怯にも自殺するという手段をとって消えてしまった犯人への憎しみが、今の大吾を支えているんだ」

中矢は潰れた缶を、そばのゴミ箱に投げ捨てた。カランという虚《うつ》ろな音が響いた。

「タカエも大吾も、お互いから目を逸らすことができない。中途半端で幕切れになった一家殺人事件につながれて、身動きが取れない。もうとっくに終わってしまったと世間が判断した事件に」

もし野口豊樹が犯人だと示す明確な物証が上がり、彼が自白して逮捕起訴されていたら、こんなふうにはならなかったのか。タカエも大吾も、辛いけれど諦めがついて、新しい人生に踏み出せていたのか。

「あなたは――」ふと思いついて僕は言った。「あなたはどうなんです？　なぜあなたは『月世界』に出入りしているんです？」

中矢は足を組み替え、「むう」と唸った。

「俺か？　俺は――」そこで言葉を切った。彼が言い出すことが、僕には予測できた。

「俺もあの事件にまだこだわっているんだ」

ようやく決心がついたというふうに中矢は言った。

「あの当時、野口豊樹に逮捕状を取るかどうか、捜査本部は迷っていた。決定的なものに欠けていたからな。それを探っているうちに自殺されてしまった。豊樹は心神耗弱状態にあったんだ。感情の起伏が激しく、それが大家である篠原家への連日の苦情と時に暴力沙汰につながった。逮捕に踏み切っても、精神鑑定をして責任能力があるかどうか鑑定しなければならなかったろうな。とにかく奴は支離滅裂でとらえどころがなかったんだ。取り調べも難航した。それが捜査本部を躊躇させる原因の一つだった」

中矢も疑念と後悔ともどかしさ、収まりの悪さに苦悶している。真実を求める事件の関係者たちは、もうそれが得られないことに失望しながらも、あそこでお互いの腹を探り合っている。

僕が気安く出入りしていた「月世界」は、すっかり様相を変えた。あそこはあまりにも悲しくせつない思いが渦巻く場所だった。他人の悩みを解決する便利屋は、実は底知れぬ深さと暗さを持った沼地だった。ハル高で出会った、ちゃらけた同級生、重松大吾。彼は真の姿をあの奥に隠していたのだ。大吾の中に感じていた深い裂け目が、僕の前でぱっくり口を開けた。

一ノ瀬とやり合って怪我をした時、タカエが持ってきたおにぎりを投げつけた大吾のことを思い出した。タカエからの差し入れを、大吾は無下にした。「そんなもん、食えるか。さっさと持って帰れ」と怒鳴って彼女に向かって投げつけた。

あの時、タカエの顔に現れた悲嘆の表情。あれは仮面を被って日常をこなしていた対立する二人が見せた、束の間の本当の姿だった。抑えきれない剝き出しの感情だった。それにようやく気がついた。

僕は大吾の親友でも何でもなかった。

その日、春延西署からどうやって帰ったのかよく憶えていない。

僕は、片岡町で十一年前に起こった一家殺人事件のことをネットで調べてみた。「春延市一家殺人事件」で検索すると多くの記事がヒットした。ネットニュースで流れた情報、週刊誌の記事、現地で取材したルポルタージュ、犯罪学者の見解や分析、事件後にまとめられた専門家のレポート、後追い報道、その他個人的な書き込みなど。当時としてはセンセーショナルな事件だったから、かなりの量が閲覧できた。

十一年前の八月三日、篠原久雄の家にいたのは、妻の礼子《れいこ》、息子の大吾、そして久雄の両親である克之《かつゆき》と多栄《たえ》だった。夜の十一時四十分頃、何者かが侵入してきた。一階で寝ていた克之と多栄が最初に襲われた。鋭い刃物で刺されていた。だが、凶器は現場では見つかっていない。

次に階下の物音に気がついて下りて来た久雄が、階段の下で襲われた。その後犯人は二階に上がっていったようだ。礼子は親子三人で寝ていた寝室の押入れの前で殺されていた。首と腹を中心に数か所刺されていた。階段の下で倒れていた久雄には、その時まだ息があった。電話機まで這っていって、警察に通報した。しかし警察が駆けつけた時には、もうこと切れていたそうだ。

犯人も逃走していた。篠原家は自然公園のそばの山裾に位置し、隣家から離れて建っていたから、物音を聞いた者、怪しい人物を見た者はいなかった。二階の押入れの中から大吾が救出された。たった一人の生き残りである六歳の男の子は、茫然自失の状態でまともにしゃべれなかった。熟睡していたところを、母親によって押入れに入れられたので、何が起こったかもよく把握できていなかった。彼から有力な情報は得られなかった。

野口豊樹が有力な容疑者として挙がったのは、周辺の聞き込みからだった。窪地《くぼち》に建った篠原家を見下ろすようにして、アパートが建っていた。克之が建てたもので、築三十年を超えており、取り壊しが決まっていた。他の居住者は退去したのに、豊樹だけが居座っていた。退去を求める大家の久雄に反発して、篠原家に押しかけては文句を言っていたという証言が得られた。

文句を言うという範疇《はんちゆう》からはかなり逸脱《いつだつ》した行為も伴っていた。応対した久雄や礼子に食ってかかる。アパートの郵便受けや外壁などを壊す。誰とも交わらずに部屋にこもっていたかと思うと、いきなり激昂《げきこう》して篠原家に怒鳴り込んでくる。明らかに奇行としか思えない行為を繰り返していた。

当然、仕事にも支障が出る。彼はアパートに入居した当初は、市内の事務機器メーカーで働いていた。しかし事件が起きる半年前くらいから体調不良で休みがちになり、当時は休職中だった。同僚の証言が出ていた。

「野口君は、明るくてはきはきした性格で、営業成績もよかったんです。ところがだんだん元気がなくなってきて。どうしたんだって聞いても、自分でもよくわからないと言っていました。とにかく体調が悪いのは確かで、病院にかかったりもしていたけど、原因がわからなかったみたいです。頭痛やめまいがひどくて気分が塞《ふさ》いで、出勤が困難になりました。最後は精神的に病んでいたんだと思います」

大家に促された時点で、引っ越しをするつもりで家を探していたらしいが、そのうちそれも困難になってきた。自分で自分がコントロールできなくなって苛立ち、アパートを早く壊してしまいたい大家と衝突するようになったようだ。休職した豊樹の異常さは、近所でも目についた。篠原家がある窪地には、ぽつんぽつんと他に三軒ほど民家が建っていて、そこの住人が篠原家に押しかけて喚いたり暴力を振るったりしている豊樹を目撃している。それからアパートのすぐ隣には、小さな家内工業的な紡績《ぼうせき》工場があって、そこの経営者や従業員が、部屋で泣いたり叫んだりする豊樹の声を聞いている。

久雄が知人に相談したという証言も得られている。彼は病んでアパートにしがみつく豊樹に初めは同情して、退去時期を延ばしてやったりしていたのだが、とうとう我慢の限界がきたと言っていたらしい。訳の分からない言いがかりをつけてくる豊樹に手を焼いて、何度か警察も呼んだりしていた。だから事件後、警察が豊樹に目をつけたのは当然の成り行きだった。

調べを進めると、当日の昼間豊樹がまたやって来て、篠原家の玄関引き戸のガラスを割ったということもわかった。豊樹の部屋からは、篠原家の床の間にあった置物が見つかった。ヒバの埋もれ木で、自然のままの姿を磨きあげた置物だった。形がネズミに似ていて、ネズミ年の克之が縁起物として大事にしていたという。四日前に訪ねていった知人が、置物が床の間にあるのを見ている。彼は、あれを克之が豊樹にやるとは考えられないと証言した。

篠原家には、他に持ち出された物はなかった。不可解な現場ではあった。克之が握り締めていた封筒に入っていたらしい一万円札が床に散らばっていた。家の中はやや荒らされた様子だったのに、一万円札はそのまま残されていた。礼子が少しだけ持っていた宝石も手付かずだった。一家が殺されたのは、怨恨がらみだというのが、捜査本部の見立てだった。

もし豊樹が犯人なら、なぜ一家を殺した後に埋もれ木の置物を持ち去ったのだろう。憎い大人だけの命を奪い、戦利品としてそれを持ち去ったのか。珍しい埋もれ木ではあるが、そう高価なものではないという。しかもそんなものを部屋に置いておけば、すぐに疑われるだろう。しかし置物を持ち去っただけでは犯人とはいえない。豊樹を犯人と断定するに足る確たる証拠は見つからなかった。

彼の部屋には凶器はなかった。あれだけの人を刺殺したのだ。返り血を浴びているはずだが、血液で汚れた衣服もない。部屋からは、かすかな血液の痕跡も見つからなかった。豊樹は任意で事情を聴かれた。彼は興奮して自分のやったことではないと訴えた。六日にわたって事情聴取は続けられたが、混乱の極みにある豊樹からは、まともな証言が取れなかった。大家一家が殺され、その容疑が自分にかかっているという状況が彼を追い詰めて、ますます精神状態が悪化した。

そして七日目の聴取に豊樹は出て来なかった。捜査員が訪ねていって、部屋で首を吊《つ》っている豊樹を見つけた。それまでの聴取や証拠では、豊樹を犯人とする決め手に欠け、被疑者死亡のまま書類送検することも見送られた。なんとも歯切れの悪い終わり方だ。いや、終わりではない。犯人が確定できていないのだから、捜査本部は解散しても捜査はまだ細々と続いているのかもしれない。だがその後の捜査に関する報道は皆無《かいむ》だった。

現場となった篠原家を写した写真もあった。周囲を緑に囲まれた自然豊かな場所だった。こんなところに住んでいたら、大吾が昆虫小僧になるのも道理だと思えた。ここでの家族と過ごす穏やかな日常は、あの事件で断ち切られたのだ。運命の残酷さを思う。中矢の話からすると、引き取られた叔母夫婦の許での生活も幸せなものではなかったようだ。たった六歳の子がたどった苛酷《かこく》な人生——。僕の乏しい経験では想像もつかない。

検索を続けていると、マイナーな週刊誌が、豊樹の母である野口タカエを直撃して無理やりインタビューした記事を見つけた。タカエは短い言葉で「息子はこんな大それたことをする子ではない。私は息子の潔白を信じている」と語っていた。

そこまで調べて、僕は疲労困憊《こんぱい》した。大吾の身の上に起こったこと、野口タカエとの関係を知った後では、僕が見渡す世界はがらりと変わってしまった。

中矢はなぜ僕にこんなことを告げたのか。知らなければよかった。もう今まで通りに大吾と付き合うことはできそうになかった。手前勝手な刑事を恨みたい気持ちになった。事件の捜査に関わっていた中矢は、まだ事件は解決していないと考えているんだろうか。だけどもう死人は何も語らない。真実は手の届かないところに行ってしまった。世間やマスコミが勝手な推量で結論を紡《つむ》ぎ出し、納得した挙句に忘れ去ってしまった事件は、あの男の中ではまだ終わっていない。どんなに月日が経とうとも、くすぶり続けて痛みを与え、忘れ去ることを許さないのだ。

それが悲しい刑事根性というものか。あんな男につきまとわれたら、大吾もタカエも苦痛で仕方がないだろう。彼らもあの事件を過去に追いやれないでいるのだから。

いつか中矢がリサイクルショップに持ち込まれた物を手にして、「これ、お前の家にもあったろ?」と尋ねたことがあった。

「憶えてないか? 小さかったから」と中矢は続けたのだった。

あれは大吾の一家が殺された時のことを言ったのだ。ようやく理解できた。僕が何のことかと尋ねても、大吾は知らないとしか言わなかった。

ああいうやり取りが時たま交わされるのか。中矢は中矢で探りを入れているということか。

タカエと大吾と中矢——。三人ともが苦しみのたうちながら、真実を求めている。求めても決して得られないとわかっているのに。誰か一人が抜けようとすると、誰かがそれを引き戻す。癒《い》えようとする傷を開かせ、血を流させる。恐怖のスパイラル、地獄のゲームだ。そこにゴールはない。

それが僕の目の前に広がった景色だ。僕は心底震え上がった。こんな複雑で業の深い人間関係の前では、僕はまったく無力だった。

僕は台所に行って冷たい水を一杯飲んだ。時計を見ると、午前二時を過ぎていた。大吾は今頃どうしているだろうかと考える。「月世界」の二階の寝床でたった一人、目を開けているのか。そんな時、倉庫の床にヨサクがいることがせめてもの救いのような気がした。血の通った温かな生き物がいることが。

僕は自室に戻って窓を開けた。暗い空にやけに白い月が貼りついていた。

十一月に、ハル高定時制でも文化祭が催される。その準備が着々と進んでいた。浅見クラスでは、もちろん大吾が中心になっていた。

「カフェをやりましょうよ」

そう提案したのは主婦の檜垣さんだ。女性たちが賛成したので、その方向で話が進んでいた。檜垣さんがシフォンケーキを焼くと言った。その味はプロ並みなんだと味見させてもらった女子が太鼓判を押した。吉竹さんがメイドカフェにしようと言い出した。

「吉竹さんがメイドやったら、もうキャバクラだよ」

大槻が小さな声で呟いた。男子生徒からはまったく意見がなかったので、女性たちのアイデアで計画が立てられた。大吾はうまく意見をまとめていった。浅見先生はにこにこ笑いながらそれを見ていた。吉竹さんはここのところ、深夜徘徊をやめている。真面目に昼間働くようになったし、定時制の授業にも真面目に出ているので、その暇がなくなったらしい。昼間の仕事というのが何か知らないが、服装はやっぱり派手なままだ。

食器や食材、機材の調達、仕事の割り振り、部屋の飾りつけなど、大吾の采配で次々と決まっていった。

「じゃあ、こんなとこでいいな」

黒板の前で大吾が言った。

「あの……」

一人の男子がおずおずと手を挙げた。全員が彼に注目した。授業中、常にうつむいていて、発言もしないおとなしい奴だった。

「お、北川《きたがわ》君、何か意見ある？」

大吾が彼を指して言った。

「カフェのＢＧＭだけど――」

「うん？　そうだなＢＧＭまでは考えてなかったな。北川君、いいアイデアある？」

大吾に気安く話しかけられて、北川はもじもじした。彼は小学生時代に凄まじいいじめに遭って、不登校になったのだと誰かから聞いた。

「音楽じゃないんだけど」

「いいよ。言ってみな」

どうして大吾はこんなに陽気な振りをして生きているんだろう。あれからずっと僕は考えていた。これが彼が導き出したサバイバル術なのか。誰かとすぐにつながるオープンな性格だと見せかけて、本当は自分の中には決して踏み入れさせないバリアを張るのだ。わからない。僕には何もわからなくなってしまった。だからといって、大吾と腹を割って話すことには恐れを抱いていた。だから僕も振りをするしかない。何も気づいていない振り。大吾と今まで通り付き合うにはそれしかなかった。大吾を失うのが怖かったのだ。たとえ仮面をつけた大吾でも。

「鉄道の音を流したらどうだろう。鉄道の録音はたくさん持ってるんだ」

「いいな！」

すぐさま賛成する大吾を、僕は眺めていた。彼の心の扉はものすごく重い。それをこじ開けることはできない。ハル高では、大吾はクラスのリーダー格という役を演じている。

北川はぱっと明るく顔を輝かせた。

「じゃあ、当日はいいのをチョイスして来るよ」

「おう。まかせた」

軽いノリで大吾は答える。

「本格的なシフォンケーキをメイドが運んできて、録《と》り鉄《てつ》のBGMが流れるってどういうカフェだよ」

大槻がまた呟いたが、僕は黙ったままだった。

14

どうしても自分の胸だけに収めておくことができなくて、廣紀さんに相談した。家族に言うことはできないし、他に思いつく人物がいなかった。

それまでに何度か倉本邸を一人で訪ねていた。廣紀さんとの話題は物理学や音響学だけにとどまらず、文学や政治や、また時事問題、アメリカでの生活など、多岐にわたった。彼から教わることはたくさんあったし、廣紀さんも高ぶることなく、僕の引きこもり生活のことや定時制高校のこと、「月世界」でのことを聞きたがった。

廣紀さんとは、よく庭を散策した。でこぼこした傾斜地でも難なく進むキャタピラーのついた電動車椅子に乗って、彼はどこにでも行った。時折僕は、廣紀さんが障がい者だということを忘れた。それほど彼は自然に自分の体のあり様を受け入れていた。

節子さんとビアンカさんは、東京へ歌舞伎を見に出かけていた。お見舞いに寄った寝室で、廣之助氏は穏やかな顔をして寝入っていた。

僕と廣紀さんは、庭を歩いた。

秋が深まり、庭や丘陵地の広葉樹は色づいていた。僕らは書斎の窓の近くに植わったエゴノキが丸い緑の実をつけているのを、下から眺めた。雑木林の中では、木々につる性植物が絡みついて実を生らせていた。ツルウメモドキの赤い実、キヅタは黒い実をつけ、ガマズミの実も熟れていた。エナガやシジュウカラ、ヤマガラが忙しく採餌《さいじ》していた。

クヌギやコナラ、アラカシなどは、夥しい数のどんぐりを地面に落としていた。夏に樹液を吸ったカブト虫は、竜野製材のおが屑の中に卵を産んだだろうかと僕は考えた。じっとりと湿った地面からは、小さなキノコがそっと頭を出していた。林縁には、ツリガネニンジンやホトトギスが地味な花を咲かせていた。草むらからは虫の声が響いていて、僕らが通ると束の間沈黙した。

廣紀さんは、時々電動車椅子を止めて、僕に植物や鳥や虫の名前を教えてくれた。庭やその背後の雑木林を歩き回りながら、僕は大吾の身に起こったこと、野口タカエや中矢との現在の関係を語った。澄んだ秋の空気に満ちた森の中、廣紀さんは黙って耳を傾けてくれた。

「その事件のことはよく知らなかった。僕はアメリカにいたから」

でも生まれ育った春延市で起こった事件なので、ネットニュースで概要は読んでいた。

「あの大吾君がその当事者だったとはね」

「そんなこと、ちっとも感じられなかった。ずっと付き合ってきたのに」

廣紀さんには、素直な心情を打ち明けることができた。知らない方がよかったと言うと、廣紀さんは、それを強く否定した。

「知るということを恐れてはいけない。知るということから物事は動くんだ。君はこれから考え、行動する。そこから何かが生まれる。いいことばかりじゃないかもしれないけど、それを受け止める力も養わなければならない。知るということはそういうことだ。知らないでいたら学べない。前に進めない。成長もない」

知識は人生における最強の武器だ、と廣紀さんは言った。それから考え込んだ。

「その一家殺人事件は完全に解明されたわけじゃないんだね」

「そうです。正確には未だに真相がはっきりしない。だからこそ、あの三人は苦しんでいるんだと思います」

廣紀さんは黙った。コゲラかアカゲラかが、木の幹をドラミングする音がかすかに聞こえてきた。

「どうして野口豊樹は自殺したんだろう」

「世間的には、やはり真犯人だからという理解をされています」

「でも、彼は自白しなかったんだろう？」

「そうです。でも精神的におかしくなってしまってたから、潔白の主張もうまくできなかったみたいです」

「なぜおかしくなったんだろう。ちゃんと仕事にも通ってまともな生活を送ってきた男が、そんなになってしまったのはなぜなんだろう」

「さあ……」

「きっと理由があるはずなんだ」

廣紀さんは、考え込んだまま、車椅子を進めた。僕はその横を歩いた。科学者は「なぜ？」と思うところから考え、仮説を立て、試行を繰り返す。そこから真理を導き出す。僕はあまりに感情に揺さぶられる自分を戒めた。

やがて庭師の入江さんの家の前を通りかかった。入り口は開いていて、土間で入江さんが何かを削っていた。僕らの姿を認めると、驚いて手を止めた。それから慌ててこちらに出てきた。作業着の膝に木屑がたくさんくっついていた。

「いいよ。そのまま続けて。別に用があったわけじゃないんだ」

廣紀さんが押しとどめた。入江さんは恐縮して頭を下げた。でも元の作業に戻ろうとはしなかった。

廣紀さんと入江さんは、アカマツが一本枯れたことを話し合った。庭と雑木林の際に生えていた大木で、樹勢が衰え始めてから、入江さんがいろいろと手を尽くしたけれどだめだったようだ。枯れ木が倒壊すると危ないから、業者に頼んで伐採してもらうようにと、廣紀さんは指示した。

「わかりました。本当に申し訳ありません」

アカマツが枯れたことに、入江さんは責任を感じているようだった。

「入江さんが謝ることはないよ。木が枯れるのは、自然のサイクルの中でのことだ」

廣紀さんは穏やかに笑った。

「伐《き》り倒した木は、暖炉用の薪《まき》にしておきます」

「そうだね。そうしてくれると有難いな」

見たことはないが、屋敷の居間には暖炉があるのだろう。

庭の手入れのことや、冬支度のことで話し合う二人のそばで、また僕は大吾のことを考えていた。僕が彼の身の上を知ったことを伝えるべきだろうか。それを隠したまま付き合うことはよくないことのように思えた。僕にそれを知られたとわかったら、大吾はどう思うだろう。

もし僕らが友だちだとしてのことだけど。そのことにもう自信がなかった。

入江さんの家の土間に薄く陽が差し込んでいた。入江さんが置いたままにしてある端材が、長い影を引いていた。

結局大吾には何も言い出せないまま、文化祭の日がきた。

浅見クラスでは、カフェの運営担当の時間と、他のクラスの出し物を見学する時間と二手に分けた。僕は前半、他のクラスの催し物を見て回った。体育館でロックバンドの演奏があったり、ダンスの発表があったりした。教室では食べ物屋やお化け屋敷や、絵画の展示をしていた。時間がきて、浅見クラスに戻った。

カフェの名前は「枯れ葉荘」という乙女チックなものだった。檜垣さんのシフォンケーキは好評で、前半でほとんど売り切れていた。吉竹さんのメイド姿はまあまあ板についていた。メイドのエプロンは、大槻が縫ったものだ。地下アイドルに入れあげていた頃、彼女たちの衣裳《いしょう》にも興味があったのだと言った。スキンヘッドで鼻ピアスの男がミシンを使っている図は、想像しがたいものがあった。

生き生きしていたのは北川で、彼はずっとカフェで鉄道の音を流していた。彼によると、路線によって線路の響きが全然違うのだそうだ。いじめに遭って学校へ行くのをやめてから、地元や東京の電車に乗って、毎日録り鉄をやっていたらしい。それがずっと彼を支えていた。

僕は大吾と一緒にパーティションで囲われた一角で、飲み物を作る役をやった。メニューはコーヒーと紅茶、それにオレンジジュースとジンジャーエールだけだったから、簡単だった。隣のブースでは、北川が個人的にこだわりのある音を流していた。スピーカーは、パーティションのすぐそばに据えられていた。

机をくっつけてテーブルクロスを掛けたカフェには、まあまあ客が入って来た。全日制の生徒や保護者もやって来た。僕の祖母も、友だちを誘ってちょっと顔を出してくれた。いよいよおしまいに近づいた頃、北川は新しい音源を流した。乗車して録った音ではなく、線路に沿って歩きながら録った音だと言った。

「やっぱ、BGMは音楽の方がよかったよな」

今頃になって、大吾が僕に囁いた。

「うん、まあね」

大吾と話す時は、どうしてもぎこちなくなった。僕の変化に彼が気づいていないか、それが心配だった。僕の隣では、坂田《さかた》さんという小柄な女子が、カップを手際よく洗って片付けにかかっていた。

スピーカーから、電車が近づいてきて遠ざかる音が流れた。車が行き交う音や、通行人の話し声も入っていた。駅のアナウンスの声も聞こえる。それらを聞き流しながら、僕も片付けの手伝いを始めた。大吾は、最後の注文に応えて飲み物を作っていた。カップやソーサーを拭いて、小ぶりのケースに重ねていた時、ふいに踏切の音が響いた。僕の手が止まった。北川は立ち止まって踏切の音を録音したらしく、それは大音響でスピーカーから流れた。遠くから電車が近づいて来る。踏切のカンカンカンという音に電車の轟音《ごうおん》が重なり合う。

だんだん呼吸が速くなってきた。全身から冷や汗が流れる。耳の中で脈動が鳴り響く。その一音一音が僕を打ちすえる。自分でセーブできないほど、浅く早い呼吸を繰り返す。僕の手から落ちたカップが、床で砕け散った。坂田さんが不審げに僕を見た。その顔が歪んで見えた。息ができない。僕はその場に倒れ込んだ。

「おい！　隆太！　どうした」

大吾の声が遠い。踏切の音はまだ響いていた。

気がついたのは、病院のベッドの上だった。僕は救急搬送されたらしい。処置室でのことも憶えていない。ぼんやり目は開けていたらしいが、その記憶はまったくなかった。

ベッドのそばには父と祖母がいた。僕の意識がはっきりしたようなのを確かめて、祖母が「隆ちゃん」と絞り出すような声を出した。父がナースコールを押して、医者と看護師を呼んだ。

「君は過呼吸発作を起こしたんだ」

救急医にそう説明された。そうか、と思った。カフェで不意打ちのように大音響で響き渡った踏切の警報音。あれに過剰反応したのだ。そこまでは冷静に分析できた。こんなことになるとは思っていなかった。幼い頃のトラウマは、もう克服できたと思っていた。街を歩いていたり、電車に乗ったりしている時に踏切の音を聴いても何とも思わなかったから。

僕を簡単に診察して、「もう大丈夫」と医者は言った。「落ち着いたら家に帰っていいですよ」

祖母がおおげさに安堵の息を吐いた。

「浅見先生と同じクラスの重松君が付き添ってくれたのよ」医者と看護師が出ていった後、祖母は言った。「私たちが来たから引き取ってもらったけど、お二人ともすごく心配していたわよ」

どうしてだか、それを聞いた瞬間に鼻の奥がつーんと熱くなった。他人が僕のことを気遣ってくれるという状況に。

忘れたはずの踏切の音が、頭の中で鳴った。黄色と黒に色分けされた踏切棒が何度も何度も僕の前で下りたり上がったりした。電車は何台、目の前を通り過ぎただろう。あの時僕が死んでいれば、浅見先生にも大吾にも会えなかった。こうして心配されることもなかった。その奇縁を思った。

祖母はなぜ僕が過呼吸発作を起こしたのか知りたがり、その原因を問い質したが、父が途中で割って入って、それをやめさせた。父にはわからないはずだ。警報機の音が原因だとは。あの音で家族というものから分断されて、僕の孤独が始まったということは。愛情という名の得体の知れない感情を押し付けられて、僕が窒息寸前になっていたことは。そういうことを一つも理解することなく、父は尊大な親であり続け、僕を自分の枠に押し込めようとした。だけど──。

僕を見る父の顔は、悲し気で弱々しく見えた。

「もういい。帰ろう」

父はただそれだけを言い、僕は素直に頷いた。僕は父と祖母に付き添われて家に帰った。

翌日、学校を休んだ。ハル高に通い始めて初めての欠席だった。浅見先生が電話をかけてきてくれた。それから授業を終えた大吾が見舞いに来た。もう午後十時を過ぎていたけれど、祖母は大喜びで大吾を迎え入れた。

僕が大吾に礼を言うと、大吾は笑った。その笑顔にまた泣き出しそうになった。変わらない親友に。向こうがどう思おうと、僕が親友だと思うのは勝手だろうと素直に思えた。祖母が夕食の残りで用意したキノコの炊き込みご飯と揚げシュウマイとサラダ、それにトン汁を、僕の部屋で掻き込む大吾の横顔を見ている僕は幸せだった。

「踏切の音は苦手なんだ」祖母や父にも言わなかったことを、僕は口にした。「嫌な思い出と結びついているから」

「そうか」

大吾は、それ以上踏み込んでこなかった。だから僕は自分から少しだけ歩み寄った。

「母にまつわる嫌な思い出」

「そうか」

食べ終わった大吾は、熱い緑茶をうまそうに飲み、ふう、と息を吐いた。

「俺にもある」

驚いて見返した僕に大吾は言った。

「俺は蟬の鳴き声」

何と返していいのかわからなかった。

「クマゼミの声は特に。あれはお袋にまつわる嫌な思い出だな」

「そうか」

やっとそれだけを言った。その後大吾は少しだけしゃべって、帰っていった。

「じゃあな、隆太。明日は学校へ来いよ」

大吾の口から初めて家族のことを聞いた。たった六歳までしか一緒にいられなかった家族のことを。そして今、彼は自分の家族を奪っていった男の家族と一緒にいる。中矢は、大吾が憎しみを忘れないためだと分析したが、果たしてそうなのだろうか。そんなふうに自分を痛めつけるような生き方を、大吾は選び取ったのか。

そういうことを訊いてみたいと思ったが、僕にはとてもそんな勇気はなかった。「知る」ということは苦しいことでもある。


昼間、また当てもなく自転車を走らせるということを始めた。冬に向かう街では、街路樹の葉が落ち、ビルの向こうに見える低い山から冷たい風が吹き下ろしてきた。春延駅近くの繁華街は、クリスマスの装飾が施されて華やかだった。

僕は慎重に線路近くを避けていたが、踏切の音を聴いても、今はどうってことないと気がついた。文化祭の時には、きっと体調が悪かったのだろうと思うことにした。精神の不調とそれが重なり合ったのだろうと。風を切って縦横無尽に自転車を走らせながら、いろいろなことを考えた。

野口豊樹は、どうして性格が変わってしまうほど体調を崩したのか。大家である篠原家に何度も押しかけたのはなぜなんだ。彼らの間に何らかのトラブルがあったとして、それが殺人という行為にまで至ったのはなぜなんだ。

物理学では、ある力が物体に作用し、それが動いた時、運動として認識される。たとえば静まり返った空間で、何かのはずみにちょっとした事件が起こると仮定する。木の葉の先から水滴が落下したとか、ほんの小さな羽虫が飛び立ったとか、そういうことだ。この事件は周囲の空気を多少なりとも動かす。動かされた空気は次々に振動のエネルギーを受け渡すので、波のように四方八方に広がっていく。もしこの波が人間の鼓膜に伝わって動かしたとしたら、それが音になる。

そういう話を、廣紀さんから聞いた。

すべてのものごとには理由があるということだ。最初に起こった小さな事件が、大きな結果をもたらすことになるのかもしれない。

野口豊樹の精神に作用したものは何だったのか。そこからどのように波及していき、一家は惨い殺され方をしなければならなかったのか。そして、大吾が一人だけ助かった理由は何だったのか。

わからない。それを解くカギは、もう誰も持っていない。篠原家も豊樹が住んでいたアパートも取り壊されてしまった。検証できるものは失われたのに、精神をつながれた者だけが、亡霊のように寄り添って生活している。重松大吾と、野口タカエと、それから中矢が。

いつの間にか自転車を止め、サドルにまたがったまま僕はぼんやりしていた。

「ねえ！」

耳のそばで大声を出され、跳び上がりそうになった。

「そこで何してんの？」そばに比奈子が立っていた。

「ああ、びっくりした」僕は息を整えた。「何でこんなとこにいるんだ？」

「どこに行こうと私の勝手でしょ？」

比奈子はつんけんと言った。

「あんたこそ、何してんの？　今、顔、完全に死んでたよ」

僕は考え事をしていたんだとしどろもどろに答えた。

「ふうん、考え事ね」

「望さんのところに来たの？」

ようやくそれに思い至った。練馬に住む彼女が春延市に来る理由はそれしかないだろう。比奈子はそうだと答えた。あれから二、三度小泉家に来ているらしい。あれほど猛烈な取っ組み合いの喧嘩をしておきながら、すっかり関係は修復されたようだ。

「望さんのお母さんはどう？」

小泉尚子のことを表すいい言い回しを、僕は思いつかなかった。

「いけすかない女だわ」比奈子は容赦がない。「望と私が仲良くなったと知って、私たちに媚《こ》びを売るの。ああやって父さんも誘惑したんでしょうね」

非常に偏った見解だと思ったが、黙っていた。僕らは並んで歩きだした。奈津江はアルコール依存症専門の外来にかかっているという。そこで酒の味がひどくまずくなる薬を出してもらって服用しているらしい。

「でもまだきっぱりとはアルコールをやめられない。なんせ母さんは、酒がおいしいから飲んでるわけじゃないからね。味なんか関係ないのよ。アルコールに依存するということは根が深いの」

どちらから誘うということもなく、僕らは通りかかった公園の中に入っていってベンチに並んで座った。少し離れたところに自販機があったので、僕はそちらに歩いていった。

「あ、私、あったかい紅茶がいい。砂糖もミルクもなしで」

背中に比奈子の声が飛んできた。きっちりと代金を払おうとする比奈子の手を、僕は押し返した。

「あんたたちは定時制高校に通っているんでしょう?」

紅茶のカップを両手でくるむようにしながら比奈子が尋ねた。そうだと答えると、彼女は定時制高校について質問を始めた。費用はどれくらいかかるのか。入学試験は難しいか。授業の進み方はどうか。どんな生徒が通って来ているのか。

比奈子は中学を卒業後、母親を支えながら、生活のためにアルバイトをする毎日だった。この子も学びたいのだなと思った。ハル高には大吾を始め、様々な理由で学ぶ機会を失った人が多く通って来ている。いじめで不登校になった子、家庭で虐待を受けた子もいる。非行に走って高校を中退した人もいる。一度社会に出て働き、不自由のない生活を送っているのに、どうしても高校卒業の資格が欲しいと学校に戻って来た大人もいる。別の学年には、定年退職後に定時制に入学してきた人もいる。

定時制高校は、そういう人たちを受け入れる。学びたいという意欲があれば、誰でも入れる。浅見先生のように生徒の身になって考えてくれる先生もいる。そういうことを、僕は丁寧に説明した。大吾は一年間、アルバイトをして費用を貯めてから入学してきたのだと説明すると、比奈子は「そうなんだ！」と嬉しそうに声を上げた。自分にも可能性があると思えたようだ。

「あんたは？」

「え？」

「あんたはどうして定時制に入ったの？」

紅茶を大事そうに一口啜って、比奈子は尋ねた。

「ええと……」

僕は視線を宙にさまよわせた。さっきまで自慢気にハル高定時制のことをしゃべっていた自分がばかみたいに見えた。

「僕は中学生の時から引きこもりになっちゃって」

「何で?」

比奈子はずけずけと訊いてくる。

こんなふうに真正面から問われたことはなかった。それとなく投げかけられた質問は適当にかわしていた。なのに比奈子には、ちゃんと話したいという気になった。そしてそんな気になった自分に驚いていた。

比奈子は湯気の立つカップの向こうから、上目遣いに僕を見ている。傲岸不遜《ごうがんふそん》で怖いもの知らずで、気が強い女の子。誰の助けも借りず、母親と二人で生活を切り開いてきた孤高の精神の持ち主。

この子には僕の事情など、取るに足りないものだろう。きっと鼻で笑われて見下されて、「あんたは甘いよ」と言われるに違いない。そうされたら、いっそすっきりするだろうなと思い、また驚いた。

「たいしたことじゃないんだ」

だけど僕の口から出たのは、弱々しい言葉だった。

「ふうん」

比奈子は紅茶をまた啜った。僕は僕に失望した。

「じゃあ、もう行くね」

比奈子はすっくと立ちあがって空になったカップをゴミ箱に捨てた。

「ごちそうさま」

僕ははっとして比奈子を見上げた。

「何？」

「いや、ちゃんとお礼が言えるんだなと思って」

また余計なことを言った。比奈子は朗《ほが》らかに笑った。

「あんた相当失礼な奴だね。人にものをもらったら、お礼くらい言うよ」

自分の言葉を恥じて、僕はうつむいてしまった。

「望が待ってる。今日はあの油絵を額に入れるんだ。落ち着いたら母さんにも見せてあげたいから」

「油絵？」

ぽかんと口を開いた僕を、また比奈子は笑った。

「あんたんとこのリサイクルショップに尚子が売りに行ったでしょう？　父さんが描いた油絵だよ」

「ああ」あんたんとこのリサイクルショップというところに引っ掛かりを覚えたが、僕は頷いた。「あれだろ？　小さい時の望さんと君をお父さんが描いたっていう――」

ふくふくと肥えた三歳の比奈子は無邪気に笑っていた。隣には姉がいて、目の前には絵筆をとっている父親がいたはずだ。父親の後ろには若くて溌剌《はつらつ》としていた奈津江がいたかもしれない。その後、運命によって引き裂かれ、別々の道を歩むようになるのだが、そんなことを知らずにいた頃。継母が売り飛ばしに来た時は、平凡な絵だと思ったけれど、そこにあった物語を知ると、全然変わって見えた。

「完璧な頃の家族の図」

僕の心を読み取ったように比奈子が言った。

「やっぱり私は描かれた時のことは憶えてないんだ」

「しょうがないさ。三歳だったら」

「もうあの頃には、父さんは尚子と出会っていたかもしれないね」

辛辣《しんらつ》な口調で切り捨てる。

「なんか不穏な気配が漂ってるもん、あの絵」

「そうかな？　そんなことないと思うけど」

自分の声が情けない。

「そうだよ」比奈子はポシェットを肩に掛けた。「こないだ望と見ていて気がついたの。どうして父さん、あんなとこで私たちを描いたのかなあ」

最後は独り言のように呟く。

「あの絵の背景に描かれた家があるでしょ？　あそこであの後事件が起こるんだよ」

冷たいものがすうっと背中を滑っていった。

「あんた、知ってる？　十一年前に起こった一家殺人事件。あれの現場になった家が描かれてるんだよ。望によると、もう取り壊されてなくなっちゃってるらしいけど」

葉をすっかり落とした桜の木の梢の間を、強い風が吹き抜けた。風は僕らの前を通り過ぎ、誰も乗らないブランコをかすかに揺らした。

錆《さ》びたブランコがギイと鳴った。

15

廣紀さんのキャタピラー付き電動車椅子は力強く坂道を上っていく。後からついていくのに苦労した。ビアンカさんは平気な顔をしているが、僕は肩で息をした。

片岡町のはずれ。近くの高台にこんもりした森が見える。あれが芹が丘公園の「こどもの森」だろう。十四年前、あそこで娘たちの絵を描いていた幸せな家族があったのだ。

「こどもの森」から見下ろされる形のこちらも緩い上り坂だ。坂の下には、廣紀さんの車が停まっていた。彼は、腕だけで操作できる特別仕様の車を器用に運転するのだ。

坂の上には工場の建物だけが建っている。そのそばで廣紀さんは車椅子を止めた。

「気持ち、いいですねえ」

ビアンカさんが周囲を見渡して深呼吸をした。倉本家所有の丘陵地とは、また違った様相だ。丘陵地が武蔵野《むさしの》台地の面影を宿しているとしたら、こっちは外秩父《そとちちぶ》山地の一部のように見える。

工場はとうに操業をやめているので、屋根も壁も傷《いた》んでいる。かつて野口豊樹が住んでいたアパートは取り壊されて空き地になっていた。雑草がはびこる空き地の端まで行くと、窪地に家屋が三軒だけ建っているのが見えた。篠原家があった跡地は、建設会社の資材置き場になっていた。雨に打たれた廃材や錆びたパイプが乱雑に置かれているのを、僕は複雑な気持ちで見下ろした。

振り返ると廣紀さんが車椅子に乗ったまま、写真と工場を見比べていた。僕は廣紀さんとビアンカさんがいるところまで戻った。廣紀さんが手にしている写真は、僕が比奈子に頼んで写メを送ってもらったものだ。父親が姉妹を描いた油絵だ。正確には、その背景にあったアパートと工場と窪地の家の部分を拡大したものだ。

工場のそばからは窪地は見えないが、「こどもの森」から見下ろせば、ちょうどすべてが視野に入るはずだ。廣紀さんは、ためつすがめつ空き地と工場の位置を見ている。時折写真にも視線を落とす。僕は黙ってその様子を見ていた。

「この工場は紡績工場だったんだってね」

「そうらしいです」

「事件当時はまだ操業していたんだろ？」

「ええ」

廣紀さんも僕の話を聞いてから自分で調べたから、これは僕を相手に確認をしているだけだろう。

「ほら、これを見てごらん」

廣紀さんは、油絵からトリミングした写真を僕の目の前にかざした。紡績工場と背中合わせに古いアパートが建っている。犯人と思《おぼ》しき人物が首を吊った不吉なアパートは、事件後ただちに解体されたとネットに出ていた。

「絵には、この側面に窓は描かれていない。なのに実際は窓がある」

廣紀さんが指さしたのは、工場にある一つきりの窓だ。それはアパートに面した側にあった。絵の中のアパートは二階建てで、外階段で上がり下りするようになっている。

比奈子が母親と住む安普請《やすぶしん》のアパートに似ていた。

「工場のこの壁と向かい合っている部屋があるね」

「そうですね」

「ここが野口さんの部屋だったんじゃないかな」

僕は首をひねった。そこまではわからない。

「ちょっと工場の中を見てみよう」

廣紀さんは車椅子を動かして、工場の窓に近づいた。窓は汚れていたが、かろうじて中が見えた。がらんとしていて何もない。埃っぽい床が広がっているだけだ。紡績の機械は廃業した時に運び出されたようだ。廣紀さんは、ビアンカさんに頼んで工場の中の写真を撮ってもらった。二人は工場や空き地をぐるぐる回りながら、あちこちの写真を撮った。窪地の建物の写真も撮った。僕はぼんやりとそんな二人を見ていた。

一週間前、僕は廣紀さんに電話をかけた。

偶然にも大吾の家や犯人のアパートが比奈子の父親によって写しとられていたことを、廣紀さんに話したかったのだ。どうしても彼に聞いてもらいたかった。大吾のことを相談できるのは、廣紀さんしかいなかった。

比奈子が送ってくれた画像をパソコンに取り込んで、問題の背景の部分を拡大した。それを携えて廣紀さんを訪ねたのは三日前だ。

「君から話を聞いてから気になってちょっと調べてみたんだ」

廣紀さんにそう言われて、僕は嬉しかった。高校生の言うことを聞き流さずに、きちんと受け止めてくれたんだと思った。

「殺人事件のことはよくわからない。それは警察の仕事だからね」

廣紀さんは丸い眼鏡をはずしてゆっくり拭いながら言った。

「僕が注目したのは、野口豊樹がどうして体調を崩したかってことだ。温厚で明朗な性格だった彼が、だんだん塞いでうつ状態になってきて、退去を促す大家に腹を立てるようになった。まるで人格が変わってしまったようだ」

そこが果たして重要なことなのだろうか。精神的に追い込まれた豊樹が、追い出そうとする大家を逆恨《さかうら》みして犯行に及んだのではないか。そんなことで大家一家を殺してしまうなんて理不尽極まりない。体調が悪かろうと、精神的な問題を抱えていようとそんなことは関係ない。

それでも廣紀さんの言葉に、僕は耳を傾けずにいられなかった。客観的にものを観察し、考察する科学者の意見は、僕を虜《とりこ》にする。物理学に必要なのは、想像力と感性だということを、彼は僕の前で示してくれる。廣紀さんは、僕が持ってきた写真を食い入るように見つめた。挙句、現地に行ってみたいと言い出したのだ。

いったいこの地で廣紀さんは何をしようというのだろう。軽々と草地を走る電動車椅子と、その後をついていくビアンカさんを目で追いながら僕は考えた。しばらくその辺を走り回った後に廣紀さんは僕のところに戻ってきた。

「君、当時事件の捜査に関わっていたっていう刑事を知っていると言ったね」

「ええ」

「その人を紹介してもらえないかな」

軽い調子でそう言われたが、それがどういう意味を含んでいるのか僕にはよくわかった。

「わかりました」

答えながらぐっと唾を呑み込み、腹に力を入れた。

廣紀さんは何かを見つけたのだ。


大吾に黙って彼の家族の事件のことを調べるのは、うしろめたかった。大吾はまだ僕が事件のことなんか全然知らないと思っているのだから。

僕は廣紀さんと中矢をつないだ。廣紀さんは中矢と直接電話で話して、会うまでに調べて欲しいことを伝えたようだ。その内容を何も知らされないで、僕は中矢と連れ立って国立市にある音響学研究所を訪ねた。中矢の運転する車の助手席に乗るのは、本当に居心地が悪かった。タカエのミニバンに負けず劣らず中矢の車がオンボロ車であること、むっつりした刑事と会話が弾まないことが原因なのではない。いや、それも多少はあるが、第一は大吾に何も話さずに、彼の個人的な領域に踏み込んでいるせいだ。

徳瑩《とくえい》大学付属音響学研究所は、国立市内の学園都市エリアにあった。ゆとりのある敷地内は計画的に植栽がなされ、周辺に高いビルや賑やかな商業施設がないせいで落ち着いた雰囲気だった。守衛室で名前を言い、来所者のナンバーが打たれた身分証を首から下げて、僕らは廣紀さんの研究室まで歩いていった。

初対面の廣紀さんと中矢は挨拶を交わした。清潔で整えられた研究室だった。座るよう勧められた背もたれ付きのチェアは、人間工学に沿って作られたものか、座り心地は抜群だった。

「こんなところまで出向いていただいて、すみませんでした」

廣紀さんは言った。中矢はやや緊張しているようだった。

「で、私がお願いした資料はありましたか？」

「何とか」

言葉少なに言って、中矢はよれよれのブリーフケースから大判の封筒を取り出した。

「亀井《かめい》紡績は、九年前に廃業しています」

ガサガサと書類を取り出しながら中矢が言った。僕には何も知らされていなかったが、廣紀さんがあの紡績工場にこだわっているのには気がついていた。

「経営者だった亀井利信《としのぶ》さんは、春延市内に住んでおられます。八十を超えていますが、まだしっかりした方で、この資料もお借りできたわけで――」

中矢がデスクの上に取り出したのは、紡績工場の中の紡績機械の配置図、それに工場の内外を写した古い写真だった。

「亀井さんは話し好きな人で、いろいろと話を聞けました。昔から武蔵野台地では養蚕《ようさん》が盛んで、手作業で糸を紡ぐということをしていた。それで紡績業も発達したようでした。亀井紡績みたいに小規模な工場は、かつてはたくさんあったようです」

デスクの上に広げられた配置図には、混綿《こんめん》機だの梳綿《そめん》機、練条《れんじょう》機、粗紡《そぼう》機、精紡《せいぼう》機などという機械の名前が並んでいた。廣紀さんも熱心に見入っている。精紡機を赤ペンで丸く囲む。それから写真も手に取って配置図に当ててみたりした。写真で見る精紡機には、たくさんの糸巻きのようなものが並んでいた。

「精紡機は、ここまでで出来上がった繊維束に撚《よ》りをかけて糸の形にする機械だ。紡績の最終段階だね」

廣紀さんが教えてくれた。並んでいるのは、糸を巻き取る紡錘《ぼうすい》で、工場ではボビンと呼ばれている。操業中は、高速回転して糸を巻き取っているのだそうだ。紡績工場の生産能力は、精紡機の錘数によって表現される。大規模な工場では錘数が膨大なものになるのだと、中矢も亀井さんから聞いていた。だが亀井紡績は小さな工場なので、たいした数ではないらしい。

「なんとか操業を続けてきたけれど、海外に工場を移して安い製品を作らせる紡績業者も増えたし、機械も古くなって調子が悪くなるし、自分も高齢になったしで、とうとう工場を閉めてしまったという話です」

「精紡機は壁際に置かれていますね?」廣紀さんは写真と見比べながら尋ねた。「で、壁には細長い窓がある」

ガサガサと積み重なった写真を掻き混ぜて、目当てのものを取り出した。

「配置図と写真を見ると、アパート側の壁に接して精紡機が置かれていた——」

「確かに」

「でもほら、これを見てください」色がやや褪せた写真を中矢に示す。「この外から撮った写真には窓がない」

アパートの裏側と、工場の壁との間を写した写真があった。さっき精紡機を写した写真に写り込んだ壁には窓があったのに、外から写した写真にはのっぺりした灰色の壁があるきりだ。十四年前に描かれた油絵にも窓はなかった。そこに廣紀さんは引っ掛かりを覚えたのだ。

「おかしいな。ちょっと訊いてみます」

中矢はポケットから携帯電話を取り出して亀井さんにかけた。会話はすぐに終わった。

「わかりました。あの窓は後から空けたものだそうです。亀井さんの記憶では十二年とちょっと前だそうです。工場に熱気がこもるので、風を通す意味でそうしたらしいです」

「なるほど」

僕は頭の中で素早く計算した。野口豊樹が事件を起こす一年ほど前だ。それが何か関係あるのだろうか。工場の壁に小さな窓を設けたことが？

「工場の様子はよくわかりました。では次に移りましょう」

廣紀さんはてきぱきと話を進めていく。彼の頭の中にはある仮定がすでに形作られているようだ。中矢を使ってそれを証明するのだろうか。中矢は投げかけられた質問に答えるのみだ。

「アパートの元住人からの話はどうでした？」

「もう一回、当時の事情聴取の記録を見たり、それでも足りないものは会いに行って話を聞きました」

「で？　私が頼んだことを訊いてくれました？」

「ええ」

暖房が効き過ぎているわけでもないのに、中矢はハンカチを出して汗を拭った。

「あのアパートは一階に四室、二階に四室、計八室がありました。単身者用ですが、古いし交通の便も悪いので、全室は埋まっていませんでした。退去を求められたのは、野口以外三人だったという話でした。彼らはすぐに出ていったそうです」

「当時、その方たちにも話を聞いたんですね？」

「はい。彼らはなんというか――出ていきたがっていたという印象でした。なぜかというと、もうその頃から野口の様子がおかしくなっていて、仕事に行かず、部屋の中でうんうん呻いたり奇声を発したり。そういうので気味が悪かったんでしょう。大家の篠原さんとも揉《も》めてましたしね」

中矢がまたハンカチで額を拭った。何か気になることがあるが、それを言い出しかねているといった感じだ。

「今回、そのうちの一人にまた会いに行ったんです。真っ先にアパートを出ていった人です」

彼は中矢に言ったそうだ。大家さんから退去の依頼があった時はほっとしたのだと。気味が悪かったというのは、野口の態度だけではなかった。

「自分の部屋にいると、ものがカタカタ揺れるんだそうです。棚の上の物が落ちたり。まるでポ、ポルタ――」

「ポルターガイスト？」

廣紀さんが助け舟を出した。

「そう。それです。まったくばかばかしいでしょ？　ポルターガイストって、家に居ついた霊がいたずらして物を動かしたりするあれでしょ？」

当時はそんなことを口にするのが憚られたので、警察には黙っていたとその元住人は言ったそうだ。年月が経って気持ちの整理がつき、笑い話の一つくらいの気持ちで訪ねて来た刑事に語ったのかもしれない。話がとんでもない方向にいくので、僕は困惑した。中矢も同じような顔をしていた。

「じゃあ、次に行きましょう」

完全に主導権を握った廣紀さんが先に進める。

「野口豊樹の様子です。電話で話した時、彼は病院にかかっていたと言われましたよね」

豊樹は、体調不良を訴えて病院に行った。まだ仕事ができていた時のことだ。中矢が医者から聞いたところによると主な病状は頭痛、めまい、眠れないというものだった。投薬で様子を見ても改善せず、詳しい検査をしてもらっても異常はなかった。

「それで精神的な不調だと考えられ、心療内科とか精神科を受診するよう勧められたようです」

妥当なアドバイスだ。仕事か何かで問題を抱えたか、個人的な悩みがあったか、ストレスか、そんなところだろう。鬱々《うつうつ》として仕事も休みがちになった時に部屋を出ていくように言われて、怒りや焦りを篠原さんに向けてしまったのか。僕の考えをなぞるようなことを、中矢も言った。

「大家の篠原さんとトラブルを起こすようになったのも、その頃です。病状が悪化して、耳鳴りや胸の圧迫感を訴え、そのうちあるはずのない物音を聞くようになり、大家が自分を追い出そうとしている、悪口を言いふらしているという妄想を持つに至りました」

　その間、数回、埼玉県蕨市に住んでいた野口タカエが息子の様子を見に来たそうだ。だが、母親には大丈夫だと言い、極力自分を抑えていたので、タカエは安心して戻っていったらしい。当時、夫の具合が悪かったので、あまり気遣ってやれなかったことを、事後にタカエは苦にしたそうだ。

「なるほど」

　また廣紀さんは言った。それからデスクに広げた工場の配置図と、写真に写った工場とアパートをじっくり見返した。

「野口豊樹が住んでいた部屋はここですね？」

　中矢と僕は、身を乗り出して図面を見た。廣紀さんが指さしているのは、精紡機が接した壁のすぐ向かいにある部屋だった。僕は横目で中矢を窺った。彼は目をいっぱいに見開いて、廣紀さんの指先を見詰めていた。

「――そうです」

　絞り出すように中矢が答えた。僕には何が何だかわからなかった。廣紀さんはにっこりと笑った。

「野口豊樹が体調を崩した要因がわかりました」

　中矢は見開いたままの目を上げて、目の前の物理学者を見た。

「だから、野口がなぜ体調を崩し、精神的に追い込まれたのか、わかったと申し上げたのです」

「何です？」

中矢は、今度は口を半開きにした。後から考えると絵に描いたようなバカ面だと思えたが、あの時、僕もおなじような顔をしていたに違いない。廣紀さんは静かに説明を始めた。

「彼の体と精神に作用したのは、この――」また廣紀さんの指が動く。「精紡機です」

中矢の半開きの口から、「は？」という呻きが漏れた。

「正確に言うと、精紡機から来る空気振動です。ここにずらっと並んだ紡錘は、高速で回転する。たぶんその空気振動が低周波音《ていしゅうはおん》を生んだんだ」

「低周波音――」

僕ら二人は、廣紀さんの言葉をなぞった。

廣紀さんは、丁寧に低周波音について説明してくれた。人間に聴こえる音の高さは約二〇から二〇〇〇〇ヘルツである。そのうち人間に聴こえないほど低い音を超低周波と言い、高い音を超音波と言う。低周波音と呼ばれるのは、一〇〇ヘルツ以下の音である。

低周波音は、よっぽど意識して聴かないと音と認識されない。たとえばゾウは人間に聴こえないくらい低い声で会話しているし、クジラは海の中で低い声で歌っている。パイプオルガンや大太鼓の低い音は、ほとんど空気振動としか認識できない。

「聴こえないからといって、ないものとして生活することはできない」

廣紀さんは言った。なぜなら低周波音は、時に人体に多大な影響をもたらすからだ。

「騒音問題があるだろ？　これは一般には大きな音が迷惑になると考えられているが、そうではない」

　僕は廣紀さんの言葉に夢中で耳を傾けた。廣紀さんも、ほとんど僕に向かって語りかけているようだ。知識に飢えた少年に向けて。

「これは『低周波音問題』というれっきとした環境問題だ。これが認識されたのは昭和四十年頃で、本格的に調査や研究が行われるようになったのはここ三十年ほどのことだ」

　高度経済成長期には、低周波音は公害問題の一つとして位置付けられていた。発生源は主に工場だった。ディーゼルエンジン発電機、大型送風機、コンプレッサー、真空ポンプ、振動ふるい、振動コンベアなどだ。しかし低周波音というものは、まだ広く周知されていなかった。工場の周辺で原因不明の不定愁訴《ふていしゅうそ》が起きたが、「音なし騒音公害」と報道されただけだった。

「要するに工場で振動を起こす機械が空気を震わせて、低周波音を生むんだ」

研究が進むと、低周波音は自然界でも起こっているとわかってきた。火山の噴火、地震、雷、滝、台風、川の流れや海の波によってもこれは発生する。川の流れの中にはダムの放流も含まれていた。面白いことに、自然現象で起こる低周波音は、苦情発生にはつながらないという。人間は人工的原因に基づくものに、より不快感を覚える傾向があるそうだ。

「つまり人体に及ぼす影響は、心理的、生理的なものが多分にあるということだ。個人的な差もある。低周波症候群という病名もできたが、これは人体の振動感覚なんかも関係していると考えられている。野口豊樹は、特に低周波音に敏感な体質だったのかもしれない」

しかも彼の部屋に隣接する工場の壁に、後から窓が空けられた。その頃から彼は不調を訴えるようになったのだ。

「回転する紡錘が低周波音を?」

中矢が恐る恐るというように尋ねた。

「そうです。こういう事例は過去にもありました」

紡績工場の近隣住民からの訴えで、廣紀さんたちが低周波音測定装置で計ったら、精紡機が低周波音を発していることがわかったと説明してくれた。今ではガイドラインが設けられ、コンプレッサーなどの発生源を、隣接民家の寝室や窓、床下通風孔などの音の侵入口から離すよう指導がなされているという。

「だけど、住宅地から離れた古い工場と古いアパートには、そうした配慮がなされなかった。工場の経営者もそういうことには疎かったんだろう。だからうかつに壁に窓を空けてしまった。そこに野口豊樹の住む部屋の窓が向かい合っていたというわけだ」

廣紀さんは、元の住民が証言したポルターガイスト現象がその証拠だと言った。発生源から伝播した低周波音は、窓や家の中の物を振動させてガタガタという二次音を発生させたり、振動によって物を動かしたりする。低周波音はほとんど音として認識されないから、そういった現象を見た者は、不気味さや怖さを感じるというわけだ。豊樹が訴えていた「あるはずのない物音」は、敏感な彼が聴いた実際にあった物音だった。

超低周波音は、鼓膜を通じて内耳の有毛細胞《ゆうもうさいぼう》を振動させる。それによって有毛細胞は興奮し、その信号を脳に送る。それが豊樹の聴いた音だ。何も聴こえてないのに脳は信号を受け取り、身体にきわめて有害な影響を及ぼした。

程度の差こそあれ、他の入居者も圧迫感や不快感を覚えていたのかもしれない。だからあのアパートに居座ろうとはせず、さっさと引き払って出ていったのだろうというのが廣紀さんの見解だった。低周波音の影響を一番受けていた豊樹は、もはや家移りをする気力もなく、ただただ病んでいった。

時にパニックを起こし、自分をコントロールできなくなる。大家の家に押しかけるという行為は、それが原因だったのではないか。尋常ではない行動を起こす例として、廣紀さんは、一九五九年にソ連のウラル山脈で、ある登山チームに起こった不可解な遭難事件のことを語った。零下三十度を下回る厳寒の夜に、テントから防寒着も登山靴も着けないで飛び出した若い男女が、雪の中を四方八方に向かって駆けていき、低体温症や崖からの転落などで命を落としたというものだった。

ベテランの登山家だった彼らが犯した致命的で異常な行為は、当時、原因をいろいろと取り沙汰されたものの未解決で終わっていた。それが近年、山岳で起こった低周波音によるパニックと恐怖によるものではないかと推測が立てられた。彼らがテントを張った場所は、左右対称のドーム型の山から吹き下ろす風が超低周波音を生み出して、駆け下ってくる場所だった。

風の渦が生み出す超低周波音にまともに襲われたテントの中で、彼らは呼吸困難を起こし、耐えがたい恐怖を味わう。パニックに陥った彼らは理性的な判断を失い、厳寒の野外に逃げ出して、命を落とした。それと同じことが豊樹の身にも起こったのではないか。低周波音への長期的曝露《ばくろ》が、自殺につながることもあるという。

科学的根拠に基づく見事な解説だった。僕はすっかり魅了されて言葉もなかった。物理学は、紙の上で計算するだけの学問じゃないとはっきりわかった。廣紀さんが言ったように、想像力と感性を重視するきわめて人間的な学問だ。それから、その知見を駆使して問題を解決する方法も目の当たりにしたと思った。

「まあ――だけど――」

廣紀さんは、くるりと車椅子を回してデスクから離れ、僕らに向き合った。

「野口豊樹の奇行の原因がわかっただけだ。繊細な彼が低周波音に長期的にさらされて、肉体的にも精神的にも問題を抱えていたということが。でもその先はわからない。もしかしたら、それが引き金になって病的な敵愾心《てきがいしん》や憎しみを募らせ、しつこく接触してくる大家を攻撃しようとしたのかもしれない。『大家が自分の悪口を言っている』というのは、精神に病を抱えた人の典型的な訴えのように見えるから。彼が犯人だという疑惑が晴れたわけじゃない。しかも本人は死んでしまって原因をこれ以上追及することは不可能だ」

その通りだ。だが豊樹が犯人でないなら、篠原家の床の間にあった置物が彼の部屋にあったのはなぜなんだろう。篠原家の中に、豊樹を入れることは決してなかったと近隣住民や知人は証言している。彼が家の奥まで足を踏み入れたとしたら、一家を襲った晩しか考えられない。パニック状態のまま凶器を振るい、自分でもよくわからないまま、埋もれ木でできたネズミの置物を持ち去った――？

中矢が大きく息を吐いたのがわかった。きっとあの当時、誰もが低周波音のことなどには思いが至らなかっただろう。豊樹から聴取する過程で、あるいは彼が自殺した後、精神科の医師に意見を聞いたかもしれないが、医学の専門家だってそれには気づかなかった。

紡績工場の機械が彼を狂わせていたなんて。この事実を聞いたらタカエはどう思うだろう。「息子はこんな大それたことをする子ではない。私は息子の潔白を信じている」と言った母親は。廣紀さんの見解に救われるだろうか。だけどもう息子は死んでしまってこの世にいない。さらに苦しみが増すだけではないのか。

あのにこりともしない老婆の顔を思い出した。淡々と仕事を請け負い、感情を表に出すことなく日々を送っているタカエ。それから僕ははっとした。「何でも売ります。買います。よろず相談承ります」の文言。たいして価値のないものも安値だけど買い取り、売れそうもないものを倉庫の棚に並べる。そして無理難題のように見える相談にも応じる。あれはタカエが決意した生き方だったのではないか。

助けてやれなかった息子への思いが、彼が死んだこの街でリサイクルショップ兼便利屋を営む理由ではないのか。

僕には、その推察をあの社長にぶつける勇気はない。彼女は決して誰にも自分の心情を見せないとわかっている。中矢は、野口タカエが大吾を見張っているのだと言ったが、本当にそうだろうか。そんな打算で、あの人は大吾を雇ったのだろうか。

僕にはわからない。科学が切り込む真実は、人の心までは解明できない。

音響学研究所からの帰り道、中矢はむっつりと黙り込んだ。僕も大吾やタカエのことを考えていたから、彼の沈黙もそれほど気にならなかった。今日知り得たことを大吾に伝えるべきだろうか。タカエと同じように、こんなことで彼が救えるとは思えなかったが、僕がこういうことに首を突っ込んでいる、いや、彼の身の上を知ってしまったということだけでも伝えるべきではないか。

このままでは終わりたくなかった。僕は知りたかった。この先にあるものを。野口豊樹に何が起こったのか。大吾の家族はなぜ命を奪われなければならなかったのか。タカエの息子は恐ろしい殺人鬼なのか。それとも低周波音の影響により精神の均衡を失って、己の意思とは関係なく大家の家族を手に掛けた、ある意味犠牲者なのか。

大吾やタカエにとって辛い事実が浮上するとしても、真実は厳然としてそこにある。それならそれを知りたかった。

——知るということを恐れてはいけない。

廣紀さんの言葉が頭の中で響いていた。

中矢は春延市に入ってすぐに見つけたファミレスの駐車場に車を入れた。僕にレストランの中に先に入っておくように命じて、自分はどこかに電話をかけた。廣紀さんの前では慇懃《いんぎん》に振る舞っていた刑事は、元の横柄な態度を取り戻していた。

午後四時半のファミレスの中は、客はまばらだった。十分ほどしてやって来た中矢は、水のコップだけが置かれたテーブルに座った。

注文を取りに来たウェイトレスにコーラを頼むと、中矢は不機嫌な声を出した。

「何か食えよ」

「いいですよ。腹、減ってないし」

「いいから食えよ」

こんなところで押し問答をするのが嫌で、僕はカレーを注文した。ハル高定時制の給食のおかげで、他人と食事をすることが苦にならなくなっていた。人には食べ物を注文させておいて、中矢はホットコーヒーを注文した。

「亀井さんに電話した」

「そうですか」

「あの当時、製品を納期に間に合わせるため、または調子の悪い機械類を調整するために、夜間も操業することがあったそうだ」

「そうですか」

ほんの数分で出てきたカレーをスプーンで混ぜながら、僕は答えた。まったく食欲はなかった。それでも中矢の手前、何とかカレーを口に運んだ。そんな僕を黙って見ながら、中矢はブラックコーヒーを飲んだ。

「お前、どう思う？」

「あの先生の言うことは正しい。亀井さんには本当のことは伝えてないが、詳しい事情を聞くと何もかもが合致する。低周波音が野口豊樹をおかしくしたのは事実だろう」

僕はカレーを半分だけ食べてスプーンを置いた。味はよくわからなかった。中矢は、僕が残したカレーの皿をじろりと見やった。

「え？」

「で、お前はどう思う？」

廣紀さんを真似て「ここから先は警察の仕事だ」と言おうかと思ったが、なぜか躊躇した。中矢は腕組みをして黙り込んでいる。特に僕の意見を聞きたいとは思っていないようだ。次の言葉を僕は待った。

中矢は尻ポケットから携帯電話を取り出した。僕の前に写真の画面を突き出してくる。テーブル越しに、僕はそれを見た。竜野さんが売りに来た小さな金色の仏像が写っていた。タカエがアクリル絵の具を塗ったものだと見破った仏像。「月世界」で中矢が買っていった仏像だ。中矢はあの時、大吾に「これ、お前の家にもあったろ？」と言ったのだ。

「篠原家の殺人事件の捜査で――」中矢はおもむろに口を開いた。「この仏像を持って、春延市内の個人宅を訪ね歩いた男の存在が浮上した。目的は宗教の勧誘だったという話だ」

竜野さんは、これをもらったと言っていた。金箔を貼ったものだと偽られたと。そんな御託《ごたく》を並べて押し付けみたいにまがい物を置いて帰る宗教家なんて、ろくなもんじゃない。

「だがな、どうやらそれは口実で、個人宅の様子を窺う窃盗犯の類じゃないかと捜査本部は睨んだ」

中矢はウェイトレスを呼んで、水をおかわりした。

「窃盗犯……」

「そうだ。この仏像をもらった家が、後日窃盗の被害に遭ったという案件がいくつかあった。昼間留守をしている間だとか、夜間、寝静まった間に侵入されている。一応坊主らしき風体をしていた男は、仏像を取り出す時、うやうやしく白手袋をして扱ったというんだ。もらった人は、それで金箔を貼ったという言い分を信じた。だが、それは指紋を残さないための細工かもしれん」

当時、男の似顔絵も証言から作成されたのだと中矢は続けた。

「まったくの的外れかもわからん。とにかくあの時は、怪しい奴は何でも当たって潰すということをしていたからな。篠原家に同じものがあったということで、そいつの行方も探された」中矢はぐびりと水をあおった。喉ぼとけが上下した。「だけど見つからなかった」

何と答えていいのかわからなかった。目の前の刑事が、あの殺人事件に未だに執着しているのだけはよくわかった。彼の中ではまだあの事件は終わっていないのだ。大吾とタカエがそうであるように。

「市内のあちこちに出没していたようだから、すぐに尻尾がつかめると思った。だがだめだった。そいつは消えてしまったんだ。煙みたいに」

僕はその写真をもう一回じっくりと見た。どこかで見たことがある気がしたが、思い出せなかった。たいして繊細に彫ってあるわけではない。木目は粗く、目鼻も曖昧だ。ただ仏様が胡坐《あぐら》を組んで座っているとしか窺えない。仏像によく見られる結跏趺坐《けっかふざ》という座り方だ。胡坐の下に蓮華《れんげ》座もない。一見して素人が彫ったものだとわかる。

こんなものを持って家を回っていた男は、泥棒だったのだろうか。もし当時、警察の捜査網に引っ掛かって取り調べを受け、容疑が晴れていたら、中矢はそれほどこだわらなかったろう。怪しい事例は他にもあったかもしれない。中矢は逃がしたたくさんの魚を追い求めているのだ。

16

廣紀さんが、紡績工場と野口豊樹の精神的異変の関係を解き明かしたことで、何かが動き出す気がした。知らないでいたら学べない。前に進めない。成長もない。

中矢もう一回、あの事件に向き合おうとしている。金色に塗られた仏像を配って歩いた男のことを思い出したのは、その表れだろう。

だから――だから僕も決心した。大吾に僕が知り得たことを打ち明けようと。彼の家族にまつわる悲惨な事件のことを中矢から聞かされたことを告げよう。その上で、なぜタカエが経営するリサイクルショップに雇われているのかも問い質そう。中矢が未だに事件解決への意欲に燃えていることも告げよう。

ここまで来たら、もう知らん顔なんかできない。大吾が怒り狂い、あるいは失望し、僕から離れていっても仕方がない。僕は親友の前で真摯でありたかった。

僕は大吾を竜野製材の裏の丘陵地に誘った。

冬の雑木林は、木々の葉が落ちたせいで見通しがよかった。小鳥たちは群れて採餌をしていた。いつものメンバー、シジュウカラ、エナガ、ヤマガラに加えて冬鳥であるジョウビタキやツグミが見られた。小鳥たちは枝から枝へ飛び移りながらさえずっていた。ひょっとしたら小西さんがいるかと思ったが、出会わなかった。

「お、カマキリの卵嚢《らんのう》じゃん」

昆虫小僧は、蛾《が》の繭《まゆ》やミノムシも目ざとく見つけた。彼は僕を置いて、先に歩を進める。

「あのさ、大吾――」

「何だよ」

大吾は振り返らずに、背中で答えた。

「お前、何で『月世界』で働いてんの？」

「だからさ、言っただろ？　住み込みで働けるとこがいいんだって。部屋代、払えないもん」

「社長は、お前の家族を殺したかもしれない男の母親なんだろ？」

そこまで一気に言った。背中を向けた大吾の表情は窺い知れない。さっきと変わらず木の枝に手を伸ばしたり、倒木の下を覗いたりしながら先に進む。

「中矢から聞いた。あいつは事件の捜査をしていたんだろ？」

モズがけたたましい鳴き声を上げた。大吾は地面に張りつくように葉を広げたタンポポを慎重に避けた。

「お、カメノコテントウ！　これ、なかなか見つからないんだ。すげえ」

大吾は赤いテントウムシを手の甲に載せて振り返った。艶のある大きなテントウムシだ。赤い地に黒い筋の入った模様が、亀の甲羅《こうら》のように見える。テントウムシは、大吾の手の甲を這って指先まで行き、美しい羽を広げて飛び去った。僕らは木々の間を飛んでいくカメノコテントウをじっと見つめて立っていた。

テントウムシが見えなくなると、僕らは細いくねくねした道を並んで歩いた。

「悪い人じゃないんだ。叔母さん夫婦は」特に感情を込めずに大吾は語り始めた。「叔父さんは、俺が相続するはずだった親の遺産を使い果たしたけど、それはおかしな詐欺に引っ掛かったからで、それもそもそもは俺の将来のために増やしておこうとしたせいだ」

中学を卒業して春延市に戻って来たのは、自分の力で生きていこうと決心したからだと大吾は言った。働き口を探していた時、「月世界」のことを知った。アルバイトを募集していた。タカエが豊樹の母親だと、すぐに気がついた。そこでアルバイトに応募した。野口タカエはすぐに雇ってくれた。住む場所も提供してくれた。

「じゃあ、社長はお前のこと、知らないのか？」

「まさか。知ってるよ。バイトに応募した時、しゃべったからな。春延市に戻ってきた理由を」

「なんて？」

「俺は以前は篠原っていう名字で、十一年前に起こった一家殺人事件の生き残りだって」

「社長は何て言った？」

「なんも。それじゃあ、明日から働いてもらうって言っただけ」

「その後は？」

「その後も何も、それっきりだよ。自分のことをしゃべったのは。社長も息子のことを話さない」

「そんなんで」言葉を探したが、うまく見つからなかった。「そんなんでよく——」

「中矢はどう言ってた？」

僕は正直に答えた。大吾は憎しみを忘れないため、そしてタカエは彼が何か決定的なことを思い出さないか見張っているんだと伝えた。大吾は愉快そうに笑った。

「あいつの考えそうなことだ」

「違うのか？」

僕の問いかけに「んー」と大吾は考え込んだ。

「確かにそんな気持ちもあった。今もある。正確に言うと憎みたいからあそこにいるんだ。社長の近くに」

僕はよく理解できずに首を傾げた。

「つまりさ、俺は犯人の顔を見たわけじゃない。ずっと押入れに隠れていたから。いろいろ訊かれたけど、答えられなかった。だから、うちのアパートに住んでいた若い男が犯人かもと言われてもピンとこなかった。でも誰かが俺の家族全員を殺したのは事実なわけだ。俺は誰かを憎みたいのに、憎めないんだ」

何となく大吾の言うことがわかってきた。彼は憎むべき相手を確定したいのだ。疑いだけをかけられたまま自殺してしまった男が犯人だと確信できれば、彼は安心できる。誰でもいい。憎しみをぶつける相手が欲しいのだ。きっと春延市に戻って来たのもそれが理由だろう。そして格好の居場所を見つけた。限りなく疑わしい男の母親の許。そのそばにいれば、いつか事実を知ることができるかもしれない。でも無駄かもしれない。その公算の方が大だ。でもタカエの近くにいることを、大吾は選んだ。遠くであれこれ考えて悶々とするよりも、ずっと楽なのだ。憎しみに身をさらしている方が。中矢の推測は、ある部分は的を射ていた。

タカエの気持ちはわからない。中矢が言うように、幼かった子供の記憶が蘇るのを恐れているのかも、別の犯人を示唆する記憶を取り戻すのを期待しているのかも、どちらとも知れない。そのどちらとも違っているかもしれない。しかしここに中矢を加えた三人が、心を打ち明け合うこともなく寄り添っていることの凄まじさ、悲しさ、やりきれなさに、僕は戦慄《せんりつ》する。真実はいつまで経ってもこの不幸な三人には与えられない。それまで三人は、枷《かせ》につながれているしかない。外して逃げてもその先でまた苦しむのだ。

「お前、前に踏切の音が嫌いだって言ったろ？」

大吾の不意打ちに、僕は足を止めた。

「俺はあの時、蟬の声が嫌いだって答えた」

母親にまつわる嫌な思い出に直結する音──。

「あの日の昼間──」さりげなさを装って大吾は話しだした。「野口っていう男が来て、うちの玄関のガラスを割った時、俺は家の中にいた。それまでに何度もおかしな様子で祖父《じい》ちゃんや親父に食ってかかってたから、あいつの顔もよく憶えていた。でも深夜に入って来て、うちの家族を次々に刺し殺したのは、誰だかわからない」

大吾はぐっすり寝ていたところを母親によって起こされ、押入れに連れ込まれたという。階下で祖父母と父親が刺されたことを知った母親の機転で、そうされたのだ。

「俺はあの日、クマゼミをつかまえて、それが嬉しくて虫かごを枕元に置いて寝てたんだ。お袋に起こされて押入れに入れられた時、寝ぼけ眼のまま、大事な虫かごをつかんで行った。お袋と二人、押入れの中で息を潜めてた」

階下で恐ろしい音と声がしていた。大吾はすっかり目が覚め、そして怯えていた。声を出してはだめだと母親に言われて、ぶるぶる震えていた。すぐに音は静まり、誰かが階段を上がってきた。祖父母や父でないのは、足音でわかった。誰かは寝室に入ってきた。布団を蹴って中を確かめる気配がした。母親も大吾も身を縮こまらせた。

「そいつは誰もいないと知ると、部屋を出ていきかけたんだ。その時だった。俺が持ち込んだ虫かごの中で、クマゼミがジジジッと鳴いたんだ」

誰かが引き返して来るのがわかった。母親は咄嗟に大吾を積み重なった座布団の後ろに押し込んだ。誰かがガラリと押入れの戸を引いた。そして母親を引きずり出した。母親は虫かごを片手に持ったまま引きずられていった。

「お袋が押入れの前で絶叫した。犯人に刺されたんだ。後で聞いたら、全身を四か所も刺されていたって。お袋の叫び声に、クマゼミの鳴き声が重なってた。俺はただ座布団の中で震えてた。そのうち気を失ったんだな。気がついたら警察官に抱きかかえられていた」

だから蟬の声は嫌いなんだ。嫌な思い出と重なってるから、と大吾は淡々と語った。

僕の全身は粟立《あわだ》った。たった六歳の子が経験したあまりに凄絶な出来事に、言葉を失った。

「何であの時、虫かごなんか持っていったのかな。あれが鳴かなかったらお袋だけは助かってたのに」

「そんなのは、お前の責任じゃない」

誰もが口にするであろう、つまらないことしか言えなかった。

「じゃあさ、あの時、お袋と一緒に出ていってたらよかったかな」

「そしたら――」お前も殺されてたよ、と言おうとして言葉に詰まった。大吾はまさにそれを望んでいるのかもしれない。たった一人この世に残されて、憎む相手もわからず地獄のような日々を生きていくよりは、そちらの方がよかったのか。

僕は無力だ。無力で迂愚《うぐ》で甘ったれだ。

それが救いになるかどうかはわからなかったが、廣紀さんが解き明かした野口豊樹の肉体に作用した低周波音のことを話した。大吾は黙って聞いていた。

「それでどうだっていうんだ？」僕の話が終わると大吾はぽつりと言った。

「そいつが狂った原因がわかったとして」

その通りだ。野口豊樹が精神的に不安定になり、パニックを起こしたことはわかった。だが廣紀さんが言った通り、決定的なものは何もない。大吾の家族を殺した犯人が豊樹なのか、そうでないのか。その証拠は何一つ得られない。

そして大吾は変わらず孤独だ。孤独で不安定で救いがない。なのに、ハル高では陽気で軽くて人当たりがいい。人懐っこい仮面を被ることで、逆に他人を遠ざけているのだ。その奥にあるぞっとするほどの冷たい感情を思うと、僕は立ちすくむしかない。

いっそ野口豊樹が犯人だと確定されればいいかもしれない。そうすれば、犯人を憎み、過去と決別できる。前を向ける。それができないために、大吾は苦界《くがい》から逃れられない。一家殺人事件の生き残りとしてしか生きる術を持たない。大吾は幻のクマゼミの鳴き声に怯え続けている。僕の中に、不意打ちのように現れる踏切の警報音のように。

僕は黙って大吾と並んで歩いた。

「あの油絵」

ち止まった。


しばらく行くと、木立が途切れた。僕らは竜野製材を見下ろせる丘陵地の端に来て立
「ほら、あの小泉望が買い戻しに来た油絵。あれの背景に——」

「俺の家が描かれてたんだろ?」

「気がついてたんだ」

あの絵が小泉尚子によって持ち込まれた時の、大吾のおかしな様子を思い出した。あれは、今はもうない自宅を見つけた大吾の驚きと忌避《きひ》の感情が渦巻いた表情だったのだ。おぞましい事件の現場であると同時に、彼にとっては家族との思い出の場所でもある。

「木下比奈子にばったり会って——」

彼女との雑談から油絵の背景の家のことがわかり、そこから倉本廣紀さんが、低周波音との関係性を導き出したのだと説明した。

「ふうん」

大吾は気のない返事をした。廣紀さんが科学的に検証し、解明したことで僕は大いに感銘《かんめい》を受けたのだが、大吾にとってはどうでもいいことなのか。事件の当事者には、違う感情が湧き出してくるのかもしれない。彼の様子を窺いながら、僕は言葉を慎重に選んだ。

「このことを、社長に言うべきだと思う?」

息子がおかしな行動を取った理由がわかれば、あの偏屈で狷介《けんかい》な老婆は救われるだろうか。それとも余計に辛くなるだろうか。そんなことで息子が人を殺したかもしれないとわかったら。心の読めないタカエに告げる勇気がなかった。恐ろしい犯罪を起こした理由が目にも見えない聴こえもしない低周波音だとは。しかも首を吊って自ら命を絶った息子に問い質すこともかなわないのだ。大吾の家族がもう戻って来ないのと同じように。

真実が人を救うとは限らない。

「さあね」やはり大吾の口からははっきりした答えは返ってこない。「隆太の思うようにすればいい」

突き放したようにそんなことを言う。そこに彼の苦悩の深さを見た気がした。「月世界」でバイトをしながら、ずっと憎い男の母親のそばにいる大吾の。それ以上、僕には踏み込む権利はない。

「おおい！」

下から誰かが叫んだ。見下ろすと、斜面の下に竜野さんが立っていた。

「そこで何をしているんだ？」

「竜野製材を見張ってるんだ。カブト虫の養殖以外におかしな商売をしてないか」

大吾は明るい声で言い返した。彼はこうやって自分の周りに障壁を作るのだ。自分の核の部分に誰も近寄らせないために。

「バカ言うなよ」竜野さんは情けない声を出した。「あれはれっきとした副業だ。今年も成虫が卵を産みにきた。おが屑の中ではちゃんと幼虫が育ってる」

大吾と僕は斜面にある細い道をたどって、製材所の敷地に下りた。

「お前ら、あのことを言ってるんだろ？　俺が持ち込んだ金色の仏像のことを」

竜野さんは、製材所の事務所に僕らを誘った。日曜日で工場は休みだった。竜野さんは父親に言われて事務処理のために来たのだと言った。大吾は仏像の話題にも、無表情だった。竜野さんが事務所の中で熱いお茶を淹れてくれ、饅頭《まんじゅう》を出してくれた。

「参ったよ。あれを刑事が持って来て、うるさく問い質されてさ。おかげで親父に黙ってあれを売っぱらったのがばれちゃった。いや、あんなガラクタどうでもいいんだけど、他にも何点か持ち込んだだろ？　また俺が家のもんをリサイクルショップに売ったのがわかってカンカンになってよ」

やっぱり竜野さんは無断であれらの品物を持ち出したのだ。

「何て？　刑事は何を訊きに来たの？」

そう訊かずにはいられなかった。竜野さんを訪ねてきたのは中矢に決まっている。

「え？　だからあれを手に入れた経緯とか——」

大吾は饅頭をむしゃむしゃ食べている。

「お袋が昔、誰かからもらったらしい」

「誰かって？」

「何だよ、お前。刑事みたいに尋問しやがって」

そう言いながらも竜野さんは、中矢とのやり取りを教えてくれた。彼の母親がだいぶ前に自宅を訪ねてきた男からもらったのだ。小さな仏像を差し出して、金箔を貼った有難い仏像なのだと言ったそうだ。これを家に置いておくと、仏縁ができて物事がうまく回り出すのだと。話し好きな母親は、男を家に上げて話を聞いたそうだ。

「お袋は人がいいからな。すっかり坊さんだと信じてたらしい」

作務衣《さむえ》を着た剃髪《ていはつ》の男だったから疑うことなく、説法を聞くようなつもりで男の話に耳を傾けていたそうだ。男はしつこく宗教に誘い込むということも、別のものを売りつけるということもなく、帰っていったらしい。仏像をもらった家が窃盗の被害に遭っていると聞かされて、竜野さんも母親も仰天したという。

「刑事が十一年前じゃないかって言ったけど、お袋はたぶんって答えただけだ。時期のことはあんまり憶えてないんだ」

大吾が饅頭をたいらげると、竜野さんは今度は羊羹《ようかん》を出してきた。大吾はそれにも手を出した。

「それ聞いて、親父がまた怒り出してさ。そんな胡散臭い奴を家に上げるなんてとんでもないバカだって」

どうやら竜野さんの父親はカッとしやすいタイプのようだ。

竜野さんは、僕らの湯呑にお茶を注ぎ足してくれた。

「だけど何だってあの刑事は今頃そんな窃盗犯を追ってるんだろう。十一年も前だろ？もう時効が成立しているんじゃないのか？」

中矢は殺人事件の捜査をしているんだとは、僕の口からは言えなかった。個別包装された羊羹を剝いで口に入れた大吾は、甘さを味わうようにゆっくり咀嚼《そしやく》した。竜野さんが今頃になってあんな無価値なものを持ち出してくるから、中矢の目に留まったのだ。タカエがいつも罵るように、ぱっとしない刑事だけど、あいつの中には、熾《おき》火《び》のような執念がある。廣紀さんが解き明かした野口豊樹の奇行の原因は、決着がつかなかった事件への思いを再燃させた。熾火がぽっと燃え上がるみたいに。

「まったく迷惑なこった」

竜野さんも羊羹の包装を剝がしてかぶりついた。

「窃盗犯か何か知らないけど、あの仏像をもらった奴は他にもいるんだろ？うちは盗みに入られてないから、きっと金目のものはないとみくびられたんだろうよ」

茶をずずっと啜り上げて竜野さんは笑った。

竜野製材で甘い物をたらふくご馳走になり、僕らは帰途についた。

「年が明けたら、カブト虫の幼虫も大きくなってるから見に来いよ」

竜野さんが製材所の外に立って言った。冬の陽はあっという間に傾き、辺りは暗くなりかけていた。丘陵地が黒く凝り固まって見えた。そこに足を踏み入れることは憚られ、僕らは来た時とは別の道を通って「月世界」まで帰った。

「あの金の仏像は大吾の家にもあったって、中矢が言ってたろう？」

あっけらかんとした竜野さんを中に挟んで話したおかげで、大吾とも、ある程度は腹を割って話せる気がした。

「知らねえよ」

いつも通りの大吾の口調に、僕はほっとした。

「幼稚園児が自分の家に何があるか、全部把握してるか？」

「そうだな」

僕は考え込んだ。しかし、あれが一家が殺された家にあったということは、同じ宗教の勧誘が来たということだ。しかもそいつは窃盗犯の可能性が高い。捜査本部が注目するのは当然だ。だけど見つからなかった。そんな輩《やから》はたぶん、全国を股にかけて盗みを働いているのだろう。何となくそんな小物の窃盗犯と、残忍な殺人犯とは結びつかない気がした。

僕らは「月世界」に帰り着いた。駐車場にタカエのミニバンはなかった。彼女は「月世界」から歩いて行き来できるくらいの近さのマンションの一室に住んでいるらしいが、僕は正確な場所を知らなかった。ミニバンは私用でも使っているようだ。

「社長はどこに行ったのかな」

「墓参りだろ」

倉庫の鍵を開けながら、さもないことのように大吾が答えた。タカエが参る墓には、夫と息子が埋葬されているのだ。墓の前でタカエはどんなことを思うのだろう。そして大吾は墓参りに行く社長をどんな気持ちで見ているのだろう。自分の家族を奪ったかもしれない男に手を合わせにいく老女に。

重い引き戸を開けると、ヨサクがよろよろと出てきた。怒ったように鼻を鳴らす。

「よしよし、散歩に行きたいんだろ？」

大吾がリードを持ってきて、首輪につないだ。僕らはヨサクを散歩に連れだした。のったりのったりと歩くヨサクの後をついていくと、大吾との間にあった壁が取り払われる気がした。ここまで何もかも話したのだから、大吾に気遣いするのは不自然だし、彼もそんなことを望んでいないに違いない。

ヨサクが時折立ち止まると、僕らも立ち止まった。ヨサクが用を足したり、そこらを嗅ぎ回ったりするのを見ていると、しだいに僕は素直な気持ちになれた。少なくとも僕らは、ハル高定時制のクラスメイトではあるわけだ。あの雑多な生徒の寄せ集まりの一員だ。それがとても心強いことのように思えた。

働いて家族を養いながら、また歓楽街をうろついたり、不登校から抜け出してきたり、リストカットを繰り返したりして、迷い、嘆き、疲弊し、それでも自分の人生を模索しつつ通っている仲間のことを、今の僕は知っている。

「大吾、年末年始はどうすんの？」

この倉庫の二階で、孤独な年越しをするのなら、放っておけない気がした。

「よかったら、俺んちへ来ないか？　たいしたことをするわけじゃないけど、たぶん、うちの家族は歓迎するよ」

「あ、悪い。俺、富山の叔母さんちに行くんだ」

軽い調子で大吾は答えた。年長の従兄《いとこ》たちも帰って来て、賑やかに過ごすのだと大吾は言った。

「いやあ、隆太の祖母《ばあ》ちゃんのお節料理も食べてみたいけどな。あっちもほら、待ってるしな」

「そっか。ならいいや」

それは本当のことだろうか。実際に叔母夫婦のところに行ったとして、大吾は楽しんで来るのだろうか。だがそんな気持ちを口にすることはできなかった。そこまで他人に心配されるのは、大吾にとっては不本意なことだろう。僕は黙ってヨサクの後を歩いた。

公園の植え込みから子猫が飛び出したのにヨサクが驚いて後退《しりぞ》き、車道に尻餅《しりもち》をついた。

「なんだよ、情けないな」

大吾は朗らかに笑った。子猫の方が背中を丸めてヨサクを威嚇《いかく》し、さっさと行ってしまった。彼はリードを引いてヨサクを歩道に戻した。

いつもの散歩コースを一周して、僕らはまた「月世界」に戻ってきた。辺りはすっかり暗くなっていた。

「隆太、ちょっとそこで待ってろ。いいもんを見せてやるから」

倉庫の前に帰って来ると、ヨサクのリードを僕に渡し、大吾は扉から中に入っていった。ヨサクと僕は扉の前で立っていた。冷たい風が吹き渡り、僕はリードを持った手をポケットに突っ込んだ。ヨサクが長い毛をぶるっと震わせた。

「なあ、ヨサク」僕は犬に語りかけた。「僕はどうしたらいいんだろう」

ヨサクは振り返って僕を見上げた。ヨサクの垂れた目や濡れた黒い鼻先を、僕はじっと見返した。彼が何かいい知恵を授けてくれるんじゃないかと本気で思った。こいつは大吾のことを、僕より理解している気がした。

ヨサクは僕に向かって「ワオン」と吠えた。鳴き声とともに白い息が口から吐き出された。ヨサクの言葉を聞き取ろうと、腰をかがめかけた僕に、頭の上から声が降ってきた。

「いくぞ。隆太」

見上げると、倉庫の軒下の細い窓から大吾の顔が見えた。そこは大吾の部屋がある場所だった。

途端に、「月世界」の看板が輝き出した。けばけばしいイルミネーションだった。チカチカ点滅する赤やピンクや緑が看板を縁どっていた。

ヨサクがまた一声吠えた。

僕とヨサクはイルミネーションを見上げて立っていた。倉庫の上には、暗い空が広がり、冬の大三角と呼ばれる三つの明るい星が輝いていた。

大吾が出て来て、僕の横に並んだ。

「あれ、いいだろ？　ダンスホールだった時の名残り」

大吾は嬉しそうに「月世界」の看板を見上げた。

「俺の部屋で操作できるんだ。前は天井からミラーボールも吊り下がってた。夜、こっそり点けて遊んでた」

そのミラーボールも社長がどこかのカラオケスナックに売り払ってしまったと大吾は説明した。誰もいない倉庫の天井のミラーボールを点灯して、それをじっと見上げている大吾を想像した。くるくる回る光の粒が、少年の顔の上を流れていく光景を。

その時、大吾は何を考えていたんだろう。ヨサクに話しかけていただろうか。さっきの僕みたいに。

――きれいだろ？　ヨサク。ヨサクは何て答えただろう。

――まあまあだな。

――音楽かけてさ、大勢の人がダンスしてたんだぜ、ここで。飲んだり騒いだり。

――ふん、つまらんな、人間は。

そんな会話が交わされただろうか。

「何だって売っちゃうんだからな。参るよ、社長には」

ふと大吾の横顔を見た。彼とタカエは、中矢が断じたような、憎しみを隠し持ちながら監視し合う関係だけでは説明がつかないもののような気がした。

それが何かと問われれば、ぼくにもうまく説明できなかったけれど。

17

年が明けて、ハル高の三学期が始まった。僕は学校へ通いつつも、相変わらず「月世界」に入り浸っていた。

午後になると自転車を駆って「月世界」へ行くのが、僕の日課だった。大吾やタカエが抱える事情を知った後でも、彼らとは以前と変わらず接していた。向こうも同じだった。大吾は社長や時折偵察に訪れる中矢の悪口を言いながら、だらだらと仕事をしていた。少しだけ変わったことは、勉強に力を入れるようになったことだった。仕事が暇な時、僕は大吾の宿題を手伝った。店に出ている事務用デスクと椅子が、僕らの学習の場だった。タカエはそれを見ても、何も言わなかった。

タカエは持ち込まれる価値のない品物を買い取り、棚に並べた。奇妙な相談事にも応じた。大吾と僕は、いなくなった飼い猫を探し回り、庭で立ち枯れたクロガネモチを切り倒した。祖母は、「月世界」が受けて、僕らに放られた仕事のことを聞きたがった。どこかの家の庭の池の掃除をしていて、大吾がスッポンに食いつかれた話をした時には、腹を抱えて笑った。

「よかったねえ。大吾君みたいないい友だちができて」

祖母の言葉を複雑な気持ちで聞いた。

一月も終わりに近づいた頃、ひょっこりと竜野さんがやって来た。タカエは出かけていて、僕ら二人が店番をしていた。彼はにやにや笑いながら、入り口から入ってきた。

「おい、うちだけじゃなかったぜ。例の仏像を大事に取っておいた家は」

そして金色の小さな木彫りの仏像を取り出してみせた。大吾は宿題のノートからちょっと顔を上げてそれを見たが、すぐにまた連立方程式に取り組んだ。

「誰が持ってたの？」

僕はそれを手に取ってみた。

「うちの従業員で、有田《ありた》さんて爺さんが持ってた」

「で、同じ人からもらったって？」

「そうそう。うちのお袋と記憶をすり合わせてみたんだが、人相は同じだった」

剃髪の僧に似せた男は、固太りの体格で、四角い顔に細い目をしていたと有田さんも竜野さんの母親も言ったらしい。それはきっと警察が作成した似顔絵にも写し取られているだろう。

「ふうん」

僕がじっくりとそれを検分するのを、竜野さんは嬉しそうに見ていた。

「有田の爺さん、これを十年以上、仏壇に飾ってたんだと。爺さんも、金箔を貼ってあるって思い込んで大事にしてたんだ。持って来た坊さんみたいな人は、仏壇の前で念仏まで唱えて帰っていったって。爺さん、有難がってたぜ」

「それで泥棒に入られなかったの？」

「有田さんちは大丈夫だったらしい」

「ふうん」

「仏間まで上げたんだから、家の様子を窺うのなら、うまくいったと思うけどな。そこもたいして盗みに入る価値がないと判断されたのかな。俺がそんなことを言うと、有田の爺さん、怒るんだ。未だにそいつが偉い坊さんだったって信じてるんだ」

　その坊さんまがいの男が出没したのは、広範囲にわたっているということか。当時、男の行方を中矢たち警察が追ったらしいが、追いきれなかった。こうしてあちこちに金の仏像を残しているのに、捜査網をかいくぐって逃げてしまった。

　僕は手のひらの中で仏像を転がしてみた。竜野さんが同じようなものを持ち込んだ時には、よく見もしなかった。それを中矢が買っていってしまった。初めて実物を手にしたわけだ。塗られたアクリル絵の具が、細部を覆い隠してしまっている。たぶん、目鼻立ちも胡坐の膝に置かれた手先も、もうちょっと丁寧に彫られていたと思うが、ぞんざいに塗られたものだから、すっかり台無しだ。

「何だよ、お前、真面目に勉強してんの?」

　竜野さんは、僕から離れて大吾の後ろに回った。

「ああ、こういうの、やったな。もう全部忘れたけど」

　そんなふうに茶化している。それに対して、大吾は前みたいに「計算は電卓がする」とは言い返さない。彼も学ぶことに意義を見出しているようだ。

　中矢から仏像の写真を見せられた時も、どこかで見た気がした。実際に手にしてみて、さらにその思いが深くなった。入り口に寝そべって日向《ひなた》ぼっこをしているヨサクのそばまで行った。ヨサクは一回だけ尻尾を持ち上げて下ろした。光の中に埃が舞った。

「あ」

僕の声は、店の中の二人の耳には届かなかったようだ。

この仏像は、入江さんが彫っていたものに似ている。彼の住まいの土間で。廣紀さんと庭を散歩していて、入江さんの家に寄った時のことだ。僕らの突然の訪問に驚いた入江さんは、木屑を払いながら立ち上がった。その時、彫りかけの木片を土間に転がしたまま出て来た。廣紀さんと入江さんが立ち話をしている時、僕はぼんやりと土間に放り出された木片を見ていたのだった。

あれは――あれは仏像の形をしていた。

大吾にも竜野さんにもそのことは伝えなかった。竜野さんは、金の仏像を持って帰っていった。

それから三日間、僕は考え続けた。もし入江さんが彫った仏像が窃盗をするためのきっかけ作りに使われたとしたら、どういうことになるんだろう。入江さんが窃盗犯なのか？　それはとても想像できない。倉本家で真面目に庭師として働いている彼が、何のために他人の家に盗みに入る必要があるんだ？　廣之助さんや節子さんに感謝しながらつましく暮らしている庭師がそんなことをするとは到底考えられなかった。そもそも竜野さんが語った似非《えせ》坊主の人相と入江さんの風貌は合致しない。

僕の気づきを中矢に言う気にもなれなかった。たぶん僕の気の回し過ぎだろう。仏像を趣味で彫っている人なんて、たくさんいる。普通に考えれば、各家庭を回ってあれを置いて帰った男が自分で彫ったとするのが妥当だ。そう難しい彫りではなさそうだから。

さらに三日間、僕は迷った。そしてとうとう廣紀さんに電話をかけた。それしか思いつかなかった。実験中だという彼とは込み入った話ができず、夜にかけ直してきてくれた。僕の考えを述べると、廣紀さんは、即座に言った。

「入江さんに訊いてみればいいじゃないか」

それには自分も立ち会うと言ってくれた。それで僕は安堵した。とても一人で入江さんを訪ねることはできそうもなかった。廣紀さんは、その時にはもうビアンカさんと国立市にマンションを見つけて越してしまっていたが、倉本邸には頻繁《ひんぱん》に顔を出しているのだと言った。

倉本邸を訪ねたのは、それから十日経った時だった。廣紀さんの休日に合わせた。大吾には黙っていた。せっかく元通りの付き合いに戻ったのに、僕がまだ彼の事件にこだわっていると思われたくなかった。第一、入江さんの彫る仏像があの一家殺人事件に関わっているとは思えなかった。そこを結び付けたのは、中矢だけなのだ。

きっと入江さんは困惑して、僕の想像を退けるだろう。後は廣紀さんと、久しぶりに倉本邸でしゃべって帰るだけだろう。そんなふうに考えて、僕はあの丘陵地につながった邸宅を訪ねていった。二月の建国記念日の翌日だった。

門から玄関に至る長いアプローチを歩きながら、僕は辺りを見回した。落葉樹の冬芽は膨らんで、春が近いことが感じられた。温《ぬる》んだ風も吹いていた。廣紀さんと話せることで、僕の足取りは軽かった。入江さんのことはついでのことのように感じられた。さっさとその用を済ませたいとすら思った。

でもそんなふうにはいかなかった。廣紀さんと僕は、入江さんと長い時間を過ごすことになるのだった。

倉本邸にビアンカさんは来ていなかった。彼女は、都内の語学専門学校で講師の仕事に就いていた。大橋によると、入江さんは午前中いっぱい、バラ園でバラの枝切りをしていたが、今は住居に戻って休憩をしているだろうとのことだった。前の時と同じように、僕らは突然入江さんの家を訪ねた。

廣紀さんは例のキャタピラー付きの車椅子で、軽快に庭を横切っていった。ロウバイの黄色い花が満開で、甘い香りをそこら中に漂わせていた。バラ園のバラはきれいに枝切りがされ、つるバラのつるは、丁寧にアーチへ誘引してあった。入江さんは庭師の仕事をきちんとこなしていた。

　彼の家の引き戸を、僕はそっと引いた。

「入江さん、いますか？」

　声をかけたのは廣紀さんだ。それに応えて入江さんが慌てて出てきた。土間には何もなかったが、棚に置かれた道具の中に彫刻刀があるのを、僕は素早く確認した。

「ちょっと話があるんだけど、いい？」

　廣紀さんが家に入ろうとするのを、入江さんは「こんなむさくるしいところでは」と恐縮して拒んだ。

「それなら東屋で話そうか。今日は暖かいから」

　その前に、と廣紀さんは続けた。「入江さん、仏像を彫っているんだよね。この前来た時に見たけど」

　うまく彫れていたようだから、一つ見せてもらえないか、と彼は軽い調子で口にした。僕はすっかり感心した。

　入江さんはそれを聞くと、驚くほど狼狽《ろうばい》した。

「あ」とか「ええと」と言いながら、視線を宙に泳がせた。しかし、廣紀さんが微笑みながら待っているのを認めると、諦めて奥へ引っ込んだ。廣紀さんは、僕に目配せをした。戻って来た入江さんの手には、小さな木彫りの仏像が握られていた。

「ほんの手慰《てなぐさ》み程度のもので、他人様《ひとさま》にお見せするような代物ではありません」

廣紀さんはそれを手に取り、目の前に持ってきた。廣紀さんが向きを変えながらそれを見ている間、入江さんは落ち着かなげに、両手を作業ズボンの脇に擦《す》り付けていた。それは木が彫られたままのもので、塗料もニスも塗られていなかった。素朴な仏像で、彫刻刀の粗い刃の痕が見てとれた。

「じゃあ、行こうか」

廣紀さんは、仏像を膝の上に載せると、電動車椅子をくるりと回した。エメラルドを見つけた日に節子さんとお茶を飲んだ東屋へ、三人で入った。木立の向こうに屋敷の屋根が見えた。ロウバイの木は見えないのに、かすかに香りが届いていた。

僕と入江さんは、東屋の中のベンチに腰を下ろした。廣紀さんは、向かい合うように車椅子を止めた。

「堤君、あの仏像を見せて」

廣紀さんは、てきぱきと話を進めた。僕は背負ってきた小ぶりのリュックから、有田さんの家にあった仏像を取り出した。竜野さんに頼んで借りてきてもらったのだ。金の仏像を見た時の入江さんの様子は、明らかにおかしかった。隣に座っている僕にははっきりわかるほど、体を小刻みに震わせた。両目は、これ以上ないというほど見開かれていた。

たぶん廣紀さんにもわかっていたと思うが、彼は何食わぬ顔をしていた。そして僕から金の仏像を受け取ると、入江さんが彫ったものと見比べた。

「似ているね」

ただ一言だけ口にした。入江さんの口からヒュッと息が漏れるのを、僕は聞いた。

「この金の仏像をどうやって手に入れたか、堤君から説明して」

廣紀さんの話には無駄がない。僕はぐっと唾を呑み込んだ後、説明を始めた。金色の仏像は十二年前、僧の形《なり》をした男が配って歩いたものだということ。その男はそうやって盗みに入る家を物色していたようだったこと。実際に窃盗の被害に遭った家が何軒かあり、警察がその関連性をつかんでいたこと。僕が話すにつれ、入江さんはみるみる蒼《そう》白《はく》になった。体の震えも止まらない。こっちが話し続けるのを躊躇するほどの異様さだった。

それでも穏やかな表情の廣紀さんに励まされるように、僕は言葉を継いだ。僕がそのことを聞いたのは、春延西署の刑事からで、彼は金色の仏像をだしに、他人の家に上がり込んだ男の行方を追っていたが、捕まえることはできなかったと言った。入江さんの額に汗の粒が浮かんだ。温かい陽射しがあるとはいえ、まだ二月だ。どう見ても尋常ではなかった。

僕はそこで言葉を切った。ちらりと廣紀さんを見ると、彼は顎をちょっと動かして頷いた。それで決心がついた。ここまで来たら、あやふやなままでは終われない。疑問は疑問のままでは置いておけない。

「その刑事さんとは今も時々会っています」

入江さんは腰に提げた手拭いで汗を拭こうとしたが、手が震えてうまくいかなかった。

「その人、十二年前に春延市で起こった一家殺人事件の捜査に関わっていた人で、被害者宅にもあの金の仏像があったと言いました」

入江さんの口から「クッ」と呻き声とも泣き声ともつかぬ声が出た。

「刑事はこう推理したんです。坊さんの身なりをした男は、金の仏像を持ってあの家を訪ねたのではないか。様子を探っておいて、夜に忍び込んだのではないか。でもそれを裏付ける証言は得られません。なんせ大人四人はその後、殺されてしまったから」

「つまりその刑事さんは、殺人事件にこの仏像を置いて帰った男が関係しているのではないかと思ったわけだね」廣紀さんが言葉を添えてくれた。「で、この仏像は入江さんが彫ったものなのかな?」

もう一回その二つを持ち上げた。廣紀さんの手に載った仏像は、並べてみると、とてもよく似ていた。何度も何度も同じものを彫り、手慣れたという感じだった。

入江さんは答えなかった。震えは治まったようだが、手にした手拭いをぐっと握り締め、俯いてしまった。何かを考え、迷っているようだった。正面の廣紀さんは、黙ってそんな庭師を見ていた。きっと彼の中では、野口豊樹犯人説は退けられたのだな、と僕は思った。紡績工場が出す低周波音で肉体と精神を病んだ男は、混乱し、正常な思考を失って、大家一家に絡むようになったかもしれないが、彼らを殺してはいないと。では、誰が犯人なのか。理性的で聡明《そうめい》な科学者は正しい答えを見つけるべく、あらゆる可能性を当たってみている。

「どうなの？　これ、入江さんが彫ったもの？」

口調は温和だが、容赦はなかった。廣紀さんのすぐ後ろ、東屋の外の枯草の中に、黄色い寒菊が一輪だけ咲いていた。その寒菊に痩せ細った黒スズメバチがすがりついていた。風に頼りなく揺れる死にかけた蜂から、僕は入江さんに視線を移した。そして言った。

「去年の七月、この庭から向こうの丘にかけて、入江さんに案内してもらいましたね。タヌキの巣穴を探すために。あの時、僕と一緒に歩いていた重松大吾って奴がいたでしょ？　あいつはあの一家殺人事件の被害者なんです」

入江さんが、はっと顔を上げた。

「彼、あの時たった一人生き残った子供なんです」

入江さんは、いきなり立ち上がると、ガバッと地面に伏せた。

「すみません！　申し訳ありません！」

僕は腰を浮かしかけたが、廣紀さんが落ち着いているので、また腰を落とした。

東屋の地面に這いつくばった入江さんは、何度も額を土に打ちつけるようにした。彼は泣いているようだった。僕はあっけにとられてそんな庭師を見下ろしていた。

「そんなにされても、何のことかわからないよ。ちゃんと話してくれないと」

廣紀さんは、静かな声で諭《さと》した。

「これは君が彫ったものなんだね？」

「はい、私が彫りました」入江さんは答えた。「それだけではありません。いくつもいくつも彫りました。このお屋敷の庭の手入れで伐り倒した樹木や枝を使って――」

「どうして？　何のためにそんなことをするの？」

「罪を――」入江さんは喉から絞り出すような声を出した。「罪を償うために」

廣紀さんと僕は顔を見合わせた。

「入江さんが、重松君の家族を殺したっていうこと？」

廣紀さんがさらりと口にした言葉に、僕は目を閉じ、歯を食いしばった。でもそれはおかしいとすぐさま気がついた。この仏像が篠原家にあったということは、入江さんは事件の前から仏像を彫っていたことになる。そんなことに気づかない廣紀さんではないはずだ。

「いいえ。私ではありません」

廣紀さんにベンチに座るよう言われた入江さんは、地面の上に正座したまま、そう言った。僕は胸を撫で下ろした。しかし入江さんは、その後もっと恐ろしいことを口にしたのだった。

「私の友人が、私の彫った仏像を勝手に持ち出して、絵具で彩色して他人様に押し付けて回ったのです」

「で、その人が刑事さんの睨んだ通り、下見をした家に忍び込んで盗みを働いた？」

「はい、その通りです」

「その人が重松君の家族を殺したの？」

「はい」

僕は微動だにできず、入江さんを凝視していた。ここまでの告白を聞くと思っていなかった。ムクドリが、森のどこかで「ギャー」と耳障りな鳴き声を上げた。

「その人は、どうしたんだろう」

「私が——」またムクドリの声。その先を聞くなと警告しているようだった。でも僕の耳は、入江さんの言葉を正確に拾った。「私が殺しました」

「殺した——？」

廣紀さんは、いくぶんうわずった声を出した。入江さんの方が冷静な口調だった。すっかり覚悟を決めた入江さんの方が。

「私が殺して、この庭の涸れ井戸に埋めました」

これから先は、あの日、東屋での入江さんの告白と、取り調べに携わった中矢から聞いたことを取り混ぜて、僕なりに整理したことだ。

入江さんの仏像を配って歩いたのは、笠井滋《かさいしげる》という男だった。

入江さんと笠井は、四国の南西部、愛媛県と高知県の県境にある山深い町で生まれ育った。町といっても、山襞《やまひだ》の間を流れる川沿いに集落が散らばるようなところだ。代々林業と農業で生計を立てていたが、それだけでは食べていけなかった。入江さんの父親は、下流の町にある建設会社で働いて収入を得ていた。彼らの集落から小、中学校へは歩いて一時間以上かかるという僻地《へきち》だった。

笠井は、幼い頃に両親が離婚し、父方の祖父母に預けられて育った。父親は子供を預けた後、音信不通になったという。山林を持たず、山仕事に雇われて働くだけの祖父は酒浸りで、祖母も病弱だったため、集落の中でも困窮を極めていた。学校に支払う費用も滞りがちだった。

「笠井は父親に捨てられたと感じていた。実際そうだったと思います。私はその現場を見たんです」

隣の家の老夫婦にたびたび預けられる同年齢の笠井と入江さんは、幼少の頃から遊び友だちだった。小学校に上がる前、笠井の父親がやって来て、このまま笠井を引き取って面倒をみてくれるよう自身の親に頼んだ。それを祖父は拒否した。家の前庭で、幼い子の押し付け合いが始まった。それを笠井と入江さんは、黙って見ていたという。

男手ひとつでは育てられない、仕事も続けられないと言う父親に対して、祖父はたいした収入もないから、孫を引き取る余裕はないのだと言い張った。しだいに興奮して、お互いを罵り合うようになった。

「わかった。どうせ金なんだろ？　あんたは！」

激昂した父親を、笠井は惨めな顔をして見上げていた。父親は「今の有り金全部だ」と言って、上着の内ポケットから膨らんだ財布を取り出した。おそらくどこかよそへ行くつもりで用意していた現金なのだろう。抜き出した札束を、自分の親に向かって投げつけた。祖父は突っ立ったままだった。何十枚かの札は、笠井と入江さんの頭の上に降り注いだ。それらは風に乗って飛んでいった。そして代掻《しろか》きの終わった棚田に飛び散った。

父親はそのまま、車に乗って走り去った。祖父はゆっくりと首を回らせて孫を見た。そして、田植え前の棚田に散乱した一万円札を拾うように命じた。

「あれはこれからお前の面倒をみるのに必要な金だからな。自分で拾って来い」

渓筋《たにすじ》からの冷たい水を引いた泥田《どろた》に浸かりながら、笠井は汚れた札を拾い集めた。見かねて入江さんも手伝った。それを祖父は上から見下ろしていた。

「笠井は泣いていましたよ。泣きながら、それでも一枚一枚拾い集めました。自分は父親に捨てられた。この金がないと、祖父母にも捨てられる、そう思ったのでしょう。小さな手は冷たさで真っ赤でしたね」

以来、笠井は祖父母の許で育てられた。父親は一度も会いに来なかった。決して裕福ではない入江さんから見ても、彼はみすぼらしい格好で通学していた。それでも彼らは、気心の知れた幼馴染《おさななじみ》だった。笠井も何とか高校へは進学した。在学中は学費や生活費を稼ぐため、ずっとアルバイトをしていた。

入江さんも、中学生の頃から父祖伝来の山林の手入れに駆り出されていた。教育環境としては整っているとはいえなかったが、彼らの生まれた地方では、それが当たり前だった。生活そのものが成り立たなくなって、集落を出て麓《ふもと》の市町村に移る家族も多かった。入江さんや笠井の家は元の集落にしがみついていたが、住人が減り、限界集落になっていくのは目に見えていた。所有者が去り、捨て置かれた山は荒れていった。

そんな場所で生まれ育った入江さんと笠井は、質朴《しつぼく》で愚直な青年だった。入江さんは勉学に秀でていて、大学進学を望んだが、経済的な理由でそれは叶《かな》わなかった。それでも入江さんは、働いてある程度のものが貯まったら、大学か専門学校へ入学して学び続けたいという思いをずっと持ち続けていた。そのことを、幼馴染で親友でもある笠井はよく理解していた。

のみならず、入江さんが人生の成功者になることを、笠井は強く望んでいた。親に捨てられ、肩身の狭い思いをして生きてきた笠井は、早々に自分の人生に見切りをつけていた。その分、兄弟のように育ってきた優秀な入江さんが、輝かしい未来を手に入れることを異様なほど熱望していた。

入江さんは宇和島《うわじま》市内の水産加工会社で働きながらも、密かに勉強を続けていた。笠井は地元に近い場所で就職した。入江さんの父親が働いている建設会社だった。マルワ建設は、その辺りの公共事業を一手に引き受ける羽振りのいい会社だったから、たくさんの従業員を抱えていた。山間部の貧しい出自の人間を多く雇い入れていた。真面目で根気強い山の人間は、厳しい現場でも文句も言わず働くということで重宝されていた。

社長の串本威久《くしもとたけひさ》という男は、粗野でしたたかな男で人遣いは荒かった。山間部の集落から雇い入れた世間ずれしていない青年たちを、便利に使っていた。それでも経営手腕に優れ、仕事が途切れることはなかった。マルワ建設は、生まれた場所の近くで働きたいと思う者にとっては最良の働き口だった。そこで働きながら、片手間で持ち山の手入れができるからだった。特に入江さんの父親は、枝打ち作業の際に転落した後遺症で力仕事ができなかったのに、簡易作業に回されて雇い続けてくれることを有難がっていた。

入江さんたちが二十一歳になった時、それまで実直に働いてきた二人の人生を大きく狂わせる事件が起こった。入江さんには三歳上に姉がいた。和佳子《わかこ》という名の美しい娘だった。彼女は、串本の妻が建設会社の近くで開いているギフトショップで働いていた。その和佳子が串本に乱暴されたのだ。その事実は、しばらく誰にも知られなかった。和佳子が親にも言わなかったことが第一の原因だ。ギフトショップやマルワ建設の従業員数人との飲み会の帰りに、串本に強引にホテルに連れ込まれたのだという。自分の親よりも年上の男に犯されて、和佳子はショックで口を閉ざした。

彼女はギフトショップが借り上げたワンルームマンションで暮らしていた。そこへ串本がたびたび訪れるようになった。串本は、若い和佳子にぞっこんだった。自分の愛人になったものと思い込んでいた。好色な串本に愛想をつかした妻とは別居しているのだと、和佳子はその時まで知らなかった。おとなしくて声も上げられないでいる和佳子を、串本は力ずくで自由にした。

純真無垢な和佳子には苛酷な状況だった。とうとう仕事に行けなくなった。そこに至って、ようやく弟にだけそのことを打ち明けた。串本の世話になっている父親には、どうしてもそのことを告げられなかったのだ。入江さんは衝撃を受けた。美しい姉は、彼にとっても自慢の存在だった。串本の行為は到底許せるものではなかった。

入江さんは親友である笠井に相談した。笠井もいきり立った。彼も串本のことは嫌っていた。山間部出身の人間を見下している社長と、はっきりものを言う笠井とは、たびたびぶつかり合っていた。串本のところへ直談判《じかだんぱん》に行って、姉にこれ以上関わるなと言うつもりだと入江さんは伝えた。それに笠井も加勢すると言った。彼は憤慨のあまり、職場を追われてもかまわないと付け加えた。

二人はある晩、串本の許を訪ねていった。一人暮らしの串本は、二人の顔を見た途端、用件を察したようだった。家の中に通された入江さんは、姉に為《な》した串本のおぞましい行為を厳しく責めた。笠井も串本の恥知らずで悪辣《あくらつ》な性格を改めるよう迫った。お前のやったことは陰湿な性暴力で、警察に訴えれば逮捕されるに決まっていると。

串本は鼻で笑ったという。

「いくら欲しい？」

面食らった笠井に、串本は畳みかけた。「どうせ金だろ？」

お前ら山の人間は結局それなんだと串本は続けた。金のためなら脅しでも何でもする。山から来た奴らはそういう根性なんだ。他にもいくらでも知っていると、串本は吼えた。そして立って行って、背後の金庫から札束をつかみ出した。

「ほら！　いくら欲しいんだ。金ならやるぞ。それがお前の望みなんだろ？　友だちのためなんておためごかしはやめろ。浅ましい貧乏人が！」

笠井に向かって札束を投げつけた。それは笠井の顔にまともに当たり、床の上に夥しい一万円札が散らばった。笠井の中で何かが弾けた。彼は串本に跳びかかった。社長の襟首《えりくび》をつかんで引き回した。二発、三発と殴りつけた。その間も、串本は薄ら笑いを浮かべていたという。手を緩めた笠井の作業着に、串本はぺっと血反吐《ちへど》を吐きかけた。入江さんは親友を羽交い絞めにして、串本から引き離した。串本は笑いながら言った。

「和佳子を女にしてやったのは、この俺なんだからな。あいつだって、嫌がってなんかなかったぞ。俺が行くのを待ってたんだ。押し倒したらすぐに股を開いてな。抱いてやったらむしゃぶりついてきて、ヒイヒイ言ってよがってた……」

最後まで聞けなかった。入江さんは笠井を放すと、今度は自分が串本につかみかかった。がっちりしてはいるが、背の低い串本を何度も殴った。初めは立って耐えていた串本も、後ろに倒れ込んだ。開いたままになっていた金庫の扉の角に後頭部が当たった。ぐしゃりという嫌な音が聞こえた。それでも自失した入江さんは、金庫の前に倒れた串本を殴り続けた。

「もういい。やめろ」

笠井に振り上げた拳をつかまれて、ようやく自分を取り戻した。串本の顔は腫れあがり、血塗れになってこと切れていた。自分が犯したことの大きさに慄く入江さんに笠井は言ったそうだ。

「これは全部俺がやったことだ。いいな？　お前は宇和島へ帰ってろ」

笠井は呆然《ぼうぜん》とした入江さんを玄関まで押し戻した。ようやく口がきけるようになった入江さんは、当然抵抗した。だが笠井の気持ちは変わらなかった。

「俺のことはいいんだ。お前が止めなかったら、俺がやってた。お前はちゃんと大学へ行って、まともな人間になれ。わかったな？」

入江さんは、夜陰に紛れてその場を去ったそうだ。笠井は警察に自首した。決して入江さんのことは口にせず、すべての罪を被って刑に服した。入江さんは、罪の意識に苛《さいな》まれた。それでも本当のことは言えなかった。姉がその後結婚して、過去を振り切って生きていることもあった。本当のことが公になれば、姉がまた辛い思いをするだろうと思った。

強盗殺人の刑罰を受けた笠井は、十二年後に出所した。会って詫びようとした入江さんを拒んで、姿を消した。入江さんは、正直ほっとしたらしい。彼もその後、ろくな人生を歩んでこなかった。勉学を続ける意欲を失い、大学へ進学する夢も捨て、故郷からも離れて仕事を転々としていた。老いた両親の世話はすべて姉に任せて、実家に寄り付かなかった。

笠井のことも忘れて、埼玉県へ流れ着き、倉本家に庭師として雇われた。そこでの仕事は、かつて林業を営んでいた実家の作業をなぞるようなもので、入江さんには打ってつけだった。他人と接触することもほとんどなく、ここで植物を相手に平穏な生活を送っていけたらそれ以上望むことはないと思っていた。

「それでも過去に人の命を奪ってしまったという事実は、私の心から消し去ることはできませんでした」

入江さんはそう供述したそうだ。庭木を刈り込んだり、枯れ木を伐採した時に出た端材で、仏像を彫り始めた。ささやかな懺悔《ざんげ》の気持ちだった。稚拙《ちせつ》な技術で彫った仏像は、どこにやるということもなく、溜まっていった。

そこへひょっこり笠井が現れたのだ。長い刑に服し、前科者という烙印《らくいん》を押されたかつての親友は、すっかり変貌していた。疲弊し、荒《すさ》み、ひねくれていた。刑務所を出た後社会から弾き出され、まっとうな生活を送ってこなかったということが窺い知れた。

「いいとこへ潜り込んだじゃないか。大金持ちの庭師とはな」

彼の物言いに、入江さんは震え上がった。よくしてくれる倉本の家に、よからぬことを企てるのではないかと心配した。笠井の言動からは、出所後も小さな犯罪を繰り返してきた気配が感じられた。笠井は、しばらく入江さんの住居に寝泊まりしていた。追い出したくてもそれができなかった。

木々に囲まれた入江さんの家に逗留者《とうりゅうしゃ》があることは、倉本夫婦にも執事の大橋にも知られなかった。あの頃、倉本邸が登録有形文化財に指定されるかもしれないというので、家屋の調査が入っていた。皆そっちの方に気を取られていたのだった。

笠井は酒を飲んでは、入江さんの罪を被って刑に服したことを何度も口にした。若さゆえの間違いだった。あれが自分の人生を狂わせたのだと。そのことを入江さんの雇い主である倉本家に告げると、脅しさえした。

入江さんは言い返すことができず、黙って聞いているしかなかった。その通りだと思った。笠井は、入江さんが贖罪《しょくざい》のために彫り続けている仏像を見て笑った。そんなことを今さらするのは滑稽《こっけい》だと言った。それにも反論することができなかった。笠井はその仏像をアクリル絵の具で金色に塗って持ち出した。彼がそれを何に使っているかは入江さんには薄々わかっていた。それでも黙ってかつての友人がすることを見ているしかなかった。

入江さんのところへ来る前は、どこかの寺に住み込んで下働きをしていたという笠井は、うろ覚えの経を唱え、もっともらしい説法をした。身なりもそれらしく見せかけていたから、信じる人もいただろう。寺で賽銭《さいせん》を盗んで追い出された笠井は、人を騙すと、盗みを働くことなど、どうとも思っていなかった。

そしてあの事件が起きるのだ。篠原家の一家殺人事件が。

18

入江さんが彫った仏像は、まだたくさんあった。押入れの中の段ボール箱にぎっしり詰まっていた。あれを入江さんは、どんな気持ちで彫っていたのだろう。何十年も前に犯した恐ろしい罪が消えることはない。命を奪ってしまった男に対して詫び続けていたのか。それとも自分が人生を狂わせてしまった友人に謝り続けていたのか。

仏像を彫ることによって、入江さんは安寧《あんねい》を得たのか。そこまで深く入江さんに尋ねることは、僕にはできなかった。冬の陽が差し込む土間まで持ち出された箱の中の仏像は、皆、寛恕《かんじょ》の表情を浮かべているように見えた。

しかし入江さんが謝り続けていた友人は、仏像をぎらぎらした金色に塗った。入江さんの気持ちを汚した。それをきっかけにして他人の家の様子を窺い、一度帰って来ては、盗みに入るということを繰り返していた。中矢に言わせると、それはかなり手慣れた手口だったそうだ。

誰にも見つからずにうまくことをやり遂げた。春延市内では五件の似かよった窃盗事件があったそうだ。中には現金や貴金属をごっそり持っていかれた家もあったらしい。笠井は、流れ者として生きるうちに、ベテランの窃盗犯になっていた。家人に気づかれることなく、家の中を物色し、鋭い勘で金目のものを見つけ出す。そして手がかりを残すことなく、こっそり抜け出して来るのだ。鮮やかな手口だった。

平成五年八月三日の深夜までは。

笠井本人が死んでしまっているので、入江さんの話から篠原家で起こったことを想像するしかない。市内数軒の家に盗みに入り、上首尾で終わった笠井は気をよくしていた。

その日の昼間、片岡町の辺りをぶらついていた笠井は、篠原家の呼び鈴を鳴らした。窪地の中に数軒だけしか住宅がなく、家どうしが適度な距離を保っているという地域は、盗みに入るには、格好の場所だった。

家にいたのは大吾の祖母の多栄で、上がり框で笠井の話を聞いてくれたという。彼が差し出した仏像を「あら、かわいらしい仏様」と受け取ったという。柔らかく嚙み砕いた仏教の説話に、面白そうに耳を傾けていた。笠井の目的は家の構造や家族構成を調べ、金目のものを持っていそうかどうか探ることだから、もっともらしい話をしながら、それとなく家の中を窺っていた。

古い造りの家は開け放たれていて、奥までよく見通せた。調度を見ても、ぜいたくな物はなかった。だが、こういう家が狙い目なのだと笠井はよく知っていた。防犯意識が薄く、戸締りも甘い。無造作に現金を引き出しや仏壇の中に入れてあったりする。それに古くて大きな家は、寝室とそういう部屋が離れているので、物色していても気づかれにくい。

多栄の話では、二階に息子夫婦が住んでいるようだった。ということは、老夫婦は階下で寝ているということだ。盗みに入るのに適した家とはいえなかった。

そのうち克之が帰ってきた。彼は妻が玄関先で坊さんの形をした男と話し込んでいても、特に気にはしなかった。そういうことはままあるのかもしれなかった。よそ者に対しても警戒心の薄い家だと思った。それを潮に笠井は立ち上がった。人のよさそうな多栄は、有難い話が聞けたとばかりに喜んで彼を送り出した。

笠井は玄関の引き戸を閉めて、篠原家を後にした。この家に盗みに入るべきかどうか思案しつつ歩きだした時、窪地へ下りてくる坂道を、誰かが小走りでやって来るのが見えた。若い男だった。近づいて来るに従い、どうも様子がおかしいと思い始めた。何かに急かされるように息を切らせて来た男と笠井はすれ違った。「はっはっは」という荒い呼吸音が聞こえた。彼の異様に青白い顔に笠井は足を止めた。男の目は落ちくぼみ、頬骨が飛び出していた。着ていたポロシャツはぶかぶかで、薄汚れていた。

男は篠原家の前に来ると、玄関の引き戸を激しく叩いた。

「篠原さん！　篠原さん！」

すぐに克之が出てきた。

「またあんたか」うんざりしたような声がした。「いい加減にしてくれ」

「何も食べられないんだ。あんたのおかげで」

「知らんよ、そんなこと。とにかく早く引っ越し先を見つけて――」

「どうしてそんなことを言うんです？　僕は病気なんだ」

「なら病院へ行きなさい。入院でもしたらどうだ？」

奇妙なやり取りを、笠井は立ち止まって見ていた。明らかに訪問者の様子はおかしかった。嚙み合わない会話が続く。男はしだいに苛立ってきた。時々言葉に詰まった。そんな自分がもどかしいのか、側頭部を自分で叩いたりしている。克之が無視して家に戻ろうとすると、それに追いすがった。男の前で玄関の引き戸がぴしゃりと閉められた。するとと男はさっとしゃがんで玄関前の花壇から拳大の石を拾い上げた。笠井があっと思う間もなく、それを引き戸に投げつけた。激しい音がしてガラスが割れた。克之が出て来た。

「こら！　何をするんだ」

男は踵を返して笠井が立っている方へ走ってきた。まるで子供が悪さをして逃げて帰るような感じだった。あっけにとられて立ちすくんでいる笠井の横を、男は通り過ぎた。振り返ると克之と目が合った。彼は悄然《しょうぜん》と首を振った。こういうことは、初めてではないというふうだった。さっき笠井を応対してくれた多栄が出て来て、玄関内に散らばったガラス片を掃き集め始めた。老夫婦は諦め顔で淡々とガラスを片付けた。二人は二言、三言言葉を交わした後、家の中から段ボールとガムテープを持ってきた。

割れた玄関の引き戸を、とりあえず修繕しようというのだろう。二人とも作業に没頭し、もう笠井の方は見なかった。笠井は背を向けて歩きだした。最後に振り返った時、篠原家の玄関の応急処置は終わって、夫婦とも姿が見えなかった。

あのまま今夜は過ごすのだろうか、と笠井は考えた。それなら盗みに入るのは容易だ。

そっとガムテープを剝がし、段ボールの隙間から手を入れれば内側の鍵に手が届くはずだ。古い家だから、指で上げ下ろしするだけの引き違い錠だろう。それにこの家は何らかのトラブルを抱えているようだ。そういうガサガサした家は結構狙い目だ。今夜、ちょっと覗きに来てみてもいいだろう。ガラス屋を呼んで修理を済ませていれば諦めて別の家に回ろう。

笠井が夜中に出ていくのを、入江さんは知っていた。知っていたし、何をしに出ていくのかも見当がついていた。だが、それについて話し合うことも、彼の行動をたしなめることもなかった。

「とにかく私は怖かったのです。笠井はすっかり人が変わっていたから。いつ私の過去の罪状を旦那様や奥様に告げられるかと思うと、首をすくめてじっと様子を見ているしかなかった。そのうち、ここを出ていってくれるだろう。それを待とうと。笠井がやっている些細な犯罪には目をつぶったのです。卑劣でずるい考えでした。そのためにあんなことが起こるなんて——」

八月四日の未明、庭師の住まいに帰って来た笠井を見て、入江さんは驚愕し、戦慄した。

「玄関先に立ったあいつは幽鬼のようでした。月の光の中で、それははっきりと見えたんです。あいつは返り血を浴び、ぎらぎらと目を光らせていて、到底この世のものとは思えませんでした」

恐ろしいことが起こったということだけは本能的にわかった。同時に入江さんの頭の中には、二十年近く前の殺人現場の光景がフラッシュバックのように蘇ってきた。倒れた男。床に散らばったお札。むっとするほどの血の匂い。

玄関先に座り込んでしまった入江さんを見下ろしながら、笠井は突っ立ったまま不敵に笑った。顔にも飛び散った血液がぬらぬらと不気味に輝いていた。笠井は特に感情を昂らせることもなく、その晩の顚末を話しだした。

篠原家の玄関は、昼間笠井が見たまま、段ボール紙とガムテープで修繕してあった。笠井は難なく家屋の中に忍び込むことができた。ペンライトを点けて、居間や座敷、仏間の物色を始めた。たいしたものは得られなかった。金目のものが手に入ればすぐに出て行くし、なければないで見切りをつけるのだが、その日はなぜか粘り過ぎた。躍起《やっき》になって探しているうちに、克之が物音に気づいた。

老人が起きてきて、忍び込んだ泥棒を見つけた。居間の照明を点けて「野口か⁉」と克之が問い質した。だが体格から間違いに気づいたのだろう。

「お前、誰だ？」

ややとまどった声を出した。笠井は、入り口に立ちふさがった老人の脇をすり抜けようと試みたが、大柄な老人に腕をつかまれた。そのまま取っ組み合いになり、二人で床に転がった。声を出すことはなかったが、ドスンドスンと大きな物音が家の中に響き渡った。笠井は焦った。こんなドジを踏むとは思っていなかった。

体格はよくても相手は年寄りだ。そのうち息が切れてきた。克之を投げ飛ばし、立ち上がった笠井は、ポケットの中から折り畳みナイフを取り出して、相手に向けた。常に持ち歩いている凶器だが、実際に使ったことはなかった。その時も、ただ脅すだけのつもりだった。よろよろと立ち上がった克之の後ろに、寝間着姿の多栄が顔を覗かせ、「ヒッ」と小さく叫んだ。

多栄が、笠井を昼間やって来た僧だと認識したかどうかはわからなかった。だが、まずいことになったと笠井は焦った。妻を庇うように、克之は笠井の前に立ちはだかった。居間の状差しに突っ込んであった封筒を取ると、その中から数十枚の一万円札を引き抜いた。

「その爺さんは、俺に向かって札を投げたんだ」そう笠井は言った。「投げつけておいてこう言った――」

そこで笠井は喉の奥で笑った。

「『ほら！　いくら欲しいんだ。金ならやるから持って行け。それが目的なんだろ？』そう言った。そう言ったんだ。あの爺さん。その言葉を聞いた途端、頭の中が真っ白になった」

入江さんは「ああ……」と小さく呻いた。笠井の心の動きが手に取るようにわかった。彼は串本に相対した晩のことを思い出したのだ。あの男に罵られ、挑発された晩のことを。あの時も笠井は我を忘れ、建設会社の社長に向かっていった。

あの言葉は、彼が親に捨てられた場面を想起させるものでもあった。幼い自分が金で受け渡された場面を。笠井は大人になっても、這いずり回って札束を拾い集めた子供の時のまま、冷たい泥田の中にいるのだった。

のみならず、あの屈辱をさらになぞるような生き様しかできなかった。友人の身代わりに前科者として生きてきた男は。

気がついたら、笠井はナイフで老夫婦を刺していた。叫び声と物音で、二階から息子が下りて来た。篠原久雄は、居間の入り口付近に重なり合って倒れた両親を見つけて目を剝いた。そして明るい居間でナイフを片手に仁王立ちになった男を見た。狼狽と怒りと恐怖。その直後に、ありありと驚きの表情が浮かんだ。

「お前――」

笠井も久雄の顔に見覚えがあった。倉本家の庭で会ったことがあったのだ。倉本家が登録有形文化財に指定されるに当たり、県からの委託で測量に来ていたのが、篠原久雄だった。測量士の久雄はもう一人の同僚と一緒に、土地の測量をしていたのだった。その時に、庭師の住居からふらりと出て来た笠井と出くわしたことが二度ほどあった。庭仕事に出ていた入江さんは知る由もなかった。

庭の測量をしたり、写真を撮ったりする仕事をしていた久雄は、愛想よく「お邪魔しています」と挨拶をした。笠井を倉本家の雇い人の一人だと勘違いしたのだった。それに対してむっつりと見返し、返事もせずに立ち去る笠井を不審に思い、顔を憶えていたのだろう。

「もうやるしかないと思った」

笠井は久雄も刺殺した。どうしてそこまでの行為に及んだのか、自分でもわからないふうだったと入江さんは証言したそうだ。そうだ。そこでやめて逃げたってよかったのだ。なのにナイフを持ったまま、笠井は階段を上った。自分でもわからない力が笠井を突き動かしていた。

彼は二階の寝室に入っていった。布団だけが敷いてあって、誰もいなかった。肩の力を抜き、背を向けようとした笠井の耳に飛び込んできたのは、クマゼミの鳴き声だった。それは押入れの中から聞こえた。引き返して押入れの襖を、思い切り引いた。女性を見つけた。久雄の妻の礼子だ。怯え切って声も出ない礼子を引きずり出し、彼女にもナイフを振るった。押入れの中に一人隠れていた大吾は、見逃された。

「そんなことで――」

入江さんの告白を聞いた直後、僕は思わず呟いた。そんなことで何の関わり合いもない一家は殺されたのか。その理不尽さに怒り、震えた。

あの晩、笠井の中に湧き上がったものとは、自分を見下す世の中に対する憤怒だったろうか。うまく生きられなかった己の人生へのもどかしさか。それとも幼馴染が過去と決別し、平穏な暮らしをしていることへの妬みだったのか。今となっては誰にもわからない。

他人には「そんなこと」としか思えないことがきっかけで、恐ろしい出来事が起こったとしたら？　あまりにもやりきれない。直後に頭に浮かんだのは、大吾がこのことを知ったらどんな気持ちがするだろうということだった。まだ常軌《じょうき》を逸《いっ》した野口豊樹のしわざだったと、世間が判じた通りに自分を納得させていた方がいいのではないか。

しかし野口タカエにとっては、息子にかけられた疑いが晴れるということだ。息子を失って以来、彼女はこれを待ち望んでいたはずだ。僕は廣紀さんの顔を見た。彼も僕を見返した。僕は悟った。真実はそこにある。人間の思惑などに左右されない真実の強さに、僕は畏怖の念を抱いた。僕は聞かなければならない。最後まで。

「それで、入江さんはどうしたんですか？」

入江さんはぐっと顔を上げた。真一文字に結んだ唇が少しだけ震えた。だがすぐに決心したように口を開いた。

「笠井を殺しました」

「なぜ？」

「彼を救うためです」

僕は絶句した。入江さんは静かに言葉を継いだ。

「卑怯で自分勝手な言い分だとは承知しています。だが、あの時は本当にそう思ったんです。笠井はもう以前の笠井ではなくなった。今、暗い戸口に立っている男は、人間ですらない。そしてそうし向けたのは、この私だ。なら、私の手で葬ってやろうと」

理解できなかった。入江さんと笠井との壮絶な関わり合いは理解できても、入江さんの選択は正しいこととは到底思えなかった。

入江さんは土間に下りると、そこにあった丸太を持ち上げ、笠井の頭を殴りつけた。何度も何度も――。笠井はなぜだか、少しも抵抗しなかったそうだ。ここまでの罪を重ねてしまった己に絶望したのか。友人の手によって、虚ろな人生に終止符を打たれることを望んだのか。

入江さんは二度目の殺人を犯した。夜が明けないうちに一輪車に死体を乗せて、涸れ井戸まで運んだ。そして深い穴に落とした。笠井は水のない底にどさりと落ちた。かつては無二の親友だった。将来のある友人のため、罪を被ってくれ、黙って刑に服したのだった。

入江さんは笠井の告白を聞いた時、思ったのではないか。今、血塗れて戸口に立っているのは自分だったかもしれないと。ほんのちょっとした行き違いで、二人の生き様は分かれてしまったけれど、もしかしたら立場は入れ替わっていたかもしれない。鬱屈した思いを抱いて、やがてふと接しただけの家族を殺してしまうのは、自分だったのかもしれない。

だから——だから入江さんは、自分を殺したのだ。

僕の想像力が紡ぐことができたのは、そこまでだった。

「夜になると涸れ井戸から声がするんです。聴こえるはずのない声が——」

僕はちらりと横目で廣紀さんを見た。彼は動じる様子もなく、入江さんを真っすぐに見据《みす》えていた。

「『ほら！　いくら欲しいんだ。金ならやるぞ』。私が殺した串本の声。同じ言葉が串本の声だったり、笠井の父親の声だったりして、私のところに届くんです」

その声が今、耳元でしたように、入江さんはぶるっと身を震わせた。

「幼い笠井がすすり泣く声もします。泥に汚れた札を手にして震えていたあいつの泣き声——。あれは確かに井戸から聴こえてきます。笠井を落とした井戸から」

入江さんに血走った目を向けられて、僕も思わず耳をそばだてた。風がざわりと木の梢を揺らしたが、井戸は沈黙している。

「庭仕事の合間に、井戸に石や土や瓦礫《がれき》を放り込んで、すっかり埋めてしまいました。

それなのに、夜が更けると闇を突いて声がするんです。笠井が酒を飲んで言い募った私への恨み言も何度も繰り返されます。そうしてあいつは最後に言うんだ……」

入江さんはヒュッというふうに喉を鳴らした。

「自首して楽になろうなんて思うなよ。人殺しのお前は、死ぬまでここで俺の言葉を聴いて悶え苦しむんだ、と」

それが私に与えられた罰なんです。ここで夜毎《よごと》に届く涸れ井戸からの声を聴くことが、と入江さんは続けた。

「あの声が私をすくませるのです。あの、夜の底から聴こえてくる声が――」

笠井が長年にわたり、冷たい泥田の中につなぎ留められていたように、入江さんは暗い夜にとらえられて身動きが取れないでいたのだ。

最後に入江さんは深々と頭を下げた。

「ありがとうございました。ようやくあの夜から逃れられます」

入江さんは、警察に自首した。入江さんが出ていったのを見送って、廣紀さんは母屋に戻った。

僕はその足で節子さんと大橋に報告をするためだ。大吾とタカエに真相を告げるのは、僕の役目だ。

それだけはわかっていた。彼らは黙って僕の話を聞いた。はやらないリサイクルショップには、その間一人も客が来なかった。

売り物のデスクの周りを囲んで、三人が座っていた。入り口の扉は開け放たれ、デスクの近くでは丸いストーブが頼りなく燃えていた。タカエの足下では、ヨサクが丸まって寝ていた。時折ヨサクの尻尾が持ち上がって、埃っぽい床を叩いた。

「そうかい」

僕の長い話が終わると、タカエはそれだけを言って、事務所に戻っていった。去っていく横顔を見たけれど、どんな感情も読み取ることはできなかった。安堵も憤りも、怒りも悲しみも、何もなかった。ただ虚無があるだけだった。それこそが、如実に彼女の心を表しているのかもしれなかった。

僕と大吾は、回転椅子を入り口の引き戸のところに並べて座った。坂の下に、頭でっかちの常夜灯が建っていた。坂の途中の家の庭先に紅梅が咲いていて、その花びらが一片《ひと》片《ひら》だけ、僕らの足下に飛んできた。大吾はしばらくそれをじっと見ていた。真実は彼にとってどんな意味があるのだろう。僕はぼんやりとそんなことを思った。彼の心も窺い知れなかった。

ただ、竜野製材の後ろの丘陵地で大吾と語り合った時、彼が放った「それでどうだっていうんだ？」との問いには答えられたと思った。野口豊樹が篠原家に何度も押しかけてきていた理由が、低周波音の影響によるものだと告げた時のことだ。

タカエの息子は殺人犯ではなかった。その事実が導き出せた。大吾の家族が戻ってくるわけではないが、あの晩本当は何が起こったか、それは露わになった。豊樹は罪を被されたまま命を絶った、ある意味犠牲者だったのだ。だから大吾は、野口豊樹もその母のタカエも憎まなくていいのだ。彼の家族を殺した真の犯人はとっくの昔に殺されて、暗い井戸の底に埋められていたのだ。

そのことが、ちょっとでも彼の慰めになることを僕は祈った。クマゼミを押入れに連れて入ったことで、自分を責め続けていた少年にとって。

「あいつはさ――」ぽつりと大吾が呟いた。「あいつはほんとは心の優しい奴だったんじゃないかって、ずっと思ってた」

大吾が言う「あいつ」とは、野口豊樹のことだとわかった。

「あいつがうちに怒鳴り込んできたり、祖父ちゃんや親父に食ってかかったりした時は怖かった。俺もそばで見ていたことがあったから」

「うん」

「でも、あいつの目は泣いていた。そんな気がした」

あの行動が全部低周波音による精神への作用からきていると知って、今は納得したよ、と大吾は言った。豊樹は苦しんでいたんだろう。ふいに混乱の極みに陥り、自身を制御できなくなるのは、とても苦しいことに違いない。苦しんで怖がってた。そう大吾は続けた。

パニック状態で大家の家に押しかけていた豊樹は、本当は助けを求めていたのかもしれない。

「俺はさ、あいつの気持ちを何とか鎮《しず》めようとしたんだ。子供の知恵で必死に考えて、うちにある一番大事なものをやろうと思った」

大吾はかがんで、赤い梅の花びらを摘まみ上げた。その花びらを手のひらの上に載せて、ふっと笑った。

「それで祖父ちゃんが大事にしていたものを持っていくことにした」

僕ははっとして、大吾の横顔を見詰めた。

「祖父ちゃんがいつも磨いていた床の間の置物、ネズミの形をしたやつ。あれをこっそり持ち出して、あいつの部屋を訪ねた。ドアを叩いて出て来たあいつに言ったんだ。『これをあげるから、もううちには来ないで』って」

中矢が言っていた。篠原家の床の間にあった置物が、野口豊樹の部屋で見つかったことも、豊樹が犯人だと疑われる原因になったと。あれは六歳の子供が持っていったものだった。

「そしたらあいつ、俺の顔をじっと見て、それからつーっと涙を流したんだ。一粒だけ。その瞬間、俺は思ったんだ。こいつは、こういうふうにおかしくなってしまって辛いんだなって。こんなふうにされて泣くなんて、ほんとは気持ちの優しい男じゃないかって」

大吾は花びらにふうっと息を吹きかけた。小さな花びらは風に乗って、舞い上がった。それが飛んでいく先を、大吾は目で追った。

「あいつが犯人だって疑われているのは、知っていた。あの晩何があったか、根掘り葉掘り聞かれたからな。中矢もその一人だった」

だけど大吾は何も答えられなかった。その日のうちにドクターストップがかかった。精神的な打撃を受けた子供に取り調べは酷だと。それで、あのネズミの置物を大吾が持って行ったのだとは、捜査陣には知れなかった。大吾は叔母夫婦によって、辛い思い出の場所から遠ざけられた。

「だいぶ経ってから、つまり、豊樹が自殺してからだけど、あの置物がネックになっていたと知った。でも俺は口をつぐんでた。豊樹に大事なものをやったのに、あいつは俺の家族を殺したんじゃないかと疑ってた。だけど――」

ヨサクが起き上がって、のそのそと寄ってきた。ヨサクは大吾の手のひらに、鼻先を擦り付けてきた。大吾は老犬の首の下を優しく撫でてやった。

「だけど時折、思い出すんだ。あの時、あいつが流した涙のことを。あれを思うと、あいつが犯人とは思えなくなった。そのことを社長に言いたかったけど、どうしても言えなかった。野口豊樹が犯人じゃないとすると、俺は誰を恨んだらいいんだ？」

その答えは、今はある。大吾が憎むべきは、そして息子に無実の罪をなすりつけられたタカエが憎むべきは、笠井滋という男なのだ。彼の生い立ちや、入江さんとの関わり合いも、隠すことなくすっかり話した。それをこの二人がどういうふうに受け取ったかはわからない。でも大吾とタカエの間にあったわだかまりは消えたはずだ。一家殺人事件で生き残った子供と、その犯人と目された男の母親という緊迫した関係性は崩れた。

僕らは黙って、それぞれの思いにふけった。ヨサクはまた陽だまりに寝転がり、だるそうに尻尾だけを動かしていた。春めいた風は、紅梅の花びらを時折舞い上がらせていた。

タカエがこもっている事務所からは、何の物音もしなかった。

十二年前の片岡町の一家殺人事件の真犯人がわかり、しかもその犯人が事件直後に別の人物によって殺されていたのだ。春延市にマスコミが殺到した。静かな町は、報道関係の車と人でいっぱいになった。入江さんが地元名家の倉本家に雇われていたことも注目される理由だった。さぞかし大橋は肝を潰しただろう。

世間から忘れられていた凄惨な事件は、再び日の目を見た。後追いの報道が次々になされた。入江さんが警察の取り調べで語ったことも明らかになった。入江さんが過去に人を殺していたことも、笠井がそれを自分の犯行だとして刑に服したことも報道された。

当然だが、入江さんの残忍さや身勝手さが強調された。幼馴染の男に自分の罪をなすりつけ、のうのうと生きてきたが、その幼馴染が現れた時、過去の罪が暴《あば》かれるのを恐れて殺害してしまったというふうに。笠井が一家殺人事件を起こすに至った経緯すら、同情的に解説してみせる専門家もいた。地味で従順な庭師は、極悪非道な犯罪者に置き変わってしまった。

テレビ局や週刊誌の記者は、一家殺人事件の生き残りである少年や、犯人の汚名を着せられて自殺した男の遺族から、コメントを聞きたがった。そして探し回った挙句、この二人が不可思議な雇用関係にあると知れた。タカエと大吾と僕が「月世界」にいた時、マスコミ関係者が数人やって来た。

「今回、全く別の犯人が判明したわけですが、息子さんが被疑者のように扱われたことについて何か一言お願いします」

被疑者のように扱った当人たちからタカエはマイクを向けられた。

「真犯人や、彼を殺した入江に対して言いたいことはありますか？」

「あの事件で一人生き残った少年を雇っているのは、なぜですか？」

予期したことではあるが、タカエは怒り狂った。もの凄い勢いでマスコミ関係者を叩き出し、僕らに命じて表の引き戸を閉めさせた。しつこく迫る相手の腕が、引き戸の隙間から突き出されていた。

「さっさとその手を引っ込めな！　骨が折れても知らないよ！」

がなり立てるタカエの声に彼らは戸惑い、怯んだ。こういう場合、遺族が見せるであろう傷心や悲嘆をタカエに期待するのは、大きな間違いだ。躊躇した僕らの尻を蹴り上げる勢いで、タカエは無情にも重い引き戸を閉めさせた。マイクを持った誰かの手が一本だけ挟まれて、外で苦痛の叫び声が上がった。ぽとりと内側に落ちたマイクを拾い上げたタカエは、おもむろにそれを拾い上げ、隙間から投げ返した。

「ほら！　忘れ物だよ！　持って帰りな。今度来たらただじゃおかないからね！」

地面に叩きつけられたマイクは、完全に壊れた音がした。

「あれ、もらっときゃよかったな。きっと高く売れたぜ」

大吾が惜しそうに言った。引き戸の向こうからは性懲《しょうこ》りもなく、つまらない質問を投げかける声がしていた。大吾が自分の部屋に上って、こっそり小さな窓から外を観察した。マスコミ連中は諦めるどころかどんどん数を増やしていった。

「これじゃあ、今日は学校を休むしかない」

大吾は嬉しそうに言うと、僕の携帯電話でハル高に電話をして事情を説明した。浅見先生が心配していたそうだが、「あ、全然大丈夫っす」と大吾はいかにも軽い調子で答えた。

「いつになったらいなくなるんだろう」

僕が不安そうに言うと、タカエは「ほっときゃ、そのうち諦めるだろ」と素っ気なく答えた。ヨサクにドッグフードと水を与え、老犬がそれを食べるのを見ていると、大吾の腹が鳴った。

「こりゃあ、長期戦だな。社長、何か食いもんある?」

事務所に戻ったタカエは、小さな冷蔵庫を開けてガサゴソと中を探っていた。冷凍の餅や塩コンブ、白菜の漬物やベビーチーズ、レトルトカレーなど、統一性のない食べ物がぞろぞろ出てきた。

「うへ、これ、消費期限過ぎてるぜ」

「文句言うんじゃないよ」

「まさかこれも買い取り品? どうせタダで巻き上げたんだろうな」

「まだ三か月しか過ぎてないじゃないか。充分食べられるさ」

「おい、隆太。お前んちの祖母ちゃんに電話して差入れ持って来てもらえよ」

大吾が泣き言を言う間に、タカエは古い電子レンジをチンチン言わせて料理を作った。そんな二人を見ながら僕は思った。この二人が初めに近づいたのは、中矢が推測したようなことだったかもしれない。お互いを見張り、探り合い、欠けた何かを得ようとした。自分に鞭打《むちう》つように、憎しみを体に沁み込ませた。許し合うなんて到底できなかったはずだ。大吾は豊樹が流した涙のことを、その母親にはわざと伝えないでおいた。複雑でやりきれない思いが交錯したことだろう。

　でも二年近く寄り添っている間に、少しずつ変化が起きたのではないか。こうやってポンポン言い合うことで、何かを吐き出し、凝り固まっていた何かは溶け崩れていったのかもしれない。こんなことを分析し、推測する権利は僕なんかにはないとわかっているし、うまく表現もできなかったが、何かが変わったことは確かだろう。僕がハル高で経験を積み、心を生き返らせていったように。憎しみでもなんでも、ぶつけ合うと、化学反応みたいに何かが生まれてくるのだ。

「さあ、できた」

　電子レンジでとろとろにした餅にカレーをかけ、チーズや納豆やコーンフレークを添えた得体の知れない食べ物を差し出された。恐る恐る口に運んだが、意外にも美味しかった。

「人間、いざとなったらどんなもんでも食えるもんだな」

「うるさいよ。黙って食べな」

「外の連中、腹減らせてるだろうな」

「ふん、あれもあいつらの仕事のうちだ。慣れたもんだろ」

　舌にくっつく熱い餅と格闘しながら、僕は大吾とタカエの会話を聞いていた。この二人の間では、十二年前の事件のこと、家族のことを決して口にしないというのがルールになっていたのではないか。上手にその話題を避けながら、憎まれ口を叩いてやってきた。なぜだろうか。決定的なことを口にすれば、破綻するとわかっているからだ。この奇妙な関係が。

夫も息子も亡くしたタカエと、殺人事件の生き残りの大吾は孤独だった。誰かが近くにいるということが重要だった。噛み砕けないものを無理に噛み砕き、呑み込めないものを無理に呑み込んで彼らは近くにいることを選んだ。何も求めず、期待もせず、ただそばにい続けた。

母の体温を思い出した。僕がヨサクの体温を感じた時のように。でくれなくてもよかったのに。ただそばにいてくれただけでよかったのだ。絵本なんか読んでくれなくてもよかったのに。もうそれを母に伝える術はない。

「今頃、みんな給食を食ってるだろうな」

「うん、でも社長のご飯もなかなかいけるよ」

「明日はどんなことがあってもあいつらを追っ払ってやるから。商売の妨害もいいとこだ」

タカエはヨサクにチーズを放ってやった。ヨサクはくんくん嗅いでから、それをゆっくり口に入れた。

その晩、遅くまで取材陣が外で張っていた。驚くべき執念だ。家に電話して、大吾のところに泊まっていくと伝えたら、祖母は嬉しそうに返事をした。事務所のテレビを点けてみると、夜のニュースで「月世界」まで押しかけてきたどこかの放送局が、昼間の映像を流した。タカエが大声で怒鳴り散らして取材クルーを叩き出している映像だ。それを見て、大吾と僕は腹を抱えて笑った。タカエは相変わらずにこりともしなかった。

それからもしばらく起きていた。袋菓子を開けて食べながら、大吾はやかましくしゃべっていた。僕が時々返事をし、タカエもごくたまに口を挟んだ。事件の話題は一度も出なかった。外で張っている連中の想像からはかけ離れているだろうけど、僕らは楽しんでいた。

タカエは倉庫の中に陳列してあった売り物のベッドで寝た。ベッドの下に半分体を押し込んで、ヨサクが寝息を立てていた。僕は、やっぱり売り物の寝袋を持って大吾の部屋に上がっていき、床でごろ寝した。

三人と一匹は、一つ屋根の下で眠った。「月世界」という名の家の中で寄り添う一晩だけのかりそめの家族だった。あの晩のことは、今でも時々思い出す。ただ一緒にご飯を食べ、とりとめのない話をしただけなのに、満ち足りた気分で眠りについた晩のことを。

近づいたはずなのに、あれを最後に僕らは別々の道を歩きだすのだ。

19

入江さんの取り調べに当たった一人が中矢だった。入江さんは素直に取り調べに応じたらしい。彼の自供通り、倉本邸の埋め戻された涸れ井戸から、白骨化した遺体が発見された。身元を調べるためにＤＮＡ鑑定が行われて笠井だと断定された。家族のＤＮＡと照合する必要性に迫られ、笠井の父親が探された。彼はあっさり見つかったらしい。息子を捨てた父親は、遺体になった息子と対面した。かつて笠井が働いていた寺の住職から手に入れた笠井の写真は、警察が作成した似顔絵とそっくりだった。

ボロボロになった笠井の上着とポケットの中の折り畳みナイフから、古い血液が採取された。それが大吾の家族のものだと判明した。白骨が履いたままだった靴は、篠原家の外の土に残された靴跡と一致した。入江さんの供述は裏付けされた。

笠井が大吾の家族四人を殺したのだ。ほんの些細なきっかけだった。でも笠井にとっては大きなことだったのかもしれない。誰もが理解に苦しむようなことが、彼の中にあるスイッチを押したのだ。

入江さんが笠井を殺したのも、同じ原理だろうか。そうして密かにこの事件の真犯人は始末された。中矢が「煙のように消えてしまった」と言った金の仏像を配り歩く似非坊主は、とっくに殺されていたのだ。見つかるはずがない。

入江さんが起訴されてから、のっそりと中矢が「月世界」にやって来た。ハル高が春休みに入ろうかという頃だった。少しだけ痩せたような気がしたが、相変わらず不機嫌で垢抜《あかぬ》けない刑事だった。

「相変わらずシケた顔してるじゃないか」

タカエはずけずけと言い、中矢は「けっ」と返した。

僕らがマスコミ関係者によって、「月世界」に閉じ込められた時、翌朝になっても数社がまだ張っていた。これでは家にも帰れない。困り切った僕は中矢に助けを求めた。たぶん、入江さんの取り調べで忙しい時期だったろうに、中矢はすぐに来てくれた。パトカーで制服警官を引き連れて駆けつけた中矢は、カメラをかついだりマイクをかまえたクルーを追い散らした。ガラガラ声で喚く中矢の声が、倉庫の中まで響いてきたものだ。

あの時のことを、タカエは有難いとも何とも思っていないのだろう。思えば「月世界」という場所に縫い付けられていた点では、中矢も同じだった。「月世界」の電飾が誘蛾灯《ゆうがとう》のように関係者を引き寄せる図を、僕は思い浮かべた。

中矢は、入江さんの供述内容や裏付け捜査のことをかいつまんで話した。タカエと中矢がデスクを挟んで向かい合い、大吾と僕は、少し離れたところに置かれた革の破れたソファに並んで座っていた。なぜわざわざそんな話をしに中矢が来たのかはわからない。あの事件に深い関わり合いのある二人には、それを知る権利があると思ったのか。中矢なりの気遣いだったのか。

入り口の扉は全開になっていた。中矢は入り口に背を向けていたので、店の中にいる僕からは、逆光になっていて表情がよく見えなかった。中矢の後ろの景色の中で、高座神社の鎮守の森がざわざわと揺れているのが見えた。

中矢は淡々と事実だけを口にした。僕が廣紀さんと東屋で聞いたこととだいたい同じだった。こうして説明されると、何と軽くて簡単なものだろう。直接入江さんの口から聞いた時のようなやりきれなさやおぞましさは、感じられなかった。中矢は努めてそういう態度を取ったのかもしれない。タカエも大吾も、そこにある生々しさを十分に感じられる体験を経てきているのだから。

僕らからは背中しか見えないタカエの表情は、想像するしかなかった。笠井が為した犯罪を押し付けられる形で、弁解することもなく死んでいった息子のことを思っているのか。自分が救えなかった子のことを。タカエは薄い体の背をしゃんと伸ばして聞いていた。

――人は死ぬ時がきたら死ぬんです。理由を考えて苦しむのは、生き残った者だけです。

——何で奥さんはそんな濡れ衣を着せられて黙っていたんです？

時折発せられたタカエの心情が剝き出しになった言葉。あれに反応していたのは大吾だけだった。僕はただ聞き流していた。母親として、血を吐くような言葉だったのに。

タカエの背中からは動揺も嘆きも悲しみも、何も感じられなかった。もうそんな感情はとっくに使い果たしてしまったのか。ただ静かに刑事の言葉に耳を傾けていた。話す中矢の心情はどうなんだろう。彼は、欲しかった真実を手に入れた。それを求めて、「月世界」へ足を運んでいたのだから。中矢はこれで満足なのだろうか。それも窺い知れなかった。

ただ、この三人を縛り付けていた桎梏《しっこく》が解けていくのを僕は感じていた。

中矢が話し終えると、タカエは立ち上がった。ゆっくりと振り返り、「大吾」と呼びかけた。大吾は夢から醒めたみたいにぽかんと社長を見返した。

「あたしはこの店を畳むよ」

「え？」と言ったのは僕だけだった。大吾も、そして中矢も、とうにそのセリフを予期していたように表情を変えなかった。タカエはそれだけ言い捨てて、事務所に引き揚げていった。

「君らはこの一年で大きく成長した」浅見先生は終業式の日に教壇に立って言った。

「まず毎日学校へ来た。中には休む生徒もいたけど、学校は通うところだという認識を体に沁み込ませた」

浅見先生は、ぐるりと生徒たちを見渡した。この前、中矢が「月世界」の前からマスコミを脅して（これ以上、ここに居座るようなら監禁罪で逮捕する、とはっきりと言い放った）追い返した後、浅見先生も心配して駆けつけてくれた。浅見先生は、常に生徒のために出動する「ブル」だった。

「変わった、という言葉は適当ではない。もともと君らの中にあったものが、表に出たということだ。無理に変わろうとしなくていい。まず、あるがままの自分を見つめ、それを受け入れて欲しいんだ。春延高等学校定時制課程は、そうする人にとことん付き合います」

少しだけおとなしい服装になった吉竹さんや、耳と鼻のピアスを光らせた大槻、でしゃばらないけど、クラスメイトをいつも気遣って声を掛け続けてくれた檜垣さんたちが、浅見先生を見上げていた。北川は伏し目がちだったが、耳はじっと先生の言葉を拾っている様子だ。

僕はそっと大吾の横顔を見た。こういう時に明るい声で発言する大吾は、口を閉ざしていた。といって屈折した思いや複雑な心境が見て取れるというふうでもない。ただ淡々と先生を見据えていた。そういうところが却って僕を落ち着かなくさせた。彼の中で、それこそ何かが変わっていくような気がした。

僕らはもうすぐ二年生になる。浅見クラスには、この一年の間に数人、休学や退学をしてしまった生徒もいた。彼らはもともとあまりクラスに馴染んでいなかったから、いなくなっても僕もあまり気にならなかった。

でも――去っていった彼らがまとっていたよそよそしさが、今の大吾にもなぜか感じられるのだった。その事実が僕を慄かせた。彼と一緒に過ごしたのは、たった一年だ。それなのに僕の中に、大吾の存在はでんと居座っていた。彼を失うことが怖かった。ハル高定時制に通うまで、僕には友だちがいなかった。その必要を感じなかった。寂しいとも思わなかったし、それまでの学校生活から、逆に煩わしいくらいに思っていた。それは思い上がった考えだった。

知らず知らずのうちに、自分という存在を、同年代の集団の上部に位置付けてしまっていた。誰かの姿の中に、自分を見直す鏡があることに気づかなかった。僕は文字通り、身の程知らずだった。

それを僕に思い知らせてくれたのは、大吾だった。僕のことを、「ダチが一人いるからな」と言ってくれた同級生。生まれて初めて殴らせてくれた親友――。

一年生最後のホームルームが終わり、校舎の外に出た大吾と僕は、自転車置き場から自転車を引っ張り出した。大吾は門のところでいつも通りに手を挙げた。

「じゃあな、隆太」

僕は大吾の背中を見詰めて立っていた。後ろからハル高定時制の生徒がぞろぞろと出てきて、僕を追い抜いていった。百合子と一ノ瀬が並んで通った。

「堤君」百合子が僕に声をかけた。「春休みはどうするの?」

僕は口ごもった。春休みだろうと夏休みだろうと、僕には行き先といえば「月世界」しか思い浮かばなかった。「月世界」は三月いっぱいで閉店すると決まっていた。タカエは後片付けに時間がかかるから、閉店後も今まで通り、二階の部屋に住んでいていいと大吾に言い渡した。彼女は、もともと住んでいた蕨市に帰るつもりだった。大吾は住むところとアルバイト先を探さねばならないわけだが、特に焦っているようでもなかった。

二年ほど一緒に仕事をしたタカエと大吾は確実に離れ離れになるわけだ。そのことに関しても、二人とも事務的で冷淡だった。今までのあり様を思えば、それはしごく当たり前のことなのだが、あっけなく寂しい気持ちもした。しかしこの二人の間には、そういった他人の深読みや思い入れを介入させる余地はない。あまりに壮絶で過酷な関係が裏にあるからこその、今の恬淡《てんたん》さなのだ。そのことも、僕はよくわかっているつもりだった。

「明日、体育館で練習試合があるんだ」一ノ瀬が言った。「暇なら見に来いよ」

ハル高の全日制のバスケットボール部と、定時制のバスケットボール部が練習試合をするのだと一ノ瀬が説明した。僕は深く考えることなく、行くと答えた。

「じゃあ、明日ね」

応援に行くという百合子は、手を振って去っていった。

――じゃあ、明日。

学校という場所に通い続ける生徒が、毎日のように口にする言葉だった。でもその「明日」が当たり前にあるという安易な考えは間違っている。ずっと変わらずにあるものなんかひとつもない。

そして時の流れは、ただ立ちすくむ僕にも変わることを求める。

一ノ瀬が率いる定時制チームは、全日制チームにこてんぱんに負けた。それでも定時制のバスケットボール部の連中は楽しそうだった。「もう一回やろうぜ」と誰ともなく言いだし、何ゲームもやった。負け具合をサカナにして大笑いをしていた。同じ仲間でバスケットができることが嬉しいようだった。試合が終わった後、百合子と一ノ瀬と僕とでマクドナルドに寄った。

「重松君は、結局バスケットボール部には入ってくれなかったね」

百合子が言うと、一ノ瀬は「いい素質を持ってんだけどな」と残念がった。続けて

「あいつ、二年に上がる気があるんだろうか」と言った。

「なんで？」

僕が尋ねたら、「なんとなく」とだけ答えた。

大吾はもう僕らのそばにはいないんだ、と思った。軽いジョークを飛ばしながら、一ノ瀬とフリースローの練習をしながら、ヨサクを散歩させながら、大吾は僕らから少しずつ離れていく。それはもうどうしようもないことなのだ。僕らにとっての「明日」は確実に変わりつつあった。

春休みになっても、僕は相変わらず「月世界」に通って、店の後片付けを手伝った。タカエは三月末を待たずに「月世界」を閉店した。夥しいガラクタで占められたリサイクルショップの棚は、同業者が目ぼしいものを引き取った後、ひたすら廃棄作業に没頭するしかなかった。

「よくもまあ、こんなもんを買い取ったもんだよなあ」

色褪《いろあ》せた着物や、黄ばんだ洋服、欠けた茶碗《ちゃわん》、訳の分からない機械、引き出しがつっかえて開かない箪笥《たんす》などを分別して倉庫の外に運び出しながら、大吾は言った。細々したものは、廃棄にかかる費用を節約するため、タカエがミニバンで処理場との間を往復して処分した。

「大吾、住むとこ、決まった？」

僕は日に二度ほどは、同じ質問を投げかけた。そのたびに大吾は「うーん。まあ、探してはいるけどな」とはぐらかした。それ以上、僕は突っ込んだことを訊けなかった。訊いてはいけないような気がした。もう大吾の中では決まったことがあって、それを僕に言うかどうかの部分で、彼は迷っているという気配がした。

「月世界」ががらんどうになっていくにつれ、僕はそれを聞くことが怖くなっていた。ただひとつ、僕も決心したことがあった。タカエがミニバンで帰って来た時、僕は彼女に掛け合った。

「社長」

ハッチバックを開けて、次の荷物を積もうとしていたタカエが振り返った。

「ヨサクを僕にくれませんか？」

タカエは特に表情を変えなかった。静かに「いいよ」とだけ答えた。

といっても、しばらくヨサクは「月世界」にいさせることにした。なるべく長い間、大吾と一緒にいて欲しかった。だだっ広い倉庫の上で大吾を一人で眠らせるわけにはいかなかった。うちに来ないかと誘っても、それを断るのは目に見えていた。大吾には大吾の人生があり、僕には僕の人生がある。それぞれがそれぞれの生き方を貫いていくしかない。ヨサクが次々に変わる飼い主の許で、潔く生きているように。

翌日、大きな家具や機械類を廃棄業者が引き取っていき、「月世界」は本当にがらんどうになった。タカエは、「何でも売ります。買います。よろず相談承ります」という看板を外した。大吾と僕は、並んでそれを見ていた。風通しのよくなった店の入り口で、ヨサクが大きく伸びをした。

四月いっぱいは、まだ倉庫は借りているらしいが、タカエは住んでいたマンションの部屋を解約した。以降は蕨市の家にいることが多くなった。

四月に入ってすぐ、倉本邸に招《よ》ばれた。大吾を誘ったが、彼は行かないと言った。

「俺もいい加減、腹をくくって新しい家を探さないとな」

大吾の言葉に、僕はほっと胸を撫で下ろした。大吾の荷物なんて知れたものだけど、引っ越しの時は手伝うからと僕は請け負った。大吾は明るく「よろしくな。ツキにも応援を頼むつもりなんだ」と言った。

倉本邸に向かいながら、僕は迷っていた。このままハル高定時制に通い続けるべきかどうか。定時制高校に通うことが、社会復帰へ向けてのリハビリだったとすると、もうその目的は達せられたような気がしていた。ハル高へ通うのは楽しいが、勉学に関していえば、あそこで学ぶことはもうない。だが、次のステップが何なのかよくわからなかった。なにより大吾を始めとして、あそこでできた友人たちと別れ難かった。

倉本邸は静かだった。ここの庭師が重大な事件を起こしたせいで、「月世界」に押し寄せたと同じくらいのマスコミがやって来たに違いない。そういう映像をワイドショーか何かで見た。だがこの広い敷地では、がなり立てる取材クルーの声は屋敷まで届かなかっただろう。彼らが欲しかった雇い主のコメントなどは、取れなかったようだ。門のところでシャットアウトされたレポーターは、雇い主に届かなかったマイクで虚《むな》しく実況中継をしていた。病気の廣之助氏も節子さんも、画面に登場することはなかった。そんなことを、あの忠実な大橋が許すはずがない。

節子さんがこの一連の出来事をどう感じているか、聞いてみたい気がしたが、彼女はいなかった。廣之助氏が入院してしまい、付き添っているのだという。自宅療養できないくらい、病状が悪化したということだろうか。そのことを廣紀さんに尋ねた。

「もう長くはないと医師から言われてるんだ」

気負う様子もなく、廣紀さんが答えた。だいぶ前に余命宣告されていたらしい。その時告げられた期限よりも、ずっと長生きしたそうだ。玄関で僕を迎えてくれた大橋も、どこか寂しそうな顔をしていた。

応接間のテーブルの上に浅い植木鉢が置いてあって、そこに濃い紫のスミレが一株植えてあった。

「これ、庭に咲いていたんだ。可愛いだろ？」

ビアンカさんが移植したのか。本来それをすべき入江さんはもういない。

廣紀さんは応接間のガラス戸の前に車椅子を進めた。僕もその隣に立った。寛容で公明な廣紀さんの前に来ると、僕は心の内を何もかも打ち明けたくなる。

入江さんのことは、廣紀さんも大きく関わったから、あの事件の真相はよく理解している。でも僕が話したかったのは、この一年、僕が経験したことだ。引きこもりだった僕がハル高とあの「月世界」で経験し、何を思ったか。今、なくなろうとしているリサイクルショップ兼便利屋のタカエと大吾への思い。そういうことを根気強く聞いてくれるのは、廣紀さんをおいて他にはなかった。

大吾の一家が殺された事件の意外な真相を暴くきっかけとなったのは「月世界」だ。あそこに竜野さんが金色の仏像を持ち込んだ。あれが発端だった。それから小泉尚子が望と比奈子姉妹を描いた油絵を売りに来た。その背景に事件の現場となった場所が描かれていた。あれがなければ、野口豊樹の部屋と紡績工場の位置関係がわからなかった。あの絵を見た廣紀さんが、低周波音が介在したことを見破ったのだから。その廣紀さんを知ったのも、節子さんが便利屋に仕事を依頼してきたからだ。

すべては「月世界」に収斂《しゅうれん》していた。そしてそこには、事件に深く関係していた二人がいた。その不思議を僕は思う。運命という一言で片づけてしまうのは、あまりに軽薄だ。そこには、何か人知の及ばない力が働いた気がしてならなかった。

僕の話を聞いた廣紀さんは、おもむろに口を開いた。

「そこに君がいたからだよ」

僕は意味がわからず、ただ廣紀さんの横顔を見詰めた。

「仏像も油絵も、単なるモノだ。平らな水面に浮かんだ物体に過ぎない。何もしなければ、それはただの浮遊物としてそこにあるだけだった」

戸惑う僕に向かって、廣紀さんは穏やかに笑いかけた。

「前に音響の説明をした時に、水滴の話をしたろう？　ある些細な運動が空間を伝播していき、鼓膜に届いて音となる過程のことを」

僕は小さく頷いた。

「水滴が、さっきの平らな水面に落ちたところを想像してみるといい。波が起こる。四方八方に広がった波紋は、浮遊物を動かす。やがてそれらは引き寄せられる。ただの物体だったものが、寄り集まることである意味を持つようになる。その意味を読み解くことで、全体像が見えてくる」

廣紀さんはそこで言葉を切って、庭に向き直った。芝生は刈られないので、つんつんと気ままに伸びていた。芝生の向こうにある桜の古木は満開で、風が吹くと薄桃色の花びらをとめどなく散らしていた。

「あの仏像を入江さんが彫っていたのを思い出したのは君だ。比奈子っていう子と話して、油絵の背景のことを聞いたのも君だ。もし君がいなかったら、物事はつながらなかった」

廣紀さんは車椅子をくるりと回して、僕を真っすぐに見詰めた。

「君は水面を動かした小さな水滴だったんだ」

僕の進むべき道が見えた気がした。


倉本邸から、直接僕は「月世界」に向かった。高座神社の前を通り、あたまでっかちの常夜灯のところで曲がった。坂を上りながら、リサイクルショップの入り口が閉まっているのに気がついた。大吾は留守なのだろうか。部屋探しに本腰を入れたということか。

ヨサクが見えた。駐車場の犬小屋の横で、きちんと座って僕を待っていた。なんだか胸騒ぎがした。ヨサクが犬小屋のそばにいるなんて。僕は坂を駆け上がった。引き戸に鍵はかかっていなかった。物が何もない倉庫に鍵は不必要だった。

「大吾！」

階段の下で僕は怒鳴った。怒鳴る前から、返事がないことはわかっていた気がする。

階段をゆっくり上った。部屋はきちんと片付いていた。少しばかりの大吾の私物は消えていた。床に直に置かれたマットレスや机や椅子はそのまま残されていた。机の上に白い紙が置いてあった。僕はそれを手に取った。太いマジックで書かれた大吾の文字を読んだ。

「じゃあな、リュウタ」

それだけ書かれてあった。

「隆太くらい漢字で書けよ」

もうそこにいない親友に僕は突っ込んだ。


教わっていたタカエの電話番号にかけた。大吾がいなくなったことを告げると、老婆はちょっとの間沈黙した。

「そうかい」

予想した通りの言葉が、携帯から漏れてきた。

「大吾はどこかに行っちゃったんだ」

僕は子供っぽく情けない声を出した。

「あの子は大丈夫だ」タカエは短く言った。「どこへ行ってもうまくやるよ。だからあんたもジタバタするんじゃないよ」

それでも僕はジタバタした。浅見先生に連絡した。先生とハル高で落ち合った。事務員さんが、大吾から郵送で退学届けが届いたと言った。浅見先生は、大吾の養い親である富山の叔母夫婦と連絡を取った。彼らも驚いたようだった。大吾からは何も聞いていないと言った。クラスメイトの誰も、大吾の行方に心当たりはなかった。中矢にも連絡を取った。彼の進言で、富山の叔母夫婦が警察に捜索願を出した。もうそれ以上、することはなかった。大吾は事件に巻き込まれたわけではない。彼が自分の意志で姿を消したことは明らかだった。

僕はヨサクを家に連れて帰った。ホームセンターで木材を買ってきて、新品の犬小屋を作ってやった。庭にそれを置いたが、ヨサクは、しばらくの間居心地が悪そうにしていた。

「ヨサク、社長も大吾ももういないんだ。ここがお前の新しい家だ」

僕はヨサクに語りかけた。ヨサクは僕の手のひらを舐めた。老犬は、情けない声を出す僕を慰めようとしているようだった。祖父の塾に通ってくる子らが、ヨサクを可愛がった。そのうちヨサクはうちにも、新しい家族にも慣れた。ヨサクより僕の方が、あの二人の不在に慣れる努力をしなければならないようだ。

その痛手は深かった。どうしても大吾に聞いてもらいたいことがあったのに、それを告白する前に、彼は僕の前から消えてしまったのだ。春の陽気の中、僕は家でぼんやりとしていた。もはや「月世界」に行くことはかなわない。大吾がいなくなってから、夕カエは予定を早めて倉庫を貸主に返した。

リサイクルショップの経営者のあの強さ、淡白さが羨ましかった。それは彼女が過ごしてきたこの十二年間の苦悩や絶望があってこそ、身に着けたものだとわかっていた。

その上で、「あの子は大丈夫」と言える関係を、大吾と結んでいたということだろう。

僕はまだまだ甘い。

いつかの寒い晩、大吾が「月世界」の看板のイルミネーションを点けた時のことを思い出した。けばけばしく点滅する看板の上で、凍てついた夜空に星が光っていた。あの時から、僕らは分かたれるよう決まっていた。そんな気がした。春の日盛りの中で消沈している僕を、大吾は遠くで笑っているだろう。

「じゃあな、大吾」

僕は声に出して言った。

春休み中に塾に来る小学生に勉強を教えるということを始めた。じっとしているのが嫌だった。それ以外にはヨサクを散歩に連れ出すくらいしか、やることがなかった。これからどうすべきか決めかねて、僕はふらふらと歩き回った。そんな僕に、ヨサクは根気強く付き合ってくれた。老犬には過ぎた運動量だったと思うが、ぼんやりしたご主人様を放っておけないとでもいうように、ヨサクはのたりのたりと歩いた。

「ちょっと！」

すれ違った女の子が立ち止まった。よく見たら、それは比奈子だった。

「どうしてあんたはいつもぼんやりしてんの？」

ぴしりと言われて、危うく僕は涙をこぼすところだった。

「大吾がいなくなったんだ」

すがりつくような勢いで比奈子に言った。どうしてなんだろう。この高飛車で不遜な少女には、人の心をぐっとつかみ、開かせる力がある。

僕らはドッグ・カフェのテラスで向かい合った。散歩の途中で見つけた場所で、一度だけヨサクを連れて入ったことがあった。カフェの横にはドッグランがあって、元気を持て余した犬が走り回っていた。だがヨサクは興味を示さなかった。よく考えたら、ヨサクが全力疾走しているところなど、一度も見たことがなかった。

彼は僕の足下で丸くなると、惰眠を貪り始めた。長い散歩の途中の有難い休憩というわけか。

「私も練馬の高校の定時制に通うことにしたの。この四月から」

席に着くなり、比奈子が言った。

「それは――よかったね」

うまく答えられない僕に、彼女はきゅっと眉根を寄せた。

「大吾って、あの時のあんたの友だちでしょ？　いなくなったってどういうこと？」

「前に、僕が引きこもりから定時制に通うようになったって言ったろ？　大吾はその時のクラスメイトで――」

比奈子とばったり再会した時に油絵の背景のことを聞いた。あれが大吾の一家が見舞われた事件を解決する糸口になったというのに、そのことを報告するのを忘れていた。あれから次々といろんなことが起こって、いつの間にかうやむやにしてしまっていた。でもあの顚末を話す前に、僕と大吾のことを聞いて欲しかった。長い話になった。テラスでお茶を飲んでいた飼い主と犬たちは、何度も入れ替わった。陽が傾いて、ドッグランを走っていた柴犬《しばいぬ》やシェットランド・シープドッグやボーダー・コリーは気持ちよく疲れて帰っていった。

僕はコーヒーを、比奈子はストレートの紅茶を二度お替りした。僕がしゃべっている間、比奈子は口を挟まなかった。まさかこの子にこんな集中力があるとは思わなかった。比奈子は真剣に僕の話に耳を傾けた。

「どこに行っちゃったんだろうね。親友のあんたに何も言わずに」

比奈子の言葉に、また僕は感極まった。そうだ。そういうことを、僕は言って欲しかったんだと初めて気づいた。大吾はどこに行ったんだろう。どうして僕に何も言ってくれなかったんだろう。ごくシンプルなことだ。比奈子の言葉は飾り気がなく、ストンと真っすぐに落ちてくる。都合のいい解釈をして、僕を慰めようともしない。端的でぶっきらぼうに聞こえる彼女の言葉に浸っているのは気持ちがよかった。地球全体の水のたった〇・〇〇一パーセントの水蒸気が降らせる雨が、優しく地面を濡らすように。

だから、僕は大吾に聞いてもらいたかったことをつい口にした。大吾がクマゼミの鳴き声が嫌いだと打ち明けた時に、僕ももう少しで告白するところだった話を。

「僕は踏切の音が怖いんだ」

文化祭の催しで、録り鉄の北川が流した踏切の音で過呼吸症候群の発作を起こしたことを語った。原因はよくわかっている。亡くなった母との思い出が、僕に過剰反応を起こさせたのだ。

僕の母は、子供を愛せない人だった。虐待とか、育児放棄とか、そういうものではない。ただ僕という子供をどう扱ったらいいのかわからなかったのだ。精神的な問題を抱えていたのかもしれなかった。あるいは何かトラウマとなる体験をしていたのかもしれない。今となってはもう知る由もない。母が死んでしまった後では。

ただわかっていることは、母はそういう自分に戸惑っていたということだ。僕という存在をどうしても愛せないことに気がついて驚き、苦しんでいた。女性というものは、母親になったら自然に母性が湧いてきて、子供には無償の愛を注ぐものだと誰もが思っているに違いない。母もそうだったろう。

でも違った。母は特に突出したものを持っていたわけでも、奇矯な人でもなかった。また冷酷な人物でもなかった。平凡な専業主婦だった。家事をこなし、夫を支え、義理の両親ともうまくやっていたと思う。身なりをきちんと整えた美しい人だった。母親としての役割も滞りなくこなしていた。ただ、子供に愛情を持てなかった。子育てをしながら、僕を受け入れられなかった。

幼い僕には、そんな母の心情が如実《にょじつ》に伝わってきた。僕が頭がよかったからではない。きっと子供には、生まれつきそういう能力が備わっているのだ。誰が一番自分のことを愛してくれているか、誰に頼ればいいか、自分と接した時、誰が幸福な笑みを浮かべるか。そんなことを本能的に見分ける能力だ。

母は僕の最も近くにいる人だ。その人が僕を愛せず、でも愛そうと苦悶していた。それがわかるがゆえに、僕は悲しかった。僕は母が好きだったから。そういうことを、当時きちんと整理して考えていたわけではない。ただ感覚だ。子供の本能と感覚が、僕に悲しみをもたらし、おとなしい物わかりのいい子のように振る舞わせていた。

よその母親のように、子供を全身全霊で愛せない母はどうしたか？

母は僕に大量の絵本を買ってくれた。そしてそれを毎日読み聞かせてくれた。今も書庫に残っている絵本がそれだ。父や祖父母は、僕が母を思い出すよすがだと絵本をいつまでも取っておいてくれるのだが、あれは僕にとって悲しい思い出の品でしかない。絵本を読んでくれていた母の声、寄り添った母の体温は、今も僕の中に残っている。

読み聞かせの声は抑揚がなく、ぎこちなかった。子供のために絵本を読んでやるというよりは、母というものはこうするものだと一途に自分に言い聞かせているというようだった。僕がもっと体温を感じたくてすりよると、母はそっと体をずらした。そして無意識にそんなことをした自分を嫌悪した。僕には、そんな母の心の動きがよくわかった。

「よだかは、実にみにくい鳥です。顔は、ところどころ、味噌《みそ》をつけたようにまだらで、くちばしは、ひらたくて、耳までさけています」

母は『よだかの星』を読みながら、子を愛せない自分を、異形の姿の鳥に重ね合わせていたのではないだろうか。

おそらく父は、母の様子がおかしいということには気づいていたと思う。だけどそれほど深刻にはとらえなかった。初めての子を持った母親の戸惑いや、子育てに関する悩みくらいにしか感じてなかっただろう。それとなく気をつけてはいたろうが、僕ほど直接に感じ取り、心を痛めたりはしなかった。

母は心を病んでいった。僕という存在がそうさせるのだ。でも幼い僕にはどうしようもなかった。暗く落ち込んでいく母を、祖母は心配していた。少し実家に帰って休んで来たらどうだと言うのを聞いた記憶がある。だけど、気丈な振りをして、母はそれを断った。

今思えば祖母は同性として、母の僕に対する態度に漠然とした不安を感じていたのかもしれない。それは漠然としたままで、遠慮した祖母はそれ以上踏み込むことはなかった。

ある日母は、読んでいた絵本をばさりと床に伏せた。そして僕を見た。まるで今まで見たこともない動物を見るような目だった。僕は震え上がった。家には誰もいなかったと思う。母は僕の手を引いて外に出た。足早に歩く母に引っ張られながら僕は怖かった。

「ママ、どこに行くの？　ねえ、ママ」

母は一言も答えず、ただ一心に前を向いて歩いた。そして踏切に来た。線路の脇に立って、電車が何台も行き過ぎるのを見ていた。踏切棒が下りたり上がったりした。通りすがりの人が見たら、乗り物好きな男の子に電車を見せている母親にしか見えなかったろう。でも僕は知っていた。母はあの時、死のうとしたのだ。僕を道連れにして。

カンカンカンカン——。

踏切の警報機が鳴り響く。電車が近づいて来る。母の手にぐっと力が入る。今度こそ飛び込むんだな、と僕は覚悟する。なぜだか、泣いたり逃げようとしたりはしなかった。母と一緒に死ぬのが道理のような気がしていた。

どれくらいの時間が経っただろう。母は肩を落とした。そしてまた僕を連れて家に帰った。電車に飛び込む決心がつかなかったのだ。

あれ以来、僕は踏切の音が怖い。

母はその後、子宮がんを患った。体調の悪いことが、いつもそばにいる僕にはわかった。母自身にももちろんわかっていたと思う。でも母は病院に行かなかった。父や祖父母にも何も言わず、健康な振りをし続けた。ぎりぎりまでそれを演じきった。僕もそれに合わせた。

母が死にたがっているのは、線路脇に立ち尽くした一件でよくわかっていた。母は僕を連れて電車に飛び込む勇気はなかったが、もうこれ以上、生きていたくないのだ。僕と一緒にいたくないのだ。

おそらくあの体験が、僕を人の気持ちを先読みし、それに沿う行動を取る子に仕立て上げたのだ。父が母の体調の変化に気づいた時は、もう手遅れだった。母は誰の手も借りることなく、自分をこの世から消し去った。そしてその共犯者が僕だ。

母に愛されなかったこと、その母の死を後押ししたこと——七歳の子にしては苛酷な経験だ。僕は自分を持て余した。老成した奇妙な子供になった。学校では、おかしな行動を取って同級生から孤立した。母が選んだ死の世界に、僕は惹き付けられていた。

だから——中二の時、校舎の三階から飛び下りた。家族は、そんな僕にどう接したらいいか頭を悩ませたことだろう。学校に行くことを強いた父は疲れ果て、祖父は落胆した。僕が何らかの問題を抱えていることはわかっていたと思うが、極端な行動に出る僕を刺激しないようにそっと距離を置いた。そうしてくれる方が僕は有難かった。祖母だけは、僕の世話をしながら不憫《ふびん》がった。

僕はますます社会から乖離《かいり》していった。

ハル高定時制に通い始めて、少しずつ変わっていく僕を、家族は受け入れていってくれたと思う。でも社会復帰へ向けてのリハビリとして定時制に通いつつも、僕の根底には母との確執《かくしつ》、報われなかった愛情と失望があった。ぞっとするほどの虚無が時折僕を襲った。そんな時は母が希求した死を思った。死を忌避し恐怖すると同時に魅了されてもいた。

だからリストカットを繰り返す百合子のそばにいたいと思った。あの人のそばにいて、彼女の中にある自殺念慮に目を凝らしていたかった。生と死の間を不安定に振れる針が、百合子の中に見えた気がした。あれは生きにくい世界にいる僕の前に現れたバロメーター、鏡だった。

でも同類だと思っていた百合子は、そうじゃなかった。

——血を見ると、なんかほっとするの。まだ生きてるなあって。生きてることを確認するためにリスカするなんて、ばかげてるよね。

彼女は生きるために葛藤《かっとう》しているのだった。僕とは根本的に違っていた。彼女は一ノ瀬によって生の世界に引き戻されたのだ。

「あんたは甘いよ」比奈子は短い一言で片づけた。「お母さんに愛されなかったって?」

厳しい言葉に、テーブルの下でヨサクが首をもたげた。

「だからって何?」

ヨサクは心配そうに、僕と比奈子を交互に見た。

「ただあんたは過去を引きずっているだけだよ」

比奈子はカップを除《よ》けて身を乗り出した。

「いい？　過去のことをいつまでもぐちゃぐちゃ言えるのは、今が幸せだからだよ」

その言葉は僕の脳天を貫いた。雷が落ちたみたいな衝撃だった。

「死んだ人はね――」今、目の前にいる女の子が、十八歳だとは到底思えなかった。「死んだ人は変わらない。死んだ時のまま。でしょ？　生きて動いて考えて、いろんなことにぶつかって、傷ついて疲れて。そんなこと、生きてる人しかできない。だから生きてる人は変わる」

比奈子はさらに顔をぐっと突き出してきた。僕は逆に身を引いた。

「あんたは変わらない。生きているから変われるのに。あんたはお母さんが死んだ七歳の時のままだ」

年下の比奈子に、僕は完膚《かんぷ》なきまで叩きのめされた。彼女は、アルコール依存症の母親の面倒を見ながらアルバイトをして生活を支えてきたヤングケアラーだ。学校へ行くよりも明日食べるものの心配をしなければならなかった。比奈子には過去はない。あるのは今日と明日だけ。その先までは考えられない。そんな生活をしてきた女の子の口から出る言葉は重かった。

「不幸ごっこはいい加減にしなさいよ。そんなことを言ってる間は、あんたは誰の役にも立てないよ」

比奈子は勢いよく立ち上がった。ヨサクの尻尾を踏んづけそうになり、様子を窺っていたヨサクは、すんでのところで足を避けた。

「紅茶を三杯もご馳走様」

比奈子はテラスを下り、すたすたと歩き去った。

不快ではなかった。いっそ気持ちがよかった。ああいうふうに切り捨てることが、僕にはどうしてもできなかったのだ。

大吾にいつか聞いてもらおうと思っていたことが叶わず、この話を比奈子にすることになった。不思議な巡り合わせだ。僕は七歳のところで立ちすくんでいたのか。それを比奈子は気づかせてくれた。

僕も大吾も、暗い夜の隅で膝を抱えてうずくまっていたのだった。そして僕は踏切の警報音に、大吾は蟬の鳴き声にじっと耳を傾けていた。それは延々と続く夜の声だった。果てしなく続くヨタカの声だった。夜の声は僕らを搦《から》めとり、決して放さなかった。だけど大吾はその責め苦のような声を断ち切って出ていった。入江さんがそうしたように。

僕ももう、夜の底にいるわけにはいかない。

最後に比奈子が言った言葉を、僕は頭の中で反復してみた。

誰かの役に立つ？　そんなこと考えたこともなかった。僕は変われるのか。廣紀さんが言ったような水面を波立たせる水滴になり得るのか。

20

まだ細い雨は降り続いていた。

僕は春延高校の前に立った。定時制がなくなって久しいハル高は、それでも昔の面影を濃く残していた。授業中なのだろう。どの教室にも照明が点いていた。校門のそばに寄っていくと、体育館から、ボールが床を叩く音が響いてきた。生徒の話す声や笑い声もする。それを聞いていると、自分がまだここに通っている高校生のような気がしてきた。

僕はハル高定時制の二年生にはならなかった。だからここに通ったのは、たった一年だけだ。だけどここが、僕の人生の始まりの場所なのだ。

ハル高をやめた僕は、大検を受けて大学へ進学した。物理学を専攻した。大学を卒業した後、廣紀さんに勧められて、彼が教鞭を取っていたアリゾナの大学院に入学した。そこで音響学の勉強をした。日本に帰って来て、廣紀さんが所長を務める徳瑩大学の音響学研究所に勤めた。そこでは音の反射や伝搬《でんぱん》、遮蔽《しゃへい》、吸音のメカニズムなどの研究に携わった。騒音対策にも関わって、企業と連携して高速道路の防音壁、窓ガラスやサッシの開発、設計もした。

そういう時、僕は野口豊樹を苦しめた低周波音のことを思い出すのだった。そういった民間企業との付き合いから誘いがきて、今はコンサートホールの音響設計の仕事をやっている。廣紀さんとは、今もしょっちゅう会っている。廣紀さんは今、ビアンカさんと国立市のマンションで二人暮らしをしている。

ハル高の灰色の校舎の上に、静かに春の雨が降り注いでいた。浅見クラスがあった校舎も、体育館も、グラウンドも、しっとりと濡れていた。

ヨサクは、僕が引き取ってから一年と四か月生きた。弱ってきたヨサクは、家の中に入れてやった。彼は祖母が編んだ丸い毛糸の敷物の上で、一日中寝転んでいた。僕は時折ヨサクのそばに座って彼の体温を感じた。絵本を読んでくれていた母のそばで、その体温を感じていたみたいに。あれだけでよかったのだ。たとえ子供を愛せなくても、母の体は温かだった。あれで満足すべきだった。僕があまりに母の心を読み過ぎて、寂しい顔をしていたから、余計に母は辛かったのだろう。今ならそれがわかる。

ヨサクが死んだ後、父が再婚した。それを僕は素直に祝福した。それまでに父との関係は修復されていた。僕が過去と決別し、自分の人生に向き合い始めたことで、父もようやく安堵したのだ。父の人生も、母を失った時点で止まっていたのかもしれない。愚かな僕はそこまで思いが至らなかった。

僕は家を出て独り暮らしを始めた。そのうち、祖父母が次々と亡くなった。春延市にあった家は処分された。僕は春延市から遠ざかった。

三年前、浅見先生が定年退職した。その時に、ハル高定時制で代々浅見先生に受け持ってもらった生徒たちが祝賀会を開いた。祝賀会は出席者の都合で東京のホテルで開かれた。一年しか通っていない僕にも案内があった。

懐かしい顔がたくさん揃っていた。一ノ瀬と百合子は結婚していた。檜垣さんは、三人も孫ができていた。北川はJR東日本に就職していた。大槻も来ていた。浅見先生は僕の顔を見つけると、満面の笑みを浮かべた。ハル高の一年の間に僕が進むべき道を見つけて、その目標を叶えたことを喜んでくれた。浅見先生は少し老け、少し太っていたが、以前のままの先生だった。校外まで赴いて、さぼった生徒を掻き集めて来るエネルギッシュなブルドーザーだった。

僕は席に着いて、一同の顔を見渡した。そこに大吾の顔はなかった。僕に連絡をくれた幹事からも聞いていた。大吾の行方はわからないままなんだと。浅見先生の挨拶や出席者からの祝辞が終わって、なごやかな会食になった。僕は同学年の大槻や北川や檜垣さんと話した。檜垣さんが吉竹さんの近況を皆に報告した。吉竹さんは保育専門学校を出て保育士になった。今は歓楽街で二十四時間体制で営業する無認可保育園に勤めているらしい。

「皆にすごく会いたがってたわよ」檜垣さんは言った。「でもどうしてもシフトの都合で来られなかったんだって。ホステスさんやキャバクラ嬢、風俗嬢の子供たちを預かって大忙しみたい」

その吉竹さんの姿が目に浮かんだ。他にも遠方にいたり、都合がつかなかったりして来られない元生徒がたくさんいた。彼らは一様に残念がっていたと幹事が語っていた。ハル高定時制の絆《きずな》は強い。来られなかった人たちの思い出話を僕らはした。

「あ、そういえば――」大槻がふと思い出したように膝を叩いた。「俺、重松君に会ったんだ。去年」

聞き間違えたかと思った。

「どこで？」

僕が口を開く前に檜垣さんが尋ねた。

「パリで」皆面食らった。

「パリ？」僕はようやくかすれた声を出した。思いもよらない地名だった。

大槻はファッション関係の仕事がしたくて、そういう方面を渡り歩いていたが、布地に興味が移り、日本中の織りや染めの職人が作った製品をデザイナーに売り込む会社を起ち上げたと言っていた。繊維業者の集まりの研修でパリに行くことがあったそうだ。

「自由時間に下町をぶらついていたら、ばったり重松君に会った」

「ほんとに重松君だったの？　人違いじゃなく。元気だった？　何してたの？　パリで」

檜垣さんが矢継《やつ》ぎ早《ばや》に問うた。

大槻は、大吾は全然変わってなかったと言った。昔のままの陽気さで、大槻に会えて大喜びしていたらしい。

「で、僕らは大いに盛り上がって、食べて飲んだわけさ」

大吾はパリとマルセイユを行き来しながら、新鮮な魚をフレンチレストランや日本食レストランに卸《おろ》す仕事をしているんだと言った。今はオペラ歌手の卵とパリで暮らしていると。でも彼女がウィーンの小さなオペラハウスと契約したので、今の仕事はやめて彼女と一緒にウィーンに行くつもりなんだ、と付け加えた。向こうでも仕事の当てはあるからと言ったらしい。

僕らは揃ってため息をついた。パリだなんて予想もつかなかった。

「彼女の写真も見せてもらったけど、青い目の可愛い子だったよ。まさにパリジェンヌって感じの」

大槻は「あ」と僕を見た。「堤君のことも尋ねてたよ。あいつ、どうしてる？　って」

心臓が跳ねあがった。

「堤君は立派な仕事をしているよ、音響関係のって伝えたら、嬉しそうにしてた」

「そこまで込み入った話をしたんなら、人違いってことはないわね」檜垣さんが割って入った。「で、連絡先を交換したんでしょ？」

大槻は困ったように僕らを見渡した。

「それが……」

大吾に誘われるまま、バスチーユ地区で飲み歩いた。大吾は地元民が行くビストロやバーをよく知っていて、何軒もはしごしたらしい。

「で、俺、酔い潰れちゃってさ」

「えー」

檜垣さんは咎めるように大きな声を出した。

「気がついたら、一人でバーのカウンターに突っ伏してて。もう重松君はいなかった」

「うそー」

大槻は大きな肩をすぼめた。

「しばらく寝てしまってたらしくて、店員に尋ねると、支払いは連れが済ませていったって」

「飲み過ぎて夢でも見てたんじゃないの？」檜垣さんはあきれて腕組みをした。「パリの夜に当てられて、重松君の夢を見たってことはない？」

さっきとは反対のことを彼女は言った。大槻は慌てて否定した。

「それはないって。あれだけ話したんだから。内容はちゃんと憶えてる。それに──」

大槻は、今酔いから醒めたというふうに、顔をつるんと撫でた。ハル高時代にしていた鼻ピアスはもうなくなっていた。

「寝ている俺の耳に、重松君が出ていく前に言った言葉が残ってた。『じゃあな、ツキ』って」

「なら、それは大吾だ」

僕は迷いなく言った。北川が頷いた。

「そうね。重松君らしいわね」

檜垣さんも納得したようだった。

あの軽さで、明るさで、強さで大吾はどこかで生きている。それだけで充分だった。

「あの子は大丈夫だ。どこへ行ってもうまくやるよ」と言ったタカエの言葉が蘇った。

あの頑固な老女の方が、僕よりずっと大吾をわかっていた。

僕はハル高の前のビルの二階にある喫茶店に入った。趣味のいい雑貨が並べられている。ソファもテーブルもシンプルで落ち着いた雰囲気だ。僕らが通っていた時にはなかった店だ。僕はハル高の校舎がよく見える席に座った。

コーヒーを飲んでいると、学校のチャイムが鳴った。懐かしい音だった。音は、それを聴く者にいろんな時や場面を想起させる。音は単なる物理的刺激要素ではない。僕らは自分の思いや考えを音によって相手に伝える。そして言葉や音楽、警報などの音信号から意味を読み取るのだ。

カランとドアに吊るしてあるカウベルが鳴った。こんなしゃれた喫茶店にしてはやや古風な音だと僕は思った。

「パパ！」

僕を目ざとく見つけた娘が、妻の手を振り切って駆け寄ってきた。

「亜弓《あゆみ》」

四歳の娘は僕の隣に座ろうと、ソファによじ上った。

「ここ、すぐわかった？」

正面のソファに腰を下ろした妻に、僕は尋ねた。

「うん、大丈夫だった。春延市の地図はだいたい頭に入ってるから。でも春延高校に来たのは初めてだなあ」

彼女は亜弓に「あれがパパの通ってた学校なんだって」と教えた。

「ふうん」

亜弓は真剣な表情で窓の外をじっと眺めた。

「『月世界』はどうだった？」

ストレートの紅茶を注文しながら、妻は尋ねた。亜弓には、オレンジジュースを取った。

「建物は残ってた」

「そっか」

素っ気ない僕の答えに、彼女も短く答えた。

「ねえ、比奈子」

妻は「うん?」と片眉を上げげた。

「何で僕は春延市にこんなに長い間来なかったんだろう」

妻はクスクスと低い声で笑った。

「何でだろうね。来ようと思えばすぐに来れたのに」

「きっと怖かったんだな」

妻は「何が?」とは訊かなかった。僕の、時に言葉足らずの物言いに、もう彼女は慣れてしまっている。亜弓が「なになに? 何よう」と僕の膝にのし掛かってきた。

娘の少し癇《かん》が強い性格は、妻に似ている。十八歳の、出会った時の比奈子に。時折、きゅっと眉根を寄せる仕草もそっくりだ。

比奈子は練馬の定時制高校を卒業して、港区のレストランに就職した。そこで食に興味を持って勉強し、管理栄養士の資格を取った。今はフードコーディネーターとして働いている。

死んだ母との確執を比奈子に打ち明けてから、彼女の前では素直になれた。自分の人生を果敢に切り開いていく比奈子の姿は、時に僕を勇気づけ、時に僕を安心させてくれた。そういう人がそばにいることの意味を僕は考えた。比奈子はなくてはならない存在になっていった。

僕はずっと誰かを愛することなんかできないと思っていた。愛情なんか信じられないと思っていた。父との関係が修復され、祖父母を見送った後ではその考えは間違いだと気づいた。家族はただ寄り添うものなのだ。母は僕を愛せなかったかもしれないけど、間違いなく僕の家族だった。

かつて百合子に「あなたは死を難しく考え過ぎている」と言われたけれど、僕は「愛」というものも難しく考え過ぎていた。ただ一緒にいたいと思えばそれでいいのだ。簡単なことだった。

僕が廣紀さんの音響学研究所へ勤めだして三年目に、僕らは結婚した。ささやかな披露宴は、倉本邸で開いた。あれを最後に、登録有形文化財の倉本邸は、丘陵地も含めて全部、春延市に寄付された。今は「歴史さんぽの丘」として整備されている。節子さんは、国立市内の廣紀さんとビアンカさんが住むマンションの近くの老人ホームに入っている。少し認知症が出ていて、僕が行くと「あら、『月世界』から来た子だわ」と言う。

「私、芹が丘公園に行ってみたい」

「そうだな。行ってみようか」

妻の父親が幼い姉妹を描いた油絵は、今うちのマンションに飾ってある。幼い比奈子の姿は、今の亜弓と瓜二つだ。

また学校のチャイムが鳴った。僕と比奈子、それから亜弓は、同時にハル高を見やった。

雨はもう上がっていた。

〈参考文献〉

『種子《タネ》たちの知恵　身近な植物に発見！』多田多恵子　ＮＨＫ出版
『アセビは羊を中毒死させる　樹木の個性と生き残り戦略』渡辺一夫　築地書館
『都市動物の生態をさぐる　動物からみた大都会』唐沢孝一編　裳華房
『若者たち　夜間定時制高校から視えるニッポン』瀬川正仁　バジリコ
『オレたちの学校浦商定時制　居場所から「学び」の場へ』平野和弘編著　草土文化
『死に山　世界一不気味な遭難事故《ディアトロフ峠事件》の真相』ドニー・アイカー著、安原和見訳　河出書房新社
『低周波音　低い音の知られざる世界』土肥哲也編著、赤松友成ほか共著　コロナ社
『謎解き音響学』山下充康　丸善
『物理学がわかる　この世の法則はここまでエレガント！　学び直したい人のための物理学レッスン』川村康文　技術評論社
『よだかの星』宮沢賢治／作、中村道雄／絵　偕成社

夜《よる》の声《こえ》を聴《き》く　朝日文庫

2020年9月30日　第1刷発行

著　者　宇佐美《うさみ》まこと

発行者　三宮博信
発行所　朝日新聞出版
〒104-8011　東京都中央区築地5-3-2
電話　03-5541-8832(編集)
03-5540-7793(販売)
印刷製本　大日本印刷株式会社

Published in Japan by Asahi Shimbun Publications Inc.
定価はカバーに表示してあります

ISBN978-4-02-264965-2
落丁・乱丁の場合は弊社業務部(電話 03-5540-7800)へご連絡ください。
送料弊社負担にてお取り替えいたします。